AF282582

Beim Betreten kommt es mir fast so vor,
als hauche mir die Hütte mit ihrem unverkennbaren Duft ein
„Bonjour" entgegen,
um mich herzlich willkommen zu heißen.
Sofort spüre ich die mir vertraute,
innere Verbundenheit zu ihr.

Ganz tief atme ich den Duft ein und merke,
wie mit dem Atem ein Gefühl von Geborgenheit
in mich hineinströmt.

FSC
www.fsc.org

MIX

Papier aus ver-
antwortungsvollen
Quellen
Paper from
responsible sources

FSC® C105338

Annette Wolf

BERG

HÜTTE

ICH

(m)eine Berggeschichte

Impressum

Bibliografische Information der Deutschen Nationalbibliothek:
Die Deutsche Nationalbibliothek verzeichnet diese Publikation
in der Deutschen Nationalbibliografie; detaillierte bibliografische Daten sind im Internet über http://dnb.dnb.de abrufbar.

© 2024 Annette Wolf

Ich danke meinem Mann und meiner Freundin Elke Rebholz
für ihre Unterstützung.

Verlag: BoD · Books on Demand GmbH, Überseering 33,
22297 Hamburg, bod@bod.de
Druck: Libri Plureos GmbH, Friedensallee 273,
22763 Hamburg

ISBN: 978-3-7693-0641-5

Ich widme dieses Buch

Karin und Georges.

Sie haben die Hütte aus dem Dornröschenschlaf erweckt

und vor dem drohenden Verfall gerettet.

Hüttensucht

Ich bin süchtig: Hüttensüchtig.

Dessen bin ich mir inzwischen bewusst.

Mit jedem Mal, bei dem ich die Droge „Hütte" konsumierte, mit jedem Urlaub dort wuchs meine Sehnsucht, bleiben zu wollen, und wurde regelrecht zur Begierde.

Sucht wird beschrieben als das starke Verlangen nach einem Erlebniszustand. Die Kräfte des Verstandes werden ihr untergeordnet.

Wie verhält sich das bei mir? Bisweilen ergriff das Verlangen, in der Hütte sein zu wollen, so stark Besitz von mir, dass ich am liebsten meinen Rucksack gepackt hätte und zu ihr gefahren wäre.

Mein Verstand hielt mich davon ab. Er machte mir klar, dass es mit Familie und Beruf nicht vereinbar sei, wegen einer Hütte alles stehen und liegen zu lassen. Recht hatte er.

Also bin ich nur geringfügig süchtig, ein bisschen abhängig sozusagen, denn mein Verstand ordnet sich dem Verlangen nach dem Objekt der Begierde nicht unter.

Bei meiner Sucht handelt es sich nicht um Hütten im Allgemeinen, sondern um eine ganz besondere: Eine ehemalige Alm, die abgeschieden auf 1500 Metern im Schweizer Wallis steht.

Eins ist jedenfalls sicher: Mein „Süchtchen" ist nicht gesundheitsschädlich. Ganz im Gegenteil. Es hat mich über Jahrzehnte geerdet, mir Kraft und Energie gegeben, meine beruflich stark beanspruchten Gehirnwindungen mit frischer Bergluft durchlüftet und gereinigt.

Bergstimmung

Rührt meine Sucht von der Hütte als solcher her oder von der ganz besonderen Bergstimmung, die ich dort erlebe?
Wenn Kuhglocken wie ein fein aufeinander abgestimmtes Orchester vom Tal herauf klingen und die Glöckchen vorbeiziehender Schafherden bimmeln, während die Mutterschafe nach ihren Jungen blöken, die genussvoll auf den Bergwiesen herumhüpfen.
Wenn Gebirgsbäche rauschen und auf ihrem Weg ins Tal steile Felswände hinabstürzend zu Wasserfällen werden.
Wenn Schnee- und Gerölllawinen von den Bergen herabdonnern, die Stille der majestätischen Dreitausender zum Erzittern bringen und der Donner der Sommergewitter mit dem Rauschen der Wasserfälle konkurriert.

All diese Geräusche haben sich bereits in der frühen Kindheit nachhaltig in meinem Gedächtnis eingenistet.
Begleitet werden sie von unbeschreiblich schönen und faszinierenden Bildern.
Bilder, die so außergewöhnlich sind, dass sie sich nur schwer in Worte fassen lassen. Sie sind bunt, zart, lebhaft, wild, unscheinbar, bedächtig, mächtig, majestätisch.
Für mich sind es Bilder des Friedens, der Ruhe, des Glücks und der Zufriedenheit. Bilder des Einsseins mit Mutter Natur.
Nicht zu vergessen sind natürlich die einzigartigen Düfte und Gerüche des Gebirges, ohne die all diese wundervollen Bilder und Geräusche unvollkommen wären.

Ein Bild ist immer mehrdimensional, jedoch sind wir uns dessen meist nicht bewusst.
Aber genau diese Mehrdimensionalität erzeugt in uns ein Gesamtgefühl, sei es positiv oder negativ geprägt.

So wird der Anblick eines Dreitausenders vor stahlblauem Himmel, begleitet durch den dazugehörenden Duft der Bergwiesen und das melodische Läuten der Kuhglocken, erst vollkommen.

Diese außerordentlichen, aus harmonischem Dreiklang von Bild, Geräusch und Geruch entstandenen Gefühle, haben einen Platz in meinem Gedächtnis und in meinem Herzen, ja in meiner Seele gefunden.

Wussten Sie, dass das Ansprechen einer der Sinne ausreicht, um ein vollständig dreidimensionales Bild in Erinnerung zu rufen?

Sicher sind Ihnen Situationen bekannt, in denen Sie ein Geräusch vernehmen und ehe Sie sehen, wodurch es ausgelöst wird, nehmen Sie ein dazugehörendes Gefühl wahr und es entsteht ein vollständiges Bild, Ihr Erinnerungsbild.

Was für den einen positiv im Gedächtnis gespeichert ist, mag für den anderen ein negatives Gefühl auslösen. Erfahrungen, die wir in der Kindheit gemacht haben, prägen uns maßgeblich.

So liebe ich das Zucken der Gewitterblitze, das Knallen des unmittelbar darauffolgenden Donners und den Geruch von Regen, der auf trockenen Boden trifft. Bei anderen löst diese Wahrnehmungstrilogie Angst und Schrecken aus.

Ich

1964 erblickte ich im Nordschwarzwald das Licht der Welt.
Meine Eltern gaben mir den Namen „Annette". Hätten sie damals um meine spätere Hüttensucht gewusst, wäre ihre Namenswahl anders ausgefallen: Sie hätten mich Heidi genannt.

Ich bin verheiratet, seit eh und je sehr naturverbunden, und lebe in Süddeutschland auf dem Lande.
Inzwischen bin ich in eine Lebensphase eingetreten, in der ich über mein bisheriges Leben nachdenke, mich frage, was künftig erlebbar sein sollte und könnte.
Zielstrebig auf den Herbst des Lebens zusteuernd, kommen mir dabei keine waghalsigen Abenteuer in den Sinn.
Auch denke ich nicht an wilde Romanzen, deren Verlauf und Ausgang womöglich viel zu anstrengend sein könnten.
Jetzt geht es darum, Dinge zu erleben, die mir guttun, da allein die Gedanken daran mit positiven Erinnerungen verbunden sind.

Was tut mir wirklich gut? Diese Frage mutet im ersten Moment banal an, doch erweist sie sich komplexer als zunächst vermutet.
„Natur pur und Leben im Einklang mit ihr, Natur spüren, Tiere, Bewegung, Ruhe, Berge, Reduktion auf das Wesentliche, Erleben der Jahreszeiten und ihrer Herausforderungen, eigene Ressourcen und Grenzen erkennen, auf einfache Weise leben und doch bei Bedarf auf die Annehmlichkeiten unserer modernen und digitalen Welt zugreifen können", sind meine Antworten.
Bin ich eine verträumte Realistin, oder gar eine realistische Träumerin?

Es ist mir egal, in welche Schublade ich gesteckt werde. Ich bin die hüttensüchtige Annette und es geht mir sehr gut damit.

Seit meiner frühen Kindheit schlummert der Wunsch in mir, ein Jahr lang in der Hütte zu leben.
Ist es das, was mir guttun würde? Wäre die Verwirklichung eines so lange gehegten Wunsches jetzt das Richtige für mich?
Mit drei Jahren erlebte ich meinen ersten Urlaub in der Hütte, von der ich in diesem Buch berichte.
Seither verbrachte ich unzählige Urlaube dort, und so ist mir dieser außergewöhnliche Kraftort nicht nur zur Droge, sondern zur zweiten Heimat geworden.

Hüttengeschichte

Meine Schweizer Tante und ihr Mann kauften in den 1960er-Jahren eine ehemalige Alm im Gebirge, fernab jeglicher Zivilisation. Ihre Lage auf 1500 Metern, zwischen erhabenen Dreitausendern, ist beeindruckend, ja schlichtweg atemberaubend.

Über Jahre hinweg verbrachten die damals frisch verheirateten Endzwanziger jede freie Minute dort oben und renovierten in liebevoller Arbeit, mit viel Mühe, hohem finanziellen Aufwand und großer Hingabe „das Chalet", wie man vor Ort zu sagen pflegt. Sie retteten es dadurch vor dem drohenden Verfall.
Die vielen Mühen und Anstrengungen, die sie zum Erhalt ihrer geliebten Alm an den Tag legten, würden ein eigenes Buch füllen.
Sie arbeiteten und schufteten so lange, bis das Gebäude schließlich als Urlaubsdomizil tauglich war.
Darunter ist zu verstehen, dass die Fenster dicht, das Dach wetterfest und Möbel, Geschirr, Wolldecken, Kopfkissen, sowie eine Grundausstattung an Werkzeug vorhanden sind.
Als die beiden älter wurden und ihnen die permanent erforderliche Instandhaltung der Alm körperlich zu belastend geworden war, traten mein Mann und ich in ihre Fußstapfen, und nahmen uns des Erhalts dieses wunderbaren Kleinods an.

Die liebevoll aus dem Dornröschenschlaf geweckte Alm wurde seit jeher die „Hütte" genannt, obwohl sie sehr groß ist, und sicher nicht dem entspricht, was man sich unter einer Hütte vorstellt.
Ausschlaggebend für diese Bezeichnung ist vermutlich die einfache, auf das Notwendigste beschränkte Ausstattung.

An ihr hat sich bis heute nichts geändert, denn sie ist nach wie vor nur zu Fuß über einen steilen, schmalen Wanderweg erreichbar. Alles, das während des Aufenthalts lebensnotwendig ist und einem unerlässlich erscheint, muss also zu Fuß hinaufgetragen werden. Je nach Kondition und Gepäck des Wanderers nimmt der Aufstieg vom Dorf, das verschlafen in der Talsohle schlummert, rund eineinhalb bis zwei Stunden in Anspruch.

Und doch hat sich im Laufe der Jahre ein interessantes Sammelsurium an Gegenständen angesammelt, die den jeweiligen Besuchern wichtig genug waren, hinaufgetragen zu werden: Bücher, Spiele, Gewürze, Schnäpse, Werkzeuge und so manches mehr.
Der absolute Clou ist ein antikes, noch immer funktionstüchtiges Grammophon nebst einer umfassenden Sammlung von Schellackplatten.
Es ist spannend, zu entdecken, welche Prioritäten die einzelnen Besucher gesetzt haben.

Hütte

Um diesen wunderbaren Kraftort nicht der Öffentlichkeit
preiszugeben, werden genaue Lage und Name der Hütte, des
Dorfes und der Gebirgsketten nicht genannt.

Die Hütte wurde im Jahr 1909 in ihrer heutigen Größe fertig-
gestellt. Davon zeugt eine alte, in Holz geschnitzte Inschrift
an der Stalltür.
Vermutlich bezieht sich diese Jahreszahl auf eine bauliche Erweiterung, denn Aufbau und Bearbeitung der Holzbalken deu-
ten darauf hin, dass die Hütte zuvor kleiner und deutlich älter
gewesen sein muss und ausschließlich der Almwirtschaft ge-
dient hatte.

Im Winter stand sie leer. Währen der Sommermonate, in denen das Vieh auf den Bergwiesen weidete, wurde sie von Sennern bewohnt, die sich um die Tiere kümmerten und die täglich gewonnene Milch zu Käse und Butter verarbeiteten.

In den späten 1880er-Jahren begann in den Alpen der Tourismus zu florieren und zusätzlich zu den Hotels in den Bergdörfern entstanden auf den Bergen Unterkünfte für Wanderer. Es wird vermutet, dass die damaligen Almbesitzer die bauliche Erweiterung vornahmen, um Fremdenzimmer für Übernachtungsgäste anzubieten und auf diese Weise das karge Bergbauernauskommen aufzufrischen. Drei, vom Heuboden abgetrennte Gästezimmer zeugen hiervon.

Der kürzeste Weg vom Tal zur Hütte führt über den Wanderweg, der zu einem türkisblauen Bergsee und in die Welt der Dreitausender führt.
Knapp hundert Meter vom Chalet entfernt zweigt ein schmaler Pfad von ihm ab und führt über eine steile Bergwiese direkt auf den Hüttenvorplatz. Er ist mit großen, unregelmäßigen Natursteinplatten belegt, sodass sich in der feuchten Jahreszeit kein Schlamm bildet.
Dort steht der mächtige, aus einem massiven Tannenstamm herausgearbeitete Holzbrunnen, der Vieh und Mensch als Tränke diente.
Der ausgehöhlte Ast, aus dem sich das kühle Nass ergießt, befindet sich unterhalb des Dachüberstandes.
So kann man sich trockenen Fußes mit Wasser versorgen.

An den Vorplatz schließt sich ein überdachter Vorraum an. Er erstreckt sich weiträumig unter dem Heuboden und erweist sich dadurch zu jeder Jahreszeit als äußerst praktisch.
Bei Regen bietet er Schutz vor Nässe, im Winter vor Schnee und im Sommer vor der intensiven Gebirgssonne.

Von hier aus hatte das Vieh über eine breite, zweiflüglige Tür
Zugang zum Stall. Links daneben führt eine Treppe mit ab-
schließbarer Falltür hinauf zum Heuboden.

Mit einem Grundriss von rund zwölf auf vierzehn Meter ist die
Hütte recht groß.

Ihr Grundsockel wurde als Natursteinmauer, also ohne Mör-
tel, auf den felsigen Untergrund gesetzt.

Sie ist, wie könnte es im Gebirge anders sein, in den Hang gebaut, sodass im talwärts zeigenden Sockel, zwei frostsichere Kellerräume entstanden sind. Im Laufe der Zeit konnten die Mauern den Naturgewalten und Bergbewegungen nicht mehr standhalten. Sie mussten mit viel Engagement, Idealismus und hohem finanziellen Aufwand nach und nach neu gemauert und mit Beton verstärkt werden.

Ab dem Sockel ist die Hütte aus Holz gebaut. Lediglich die bergseitige Rückwand des Stalls wurde aus Natursteinen gesetzt, da sie direkt ans Erdreich des Bergs angrenzt und dadurch der Feuchtigkeit ausgesetzt ist.
Bestünde sie aus Holz, würde sie zu schnell verrotten.

Vor der massiven Holztür, die vom überdachten Vorraum in die geräumige Wohn-Ess-Küche führt, stehen ein schwerer Holztisch und Bänke. Das ist sozusagen das wettergeschützte Freiluft-Esszimmer.

Die Küche war und ist noch immer der zentrale Raum der Alm. Von ihr aus erreicht man alle Räume im Erdgeschoss und hat direkten Zutritt zum Stall.
Früher wurde auf einem großen Steinsockel auf offenem Feuer gekocht und gekäst.
Die Kochtöpfe stellte man auf ein Dreibein. Zur Käseherstellung wurde ein voluminöser Kupferkessel mit einem stabilen,

in der Mauer verankerten Schwenkarm über das Feuer gehängt.
Antike Käseutensilien, die heute als Dekoration die Küche zieren, zeugen noch von dieser Zeit.

Oberhalb der Feuerstelle befindet sich die Esse, die sich zum Kamin verjüngt.
Mit Erweiterung der Hütte und Einrichtung von Fremdenzimmern ist die offene Feuerstelle einem großen, aus Eisen hergestellten Küchenherd gewichen. Er wird mit Holz befeuert und verfügt über zwei Kochfelder.

Gespült wird in einer Spülschüssel oder im antiken, metallbeschichteten Holzbecken, an das sich ein hölzernes Abtropfgestell anschließt.

Das Abflussrohr führt durch die Küchenwand hinaus ins Freie und an der Mauer entlang zum Boden, wo es in einem Loch versickert. Warmes Wasser holt man sich vom Küchenherd, kaltes draußen am Brunnen.

Der ausladende, im Zentrum der Küche stehende Tisch samt Besteckschublade, dient als Arbeitsfläche beim Zubereiten der Speisen und bietet mit einer Sitzbank und Stühlen Platz für bis zu acht Personen.

Alle Einrichtungsgegenstände sind antik, aus massivem Holz gefertigt und haben eine, über mehr als hundert Jahre hinweg entstandene Patina angenommen.

Manch ein Senner hat sich mit Zeichen und Symbolen in ihrem Holz für die Ewigkeit eingekerbt.

Ein Gebet, mit dem man Schutz über Alm, Senner und Vieh herbeizubeten versuchte, hängt neben der Kochstelle.

Zusammen mit den, in Holz gerahmten und in allen Räumen verteilten Schutzheiligen, muss es wohl gelungen sein, schwerwiegende Schäden fernzuhalten.

Gelegentlich stehe ich gedankenversunken in der Küche, fühle mich regelrecht der Zeit entrückt und frage mich, was diese Wände und Möbel alles über ihre Bewohner zu erzählen hätten.

Zusätzlich zur Eingangstür verfügt die Küche über vier weitere Türen. Eine von ihnen führt ins Schlafzimmer.

Dass es nicht beheizbar ist, stört uns nicht, da wir daheim das ganze Jahr über bei geöffnetem Fenster schlafen.

In Zeiten kalter Gebirgsnächte werden vor dem Zubettgehen heiße Bettflaschen unter die Bettdecke gelegt.

Durch die Tür gegenüber dem Eingang gelangt man in das geräumige Wohnzimmer.

Dank dreier Fenster ist es sehr hell und bietet traumhafte Aussichten. Da dies der einzige beheizbare Raum der Hütte ist, wird er multifunktional genutzt und stellt neben der Küche den wichtigsten Wohnbereich dar.

An der Steinwand zur Küche hin steht ein kleiner Kachelofen, der eine ausgesprochen wohlige Wärme verbreitet.

Er ist etwas ganz Besonderes, denn er stammt aus der Zeit des Jugendstils und zaubert dadurch einen Hauch von Luxus in den Raum. Mit ihm hatten sich die früheren Besitzer der Hütte ein echtes Schmuckstück geleistet, das für eine Alm eher untypisch ist. Sein Korpus, der auf vier tatzenförmigen Füßen ruht, ist ringsherum mit grünen, floral verzierten Reliefkacheln versehen. Das Rauchrohr führt durch die verputzte Steinwand direkt in die Esse. Obwohl der Ofen sehr zierlich ist, gelingt es ihm, das Zimmer auch bei empfindlichen Minustemperaturen behaglich warm zu halten.

Ist er erst einmal angefeuert, dauert es zwar mehrere Stunden bis die Kacheln Wärme abgeben, aber dafür speichern sie die Temperatur sehr gut und geben auch nach Erlöschen des Feuers noch für zwei bis drei Stunden Wärme ab.
Ich liebe diesen wunderschönen und einzigartigen Ofen.
Lausche ich dem Lodern und Knistern des Feuers in seinem Bauch, kommt er mir bisweilen wie ein Lebewesen vor, das mir mit seiner Wärme Freude bereiten möchte.
Wenn es im Winter über längere Zeiträume hinweg klirrend kalt ist und die Temperatur im Schlafzimmer selbst tagsüber nicht über minus zehn Grad klettert, empfiehlt es sich selbst erprobten Kaltschläfern, im Wohnzimmer zu nächtigen.
Hier in der Hütte denkt und lebt man eben pragmatisch.

Aus der Küche heraus führt eine weitere Tür zum schmalen, lang gezogenen Balkon.

Dort sitzt es sich hervorragend auf der Holzbank, den Rücken an die Hauswand gelehnt und den herrlichen Ausblick aufs Tal und das Dorf genießend.

Deshalb nenne ich diesen Platz liebevoll den „Ausguck". Er ist sozusagen mein Fernsehzimmer.

An der Ostseite der Küche gelangt man durch eine schwere Holztür direkt in den weiträumigen Stall, der mehr als die Hälfte der Grundfläche des Gebäudes einnimmt.

Heute dient er als Abstellraum für Vorräte, Brennholz, Baumaterialien, eine Werkbank mit Werkzeugen und anderen nützlichen Dingen, die man in einer Berghütte gebrauchen kann.

Eine breite, zweiflüglige Tür führt vom Stall über den Vorraum ins Freie.

Der Mist wurde durch eine schmale Tür an der Südseite des Stalls ins Freie geschoben, wo sich früher der Misthaufen befand.

Vier kleine Fenster beleuchteten den Stall spärlich. Mehr Licht wurde nicht benötigt, denn während der Alpsaison verbrachte das Vieh die meiste Zeit draußen auf den saftigen Bergwiesen und suchte nur den Weg hinein, um gemolken zu werden.

Eine schmale Treppe führt vom Stall zum Heuboden hinauf, der sich über das gesamte Gebäude erstreckt.

Vom Berg aus ist er über ein großes Scheunentor begehbar,
durch das die Senner das duftende Bergwiesenheu zur Lage-
rung einbrachten.
Im westlichen Teil des Heubodens befinden sich die drei
spartanisch eingerichteten Fremdenzimmer.

So. Nun sind alle Räumlichkeiten beschrieben und Sie haben
eine ungefähre Vorstellung der Hütte.
Sollten Sie sich fragen, wo sich Toilette und Badezimmer befinden, lautet die Antwort: Gibt es nicht.
Ja. Tatsächlich. Der Platz am Brunnen mit dem kalten Bergwasser dient als Waschgelegenheit für Hartgesottene.

Ansonsten verfügten alle Zimmer über eine Waschschüssel mit passender Wasserkanne. So hat jeder die Möglichkeit, sich wettergeschützt waschen zu können.

Möchte man sich mit warmem Wasser waschen, muss man zuvor den Küchenherd anfeuern und Wasser erhitzen.

Da das mit einem nicht unerheblichen Verbrauch an Brennholz verbunden ist, organisiere ich mich meist so, dass ich mich nach dem abendlichen Kochen wasche. Dann hat sich das Wasser nebenbei erhitzt und der Ofen muss nicht extra angefeuert werden.

Während der kalten Jahreszeit ist das Ganze einfacher: Durch den befeuerten Wohnzimmerofen und den obenauf platzierten Wassertopf wird stets warmes Wasser bereitgehalten.

Ein Leben ohne Toilette stellt durchaus eine nicht zu unterschätzende Herausforderung dar. Den Sennern diente früher der Stall als stilles Örtchen. Ich frage mich, ob die Übernachtungsgäste damals mit einer solchen Lösung zufrieden waren. Leider liegen keine Informationen über die Auslastung der Fremdenzimmer vor, um dies einschätzen zu können.

Im Holzlager haben wir einen mächtigen, ziemlich heruntergekommenen Hocker gefunden, der in der Sitzfläche eine große runde Aussparung hat. Er dürfte als Klosett benutzt worden sein, indem man ihn im Freien oder im Stall aufstellte, und so im Sitzen sein Geschäft verrichten konnte. Wir haben dieses einzigartige Möbelstück nicht dem Praxistest unterzogen und beabsichtigen auch nicht, das zu tun. Nun, da die Alm nicht mehr bewirtschaftet und der Stall in seiner ursprünglichen Funktion ungenutzt ist, dient die freie Natur als Raum zur Verrichtung kleinerer und größerer Notdurft.

Und wie sieht es mit Elektrizität aus? An Strom war in früheren Zeiten natürlich nicht zu denken. Woher sollte er auch gekommen sein. Solaranlagen gab es noch nicht, und zu den hoch im Gebirge liegenden Almen konnten keine Stromleitungen verlegt werden.

Petroleumlampen und Kerzen brachten das nötige Licht ins Dunkel.

Beim Kochen und Handwerken verwenden wir inzwischen Akku-LED-Lampen als Lichtquelle. Für Toilettengänge bei Dunkelheit erweisen sich Stirnlampen als äußerst praktisch.

Das Hüttendach bietet mit seinen weit ausladenden Dachüberständen Schutz vor Schlagregen und Schneegestöber. Ursprünglich war es mit Holzschindeln eingedeckt. Im Lauf der Jahrzehnte waren sie morsch geworden. Regen und Schnee drangen ins Haus ein.

Anstelle einer Holzeindeckung wurde schließlich ein Blechdach aufgebracht. Das kommt der Schönheit eines Holzschindeldachs bei Weitem nicht nahe, doch ist es fast unzerstörbar und kostete nur ein Drittel eines solchen.

Die Sonne geht hinter der hohen Gebirgskette auf, in die sich die Alm hinein schmiegt. Die Hütte liegt also morgens noch im Schatten, während im Tal bereits erste Sonnenstrahlen das satte Grün der Wiesen erleuchten lassen.

Im Sommer, wenn die Tage am längsten sind, hat die Sonne den Anstieg über den Berg bereits um halb zehn bewältigt, und schickt ihre wärmenden Strahlen aufs Dach und den Vorplatz beim Brunnen.

Eine Stunde später ist sie so weit gewandert, dass sie die gesamte Südseite der Hütte erreicht. Dann verwöhnt sie Mensch und Natur den ganzen Tag über mit ihrer wohltuenden Wärme.

Erst gegen neun Uhr abends legt sich die Sonne hinter den Gipfeln des gegenüberliegenden Bergkamms schlafen. Zumindest kommt es mir so vor, als müsste sie nach einem langen Arbeitstag erschöpft sein und ausruhen.

Im Winter hingegen, wenn die Tage am kürzesten sind, steht sie so flach am Himmel, dass sie es gerade einmal eineinhalb Stunden lang schafft, hinter den Dreitausendern hervorzublinzeln. In dieser Zeit entbehren ganze Teile des Dorfes drei Monate lang jeglicher Sonneneinstrahlung.

Sie sind regelrecht im Dauerfrost gefangen.

Dorf

Landwirtschaft und Tourismus bestimmen Leben und finanzielle Situation der Dorfbevölkerung und der Region.

Das Dorf wirkt außerhalb der Hochsaisonen verträumt und der strengen Taktung des Großstadtlebens entrückt.

Die Gassen sind eng und von denkmalgeschützten, liebevoll restaurierten, ortstypischen Holzhäusern gesäumt.

Sie geben eine Vorstellung des ursprünglichen Dorfkerns.

Viele von ihnen waren früher kleine landwirtschaftliche Hofstellen.

Wie in nahezu allen touristisch geprägten Orten beeinträchtigen inzwischen große Appartementgebäude mit Ferienwohnungen auch hier das Dorfbild.

Hinzu kommen unzählige, viel zu groß angelegte, luxuriöse Ferienhäuser.

Ihre Architektur ist zwar an die traditionelle, ortsübliche Bauweise angelehnt, befremdet jedoch durch die Überdimensionierung, die die alten, traditionellen Holzhäuser wie Winzlinge erscheinen lässt.

Die ursprünglich harmonische Proportion des Dorfbildes wie ich sie aus den 1970er-Jahren kenne, ist dadurch aus dem Gleichgewicht geraten.

Von der Hütte aus hat man den Draufblick auf das Dorf. Da fallen einem solche Dinge mehr ins Auge, als wenn man mitten im Dorf steht.

Es kommt eben immer auf die individuelle Perspektive an.

Die unzähligen Ferienimmobilien erkennt man daran, dass außerhalb der Hochsaison die Rollläden geschlossen sind. Sie wirken wie Geisterhäuser. Auch schmücken keine bunten Blumen, wie bei ganzjährig bewohnten Häusern üblich, ihre Balkonbrüstungen.

Wanderer und Sommerfrischler, die sich von den luxuriösen,
stark frequentierten Ferienorten bewusst fernhalten und die
Abgeschiedenheit eines verschlafenen Bergdorfes suchen,
verbringen im Juli und August ihren Urlaub hier. Dann ist es
natürlich vorbei mit der Ruhe im Ort.

Tagsüber brechen sie zu Wanderungen in den Bergen auf
oder flanieren durch die engen Gassen und vertreiben sich
die Zeit in Geschäften, Boutiquen, Cafés und Restaurants.
Abends und an den Wochenenden werden sie von der Tourismusbehörde bespaßt.

Dann hallt die Musik verschiedenster Veranstaltungen bis zur
Hütte hinauf. Die bunte Palette musikalischer Darbietungen
reicht von Alphornbläsern über Marschmusik, bis hin zu
Techno- und Discosound.

Während der Skisaison wird das Leben im Dorf lebhafter. Viel
zu viele abenteuerhungrige Skitouristen bevölkern dann die
verwaisten Ferienwohnungen und bringen zwar Geld, aber
auch hektisches Treiben ins Dorf.

Die schmalen Gässchen platzen dann fast aus allen Nähten.
Die Gondel, die vom Tal auf die Hochebenen der gegenüberliegenden Seite des Tales führt, endet in einem weitverzweig-
ten Skigebiet.

Mit dem Fernglas von der Hütte aus betrachtet, sehen die
vielen Touristen wie kleine bunte Pünktchen aus, die überall
umherwuseln.

Ich bin froh, dass sich der Skizirkus auf der gegenüberliegenden Seite des Tales abspielt, während „meine Bergseite" davon verschont geblieben ist. Sie ist stark zerklüftet und zu
steil, um Skipisten und Lifte errichten zu können.

Es wäre für mich unvorstellbar, täglich Tausende von Skifah-
rern die schneebedeckte Wiese hinter der Hütte hinabfahren
zu sehen. Ich mag den ganzen Pistenrummel nicht und betrachte ihn als nachhaltig schädlichen Eingriff in die Natur.

Die Einheimischen des Dorfes sind, sofern sie nicht vom Tourismus leben, eher zurückhaltend und wortkarg.

Kontakte und Bekanntschaften mit ihnen zu knüpfen, ist nicht einfach. Sie sind durchaus freundlich und grüßen jeden Wanderer, doch bleibt es beim Gruß und man spürt, dass Gespräche nicht erwünscht sind.

Früher waren solche Bergdörfer, die von Gebirgsketten nahezu eingeschlossen sind, von der Außenwelt abgeschnitten. Größere Ortschaften und Städte waren nur über gefährliche und sehr lange Fußpfade erreichbar. Straßen gab es natürlich noch nicht.

Mit Ausnahme derer, die hin und wieder das Dorf verließen und den gefährlichen Pfad auf sich nahmen, um in der Stadt wichtige Angelegenheiten zu erledigen, blieb die Dorfgemeinschaft unter sich.

Alles Fremde war den Dörflern suspekt. Ich könnte mir vorstellen, dass das noch heute anzutreffende Misstrauen Fremden gegenüber, genetisch verwurzelt ist.

Egal, worin es begründet sein mag. Mir ist es ganz recht so, denn ich ziehe zurückhaltende Menschen ihren aufdringlichen Artgenossen vor.

Im Laufe der Jahrzehnte, in denen wir regelmäßig vor Ort sind, kennt uns jeder im Dorf als „die Deutschen".

Es sind einige wenige, aber gute Kontakte zu Einheimischen gewachsen. Und doch beschränken sie sich auf die Zeit unserer Anwesenheit und bestenfalls einen WhatsApp-Gruß zu Weihnachten.

Wunscherfüllung

Der Wunsch, ein ganzes Jahr lang in der Hütte zu leben, nimmt zunehmend Raum in mir ein. An manchen Tagen sehne ich mich regelrecht nach der Verwirklichung dieses jahrzehntelang gehegten Traums. Er durfte nie Platz finden, denn da waren Ausbildung, Studium, Familie, Beruf.
Die Aufenthalte oben in der Hütte beschränkten sich bestenfalls auf drei kurze und einen zweiwöchigen Urlaub pro Jahr.
Nun, da ich das aktive Arbeitsleben hinter mir gelassen habe, wäre es endlich möglich, meinem Wunsch Zeit zu geben, ihm Platz in meinem Leben einzuräumen.
Mein Mann ist in Rente, die Kinder längst aus dem Haus.
Ich bin gesund und körperlich fit.
Dass die Hütte für ein solches Vorhaben vorhanden ist, ist genial. Zudem ist mir die Alm samt aller Rahmenbedingungen bekannt und vertraut. Ich bin mir im Klaren, worauf ich mich einlasse und muss nicht nach irgendeiner Berghütte suchen, über deren Gegebenheiten ich nur wenig wüsste.

Seit Beginn unserer Beziehung habe ich meinem Mann regelmäßig von meinem tief verwurzelten Wunsch nach einem Hüttenjahr erzählt. Er nahm es gelassen hin, denn das alltägliche Leben hätte ein solches Projekt sowieso nicht ermöglicht.
Nun passen die Rahmenbedingungen: Ich habe endlich Zeit, mein Wunsch müsste prinzipiell nicht mehr warten!
Gemeinsam besprechen wir immer wieder das Projekt „Hüttenjahr." Mein Mann ist der Meinung, ein so intensiver und lang gehegter Wunsch müsse realisiert werden.
Ich sehe das auch so.
Er mag die Hütte und verbringt gerne die Urlaube dort. Einen ganzjährigen Aufenthalt kann er sich jedoch beim besten Willen nicht vorstellen.

Den langen und harten Winter in der Abgeschiedenheit der Berge unter einfachsten Bedingungen zu verbringen, käme nie und nimmer für ihn infrage.

So schlägt er vor, ich solle den Wunsch alleine verwirklichen. Seiner Unterstützung könne ich mir absolut sicher sein und selbstverständlich werde er mich während der Sommermonate mehrmals besuchen.

Er meint, ich könne unseren Hund Flocke als Begleiter, Gesellschafter und Wachhund mitnehmen.

Das ist eine hervorragende Idee!

Flocke wird mich also begleiten und auf mich aufpassen.

Ob er sich diesbezüglich glücklich oder unglücklich schätzen soll, ist schwer zu beurteilen.

Endlich! Es soll also so weit sein. Mein Wunsch darf tatsächlich Realität werden. Unfassbar!

Das ist zunächst ein überwältigendes Gefühl. Und doch hinterlässt es, nun da der Realisierung meiner Bergzeit nichts mehr im Wege steht, ein laues Unbehagen in der Magengegend.

Immer wieder schleicht sich die Frage in meine Gedanken, ob womöglich Wunsch und Vorstellung erfüllender und wohltuender sind als die Umsetzung selbst.

Ist möglicherweise der Weg schon das Ziel?

Ich weiß, dass ich mein Vorhaben unbedingt umsetzen muss, schon allein, um nicht weiterhin von den Gedanken daran besessen zu sein.

Und doch nagen plötzlich Zweifel und Unsicherheit an mir.

„Setze ich mich zu sehr unter Druck?", schießt es mir immer öfter durch den Kopf. „Schon möglich", antwortet mein Verstand.

Also beschließe ich, das Hüttenjahr entspannter zu betrachten, anstatt mich darauf zu fixieren, es stur in voller Länge durchzuziehen. Ich nehme mir vor, für eine vorzeitige

Beendigung der Bergzeit offen zu sein, falls widrige Umstände dies erfordern sollten oder ich ganz einfach genug hätte vom Leben im Gebirge.

Schließlich muss ich weder mir noch anderen etwas beweisen. Ein Abbruch ist nicht mit Versagen gleichzusetzen, sondern mit Erfahrung.

Bei dieser Sichtweise wird das Vorhaben plötzlich greifbarer, lebbarer und umsetzbarer für mich. Jetzt bin ich auf dem richtigen Weg.

Starttermin soll Anfang April sein. Da sind erfahrungsgemäß große Teile der Schneemassen bereits der Bergsonne gewichen und der Frühling ist im Anmarsch.

Mein Mann und ich machen im Spätherbst noch eine Woche Urlaub in der Hütte.

Das ermöglicht mir eine konkrete Bestandsaufnahme des Vorhandenen und die Planung des dringend Erforderlichen.

Die Winterzeit nutze ich für die Organisation des Bergjahres und die Beschaffung der erforderlichen Ausrüstung.

An dieser Stelle sei ausdrücklich erwähnt, dass dieses Buch kein Tagebuch ist. Selbst in einer Berghütte ähneln sich Abläufe und Vorkommnisse vieler Tage und es ist schließlich nicht meine Absicht, Sie mit monotonen Wiederholungen zu langweilen.

Das Buch schildert Entstehung und Verwirklichung eines lang gehegten Wunsches und möchte einen möglichst realistischen Eindruck des Lebens in einer abgeschiedenen Berghütte vermitteln.

Rahmenbedingungen und Herausforderungen meiner Zeit dort, Besonderheiten der einzelnen Jahreszeiten, eindrucksvolle Vorkommnisse und was mir sonst noch wichtig und nennenswert erscheint, bestimmen den Inhalt dieser Berggeschichte, in der es keinen Platz für verklärte Hüttenromantik gibt.

Vorbereitungen

Zurückgekommen von den Herbsttagen auf der Alm, steige ich konsequent in die Planungen meines Vorhabens ein.

Vorbei ist die Zeit der Bergträumereien und des lebenslangen Wunsches, ein Jahr dort oben verbringen zu wollen. Jetzt müssen die Wunschvorstellungen ganz konkret mit Leben gefüllt werden, und zwar so, dass die Zeit im Gebirge möglichst gut organisiert ist.

Was benötige ich für ein ganzes Jahr?
Solch eine Frage habe ich mir zu Hause bisher noch nie gestellt. Wenn etwas fehlt, dann wird es gekauft.
Auf 1500 Metern ist das deutlich schwieriger, denn „mal kurz" Besorgungen zu machen ist zwar grundsätzlich möglich, geht aber mit einem mehrstündigen Fußmarsch einher.
In Gedanken gehe ich die bisherigen Gebirgsurlaube durch und mache mir Notizen.
Welche Anforderungen bringen die verschiedenen Jahreszeiten mit sich? Was ist unverzichtbar?
Bei den Überlegungen, was es alles mitzunehmen gilt, tritt die Frage, was ich während des Hüttenjahres nicht brauche, immer mehr in den Vordergrund. Mir wird plötzlich bewusst, dass es Prioritäten zu setzen gilt. Und so fange ich an, die zwischenzeitlich sehr umfangreich gewordene Liste dessen, was ich mitzunehmen beabsichtigte, wieder zu kürzen.
Position für Position gehe ich durch und hinterfrage deren Dringlichkeit. Schließlich schrumpft die Auflistung auf das zusammen, was Flocke und ich zur täglichen Existenz benötigen.
Und siehe da: Vieles von dem, was mir im ersten Moment so unglaublich wichtig erschien, ist nun durchgestrichen und aus dem Hüttenplan verbannt.

Selbstverständlich werde ich neben den überlebensnotwendi-
gen Dingen auch das eine oder andere weniger Wichtige mit
auf den Berg nehmen.
Ein klitzekleiner Hauch von Luxus muss schon sein, um das
Wohlbefinden nicht zu vernachlässigen.

Da bei den Eidgenossen so ziemlich alles mindestens ein Drittel mehr kostet als in Deutschland, beabsichtige ich, so viel
wie möglich zu Hause einzukaufen und die Ladekapazität
meines Autos maximal auszunutzen. Abzüglich des Gewichts
von Flocke und mir kann ich 550 Kilo zuladen.
Das Fahrzeug wird mir als mobiler Lagerraum dienen, aus
dem heraus ich mich nach und nach versorgen werde.
Mein Mann wird bei seinen Besuchen für Nachschub sorgen
und meinen vierrädrigen Vorratsschrank wieder auffüllen.
Frische Lebensmittel und was ich sonst noch brauche, werde
ich vor Ort kaufen.
Diese Idee gefällt mir ganz gut und ich freue mich, so viel
mitnehmen zu können. „550 Kilo sind eine ganze Menge",
denke ich mir. Doch schon bei genauer Berechnung des jähr-
lichen Bedarfs an Hundefutter, komme ich der Ladekapazität
empfindlich nahe: Flocke wiegt 45 Kilo und frisst pro Tag eine
große Dose Nassfutter sowie 500 Gramm Trockenfutter.
Rechnet man die unverzichtbaren Leckerli dazu (ein Hund
braucht schließlich auch ein bisschen Luxus) ergibt das rund
1,4 Kilo pro Tag. Aufs Jahr gerechnet komme ich auf circa
500 Kilo.
Blieben also lediglich noch 50 Kilo für meine Sachen übrig.
Das geht nicht. Ich werde also den Futtervorrat reduzieren
und meinen Mann um Nachschub bitten, denn die eigens für
das Hüttenjahr angeschaffte Mini-Inselsolaranlage muss auf
jeden Fall Platz im Auto finden. Auch verschiedene Werkzeuge und Baumaterialien sollen mitgenommen werden.

Als platzsparende und lang haltbare Lebensmittel schreibe ich Reis, Konserven, Spaghetti, Mehl und getrocknete Hülsenfrüchte auf die Vorratsliste.

Hinzu kommen Kleidung und Dinge der täglichen Hygiene.

Das Thema Planung, Bevorratung und Beladung schildere ich nur deshalb so detailliert, weil mir bewusst geworden ist, wie wenig wir uns doch über die tagtäglich verbrauchten, mehr oder weniger lebensnotwendigen Dinge Gedanken machen. Aus meiner Sicht konsumieren wir viel zu unbedarft und vergessen dabei, wie privilegiert wir sind.

Immerhin gehören wir, trotz all des Gejammers, zu den wenigen Prozent der Weltbevölkerung, die sich über das tägliche Überleben nicht wirklich den Kopf zerbrechen müssen.

Tatsächlich gelingt es mir, alles im Auto unterzubringen. Dabei lege ich besonderes Augenmerk auf die Organisation der Beladung. Es will gut durchdacht sein, welche Dinge zuerst auf den Berg mitgenommen werden sollen und welche später geholt werden können.

Ich habe alles nach Sorten verpackt, um später keine Zeit mit Suchen zu verschwenden. Einen Lade-Plan mit entsprechender Fotodokumentation per Handy vervollständigt das Ganze. Nachdem die Beladung des Autos abgeschlossen ist, fragen Sie sich möglicherweise, wie ich den Transport all dieser Waren zur Hütte zu bewerkstelligen beabsichtige.

Ganz einfach: Ich besitze eine Lastenkraxe. Dieser Begriff ist nicht meiner Fantasie entsprungen. Er existiert tatsächlich. Es handelt sich dabei um ein Lastengestell aus Aluminium, das über ein angenehmes Tragesystem, ähnlich dem eines Trekkingrucksacks verfügt. Sie ermöglicht den einigermaßen rückenschonenden Transport schwerer und sperriger Lasten, die nicht in einen normalen Rucksack passen.

Meine Lastenkraxe kann ein Gewicht von 50 Kilo aufnehmen, doch ich kann Ihnen versichern, dass ich diese Maximallast garantiert niemals ausreizen werde.

Bei 18 Kilo ist meine absolute Schmerzgrenze erreicht und die bewältige ich dann wirklich nur im Schneckentempo, mit vielen Pausen und Unmengen vergossenen Schweißes.

Zusätzlich zum Tragegestell besitze ich den zugehörigen Packsack. Sperriges Transportgut schnalle ich auf der Kraxe fest, ansonsten funktioniere ich sie mit dem Packsack zum normalen Rucksack um. Das Ganze ist eine geniale und äußerst zweckmäßige Erfindung.

Weil unser Hund Flocke ganz schön was wegfuttert, besitzt er einen eigenen Rucksack. Einen Hunderucksack.

Das muss man sich vorstellen wie Satteltaschen, die über dem vorderen Bereich des Rückens liegen und vorne an der Brust sowie am Bauch zusammengegurtet sind.

Flocke ist daran gewöhnt, denn er musste sein Futter bisher stets selbst bergauf tragen.

Als Faustregel gilt, dass ein Hund ungefähr 20 bis 25 Prozent seines Körpergewichtes mitnehmen darf.

Das erscheint mir zu viel für Flocke, zumal er die Last bergauf tragen muss.

Niemals würde ich es übers Herz bringen, ihm 9 Kilo oder gar mehr in seinen Rucksack zu geben.

Ich belade ihn mit maximal 5 Kilo. Das entspricht 11 Prozent seines Körpergewichts und ist völlig in Ordnung.

Gelassen trägt er sein Futter bergauf und springt sogar noch hin und her, wenn er eine interessante Spur entdeckt hat.

Manchmal kommt es mir vor, als trage er die Last mit Stolz und Würde.

Meine Vorratsplanung sieht vor, zunächst alle drei Tage hinab zum Auto zu wandern und möglichst viel Proviant zur Hütte zu bringen.

Ein fünftägiger Turnus wäre zwar völlig ausreichend, doch in den Wintermonaten könnte es passieren, dass hoher Schnee und Lawinengefahr dazwischenfunken und ein Hinabkommen vereiteln.

Deshalb habe ich vor, bereits bis zum Spätherbst, also vor Wintereinbruch, den Großteil der Vorräte zur Alm getragen zu haben.

Flocke

Bevor es losgeht in die Welt der Dreitausender, möchte ich Ihnen Flocke vorstellen.

Auf der Suche nach einem Hund, der sein Leben mit uns teilt und uns bewacht, hatten wir ihn, der ursprünglich Wolle hieß, vor drei Jahren im nahe gelegenen Tierheim entdeckt und zum neuen Familienmitglied auserkoren.

Seine Erstbesitzer hatten sich in das süße kleine Wollknäuel verliebt, als sie es im Alter von gerade mal neun Wochen übers Internet gekauft hatten. Sie haben sich offenbar keinerlei Gedanken darüber gemacht, dass das kleine, knuffige Fellbündel sich zu einem stattlichen, 70 Zentimeter großen und 45 Kilo schweren Hund entwickeln würde.

Seiner Größe, Bedürfnissen und den, der einsetzenden Pubertät geschuldeten Herausforderungen, waren sie nicht gewachsen und so landete der Arme im Alter von elf Monaten mir nichts dir nichts im Tierheim und verstand die Welt nicht mehr.

Glück für uns, und, so wage ich zu sagen, Glück für ihn. Aus Wolle wurde bei uns Flocke, denn zum einen ist er wie eine Schneeflocke in unser Leben geschneit, zum anderen ist er schneeweiß. Lediglich die letzten Zentimeter der Schwanzspitze sind braun und ähneln einem braunen Klecks.

Flocke ist ein vierjähriger Hundemann im besten Alter. Um präzise zu sein, war er das. Jetzt ist er ein Kastrat, doch vermittelt er keineswegs das Gefühl, aufgrund dieses Eingriffs ein unglückliches Dasein zu fristen. Wer weiß, ob er sich dessen überhaupt bewusst ist.

Seine Mutter ist eine Herdenschutzhündin, der Vater ein Hütehund und tatsächlich hat Flocke die besten Eigenschaften seiner Eltern geerbt. Herdenschutzhunde sind wachsam, mutig, stolz und ziemlich stur.

Sie bestechen durch ihr gelassenes, in sich ruhendes Gemüt. Seit Jahrhunderten werden sie gezüchtet, um selbstständig, ohne Zutun ihrer Menschen, im unwegsamen Gelände auf Viehherden aufzupassen.

Daher entscheiden sie eigenständig, was zu tun ist, wenn ihrer Herde Gefahr droht. Aufgrund dieser Eigenschaft folgen sie bisweilen mehr ihrem eigenen Kopf als dem ihres Besitzers.

Hütehunde hingegen sind sehr lernfreudig und hervorragend erziehbar. Sie sind folgsam, wollen es ihren Menschen recht machen und die Herde zusammenhalten. Diese Hunderassen sind sehr flink und bewegungsfreudig, wurden sie doch dafür gezüchtet, die Schafherde voranzutreiben, indem sie um die Tiere herumrennen und Ausreißer zur Herde zurückjagen.

Flocke ist mutig, wachsam, in sich ruhend und zugleich flink und folgsam. Er liebt weite Wanderungen und ist dabei ständig bemüht, alle Anwesenden als Gruppe zusammenzuhalten. Als er zu uns kam, lebte er ein paar Tage mit uns im Haus, doch seit er die Hundeklappe entdeckte, die ihm jederzeit den Weg nach draußen auf die große, eingezäunte Wiese ermöglicht, trifft man ihn zu jeder Jahreszeit fast ausschließlich im Freien an.

Das liegt sicher an den Herdenschutzhund-Genen, die ihn dazu veranlassen, möglichst sämtliche Außengrenzen seines Reviers im Auge zu behalten und potenzielle Angreifer in die Flucht zu schlagen.

Seinen Schlafplatz im Haus benutzt er nicht einmal im Winter. Dafür zieht er es vor, draußen auf der überdachten Terrasse zu nächtigen und uns zu bewachen. Klar, dass er dort inzwischen seinen Hauptliegeplatz in Form einer dicken, warmen Matratze hat.

Flocke verlässt das Grundstück nie ohne uns. Hin und wieder passiert es, dass das Gartentor aus Versehen offensteht. Anstatt herumzustreunen, was in dieser Situation das Ansinnen manch seiner Artgenossen wäre, legt er sich mitten ins offene Tor, damit sich kein Eindringling erdreistet, ohne unsere oder seine Genehmigung von draußen aufs Grundstück zu kommen.

Gelegentlich kommt Flocke ins Haus, holt sich Leckerli und Streicheleinheiten ab, pflegt ein bisschen Kommunikation von Hund zu Mensch und umgekehrt, um sich dann sogleich wieder ins Freie zu verkrümeln und das Revier zu bewachen.

Da sich unser Flocke bei Wind und Wetter draußen aufhält, ist sein Fell wesentlich dichter als bei einem Wohnungshund. Darum ist es ihm inzwischen zu warm im Haus.

Bei den täglichen Spaziergängen ist er super folgsam. Begegnungen mit anderen Hunden findet er prima. Er mag seine Artgenossen und hat uns noch nie Ärger gemacht, wenn wir auf andere Hundebesitzer mit ihren Vierbeinern trafen.

Am Waldrand lebend, führen uns unsere Spaziergänge meist durch Wälder und querfeldein. Flocke begleitet uns ohne Leine und bleibt dabei stets in unserer Nähe, um uns und unser Wohlergehen nicht aus dem Auge zu verlieren.

Rehe oder Füchse, die bisweilen unseren Weg kreuzen, interessieren ihn nicht, denn Jagen ist nicht sein Ding. Schließlich ist es wesentlich einfacher, zu warten, bis wir seinen Futternapf füllen. Kurzum: Flocke ist ein echter Traumhund!

Bei seinem ersten Aufenthalt in der Hütte wählte er umgehend seinen Schlafplatz aus, indem er sich in die Ecke unter den Küchenabstelltisch kuschelte und schlief. Seither liegen dort eine wärmende Isomatte und obenauf zwei ausrangierte Wolldecken. Von hier aus hat er die Eingangstür im Blick und kann ungestört seinem Herdenschutz-Job nachkommen.

Das wird auch während des Hüttenjahres sein Platz sein, denn im beheizten Wohnzimmer wäre es ihm viel zu warm. Wenn er dann doch hereingelassen werden möchte, kratzt er vorsichtig an der Tür.

Nach einem freundlichen „Hallo" in Form eines Stupsers mit seiner feuchten Schnauze, macht er einen Kontrollgang durchs Zimmer, prüfend, ob alles in Ordnung ist.
Dann fordert er noch eine ordentliche Ration an Streicheleinheiten ein, bis es ihm zu warm wird und er zurück in seine kühle Ecke oder ins Freie möchte.

Für ein Jahr lang werde ich Flockes Herde sein, getreu dem Motto: Klein aber fein. Er wird sich erst daran gewöhnen müssen, nicht auf Herrchen mitaufzupassen.
Ich werde die Schlafzimmertür zur Küche nachts offenstehen lassen, damit Flocke mich hören kann und ich ihn. Das gibt uns beiden ein gutes Gefühl und schafft irgendwie mehr Verbundenheit als bei geschlossener Tür.

Aufbruch

Der erste April ist mit traumhafter Frühlingssonne ins Land gezogen. Die Wetterprognose ist fantastisch und verheißt perfektes Reisewetter. Am morgigen Sonntag werde ich aufbrechen. Da hält sich der Verkehr auf den Autobahnen in Grenzen und es sind keine Lkws unterwegs.
Das Auto ist beladen und vollgetankt. Den Lastenrucksack habe ich so gepackt, dass für die ersten vier Tage alles drin ist, was ich brauche. Flockes Rucksack enthält Futter für vier Tage. Es kann also losgehen.
Um sechs Uhr breche ich auf. Wenn alles gut läuft, müsste ich nach bisherigen Erfahrungen rund sechs Stunden unterwegs sein, also gegen zwölf Uhr im Dorf eintreffen.

Bei der Verabschiedung von meinem Mann ist meine Vorfreude durch Zweifel getrübt. Ist es wirklich richtig, was ich mache? Immerhin waren wir noch nie so lange voneinander getrennt. Wann er mich wohl zum ersten Mal besuchen wird? Ich lasse die Zweifel zu, versuche aber, sie gedanklich beiseitezulegen. Jetzt gibt es für mich kein Zurück mehr, teilt mir mein Bauchgefühl doch deutlich mit, wie richtig sich mein Vorhaben anfühlt.

Während der Fahrt erlebe ich etliche Wechselbäder der Gefühle: Freude darüber, dass mein Traum nun endlich wahr werden darf, mischt sich unter Ängste, ob ich den Herausforderungen überhaupt gewachsen sein werde.
Vier Stunden lang kämpfen Freude und Zweifel um die Oberhand in mir, während die monotone Landschaft entlang der Autobahn Kilometer um Kilometer an mir vorbeizieht. Rechts die Vogesen, links der Schwarzwald, dazwischen mein Sinnieren über das Hüttenjahr. Es macht sich in jeglichem Denken breit, nistet sich regelrecht in meinen Gehirnwindungen ein.

Die Konzentration auf den spärlichen Sonntagsverkehr holt mich immer wieder aus kontroversen Gedankensprüngen in die Realität zurück. In den Momenten des Zweifelns bin ich versucht, die Autobahn an der nächsten Ausfahrt zu verlassen, die Auffahrt in der Gegenrichtung zu nehmen und wieder heimwärts zu fahren.

Die Freudenmomente hingegen, malen einzigartige Gebirgslandschaften und die Berghütte in meine Gedanken, und dann kann es mir nicht schnell genug gehen, endlich anzukommen.

So wankelmütig kenne ich mich nicht. Ich bin mir fremd und komme mir vor, als säße nicht ich, sondern eine andere Person am Steuer. Ein seltsames, ja befremdendes Gefühl beschleicht mich. „Du hast Angst vor deiner eigenen Courage", sage ich mir. Anders kann ich mir dieses extreme Wechselbad der Gefühle nicht erklären.

Um mich abzulenken, rede ich auf Flocke ein, der ruhig und gelassen auf der Ladefläche des Kombis liegt und döst. Erstaunt hebt er den Kopf, als ich ihm lauthals von unserer nun beginnenden Hüttenzeit erzähle. Der Arme. Ich habe ihn aus seinen Träumen gerissen. „Sorry - schlaf weiter", entschuldige ich mich bei ihm und schalte das Radio ein.

Die Grenze zur Schweiz passieren wir ohne jegliche Kontrollen. Mit desinteressiertem Winken zeigt mir die Zöllnerin an, weiterzufahren. Nicht einmal meinen Ausweis möchte sie sehen, geschweige denn Flockes Impfpass. Gut so, denn all die mitgebrachten Lebensmittel und Gerätschaften hätten die erlaubte, zollfreie Einfuhrmenge auf jeden Fall überschritten. Nach vier Autostunden, heftigen Zweifeln an meinem Vorhaben und extremen Gefühlsschwankungen, erblicke ich schneebedeckte Berggipfel am Horizont. Ihr Anblick lässt mein Herz höherschlagen. Meine Stimmung verbessert sich schlagartig und ein wohliges, warmes Gefühl breitet sich in mir aus.

Mit jedem Kilometer, den ich weiter in die Berglandschaft hineinfahre, verfliegen die Zweifel und Grübeleien. Mir scheint, ich könne sie im Rückspiegel verschwinden sehen. Jetzt macht sich immense Freude in mir breit, und gibt mir das sichere Gefühl, das Richtige zu tun.

Die Sonne scheint, und lässt die Berge noch weißer und erhabener erscheinen, als sie ohnehin schon sind.

Plötzlich erfasst mich ein derartiges Glücksgefühl, dass ich lauthals zu singen beginne. Zum Glück hört mich niemand außer Flocke. Solange er nicht jault, kann er meinen Singsang ertragen.

Das lang ersehnte Hüttenjahr rückt nun Kilometer um Kilometer näher, wird greifbar. Ich verlasse die Autobahn und fahre zielgerichtet die Serpentinen in das zunehmend enger werdende Tal hinauf, an dessen Ende sich das malerische kleine Bergdorf befindet, auf das ich nun ein ganzes Jahr lang hinabblicken werde. Weil es an drei Seiten von schroffen Hochgebirgsketten umringt ist, endet hier die Straße. Man kann nur bleiben, oder umkehren und dorthin zurückfahren, wo man hergekommen ist.

Lediglich kleinere Sträßchen und unbefestigte Wege führen zu einzelnen, abgelegenen Gehöften und Häusern. Ich lasse die kleine Ortschaft hinter mir und folge einem schmalen Schotterweg bergauf. Er endet am Zaun eines traditionellen Bergbauernhofs. Angekommen!

Nach sechs Stunden Fahrzeit parke ich vor der Haustür.

Wir kennen die Familie schon seit Jahrzehnten und mittlerweile verstehen wir uns ganz gut. Es hat allerdings seine Zeit gebraucht, bis wir akzeptiert wurden, denn die Bergler sind recht verschlossen, vor allem Fremden gegenüber.

Mit François, dem Bauern, hatte ich im Vorfeld telefonisch vereinbart, mein Auto während des Hüttenjahres auf seinem Gelände abstellen zu können. Dadurch erspare ich mir bei jedem Aufstieg fünfzehn Minuten Fußmarsch. Mit vollem Rucksack freut man sich über jeden eingesparten Meter.
Ums Auto muss ich mir auf diese Weise keine Sorgen machen, denn es steht außerhalb des Dorfes unter Aufsicht.

Flocke und ich steigen aus dem Auto, strecken und recken uns erst mal ausgiebig und gehen dann zum Haus.
Noch bevor wir den Eingang erreichen, kommt uns François entgegen. Er ist ein gemütlicher, in sich ruhender Endvierziger mit langem, grau meliertem Bart. „Bonjour Annette, bonjour Flocke" begrüßt er uns, und ich bekomme die obligatorischen drei Küsschen rechts und links neben die Wangen verpasst. Das ist hier so üblich. Flocke beobachtet gespannt diese Geste, von der er als Vierbeiner ausgenommen ist.
François bittet uns ins Haus, wo seine Frau Natalie uns aufs Herzlichste empfängt. Sie ist eine kleine, zierliche Frau, die vor Freundlichkeit und Energie geradezu sprüht.
Ihre beiden Kinder, die ich bereits als Babys kannte, sind erwachsen geworden und zum Studium nach Lausanne gezogen. Zum Bedauern der Eltern werden sie die jahrhundertealte, landwirtschaftliche Familientradition nicht weiterführen. Aber man kann ja nie wissen. Manch einer hat sich schon seiner Wurzeln besonnen und seinen Beruf an den Nagel gehängt.
Bei einer Tasse Tee plaudern wir angeregt über dies und jenes, mein Vorhaben und die jüngsten Vorkommnisse im Dorf. So bin ich schon zu Beginn meines Aufenthalts bestens darüber informiert, was es vor Ort an Neuigkeiten gibt.
Den von François angebotenen Rotwein schlage ich angesichts des bevorstehenden Aufstiegs aus. Ich überreiche ihm eine Flasche Kirschwasser. Natalie bekommt ein großes Stück

Schwarzwälder Schinken und drei Gläser selbst gemachte Marmelade. Bevor ich mich verabschiede, lege ich ein Kuvert mit dreihundert Schweizer Franken auf den Tisch. Diesen Betrag hatten wir als Stellplatzmiete vereinbart. Für alle Fälle vergleichen wir noch unsere aktuellen Handynummern, falls besondere Vorkommnisse ein Telefonat erfordern sollten. François weist mir meinen Parkplatz unter dem weit über den Stall hinausragenden Schleppdach zu. Schwer bepackt marschieren Flocke und ich los. „Bonne chance" rufend, winken uns Natalie und François hinterher.

Der Aufstieg kommt mir deutlich anstrengender vor, als ich ihn in Erinnerung hatte. Zum Glück ist es recht kalt, sodass ich nicht schon während der ersten Meter nassgeschwitzt bin. Den Winter über hatte ich offenbar vergessen, dass ein Fußmarsch bergauf andere Muskeln beansprucht als auf der Ebene. Die Überquerung der vom Winter übrig gebliebenen, verharschten Schneefelder, die an einigen Stellen den steilen Pfad blockieren, verlangt mir enorme Kräfte ab.
Solch eine Anstrengung bin ich nicht mehr gewohnt und so lege ich regelmäßig kleine Verschnaufpausen ein.
Nach einem zweistündigen, überaus anstrengenden Fußmarsch kommen wir bei der Hütte an.
Ich bin komplett durchgeschwitzt, völlig erschöpft aber so richtig gut drauf. Ein wohltuendes Glücksgefühl durchströmt mich. Auch Flocke scheint sich zu freuen. Aufgeregt schnüffelt er überall ums Haus herum, markiert hier und dort und setzt sich dann schwanzwedelnd vor mich hin, als wolle er sagen, „Toll, wieder hier zu sein." Er kennt diesen Ort von zahlreichen Urlauben mit uns und ich weiß, wie gut es ihm hier gefällt. Ob er wohl genauso glücklich und ausgelassen wäre, würde er wissen, nun ein ganzes Jahr mit mir allein in der Hütte verbringen zu müssen?

Ankunft

Bei meiner Ankunft ist der Anblick des Chalets phänomenal: Schneebedeckte Dreitausender vor stahlblauem Himmel, vor und unterhalb der Hütte vereinzelte Schneefelder. Eine schmale weiße, hart gefrorene Mauer zieht sich unter der Traufe am Haus entlang. Es sind die Reste des Schnees, der vom Dach heruntergerutscht und zu Eis erstarrt ist. Oberhalb des Hauses, wo die Sonne schon ihre wärmenden Strahlen hinzuschicken vermag, erblicken erste mutige Grashalme den Frühlingshimmel. Das zarte Grün ist durchzogen von wilden, violetten und weißen Krokussen. Sie kündigen den nahenden Bergfrühling an.

Bei Sonnenschein auf die Hütte zuzuwandern, ist einfach einzigartig! Bei Regen wäre der anstrengende Aufstieg zur Qual geworden, und die Ankunft wäre nicht halb so beeindruckend ohne dieses herrliche Gemälde, das die Sonne vor den blauen Himmel zeichnet.

Am Eingang hängt ein Thermometer. Es zeigt kühle fünf Grad an. Ich weiß, dass die erste Nacht bei sternenklarem Himmel sehr frostig sein wird, zumal die Hütte im Laufe der kalten Wintermonate extrem heruntergekühlt ist.

Der alte Holzbrunnen vor dem Chalet ist trocken. Dort wo sich normalerweise das kalte Bergwasser aus einem durchbohrten Ast in den ausgehöhlten Tannenstamm ergießt, kullern spärlich einige wenige Tropfen heraus. Das dämpft meine Laune erst mal ganz ordentlich, denn ohne Wasser lebt es sich auf einer Berghütte erheblich beschwerlicher als mit dem frischen Nass. Da ich beim besten Willen keine Lust habe, Schnee zu schmelzen, werde ich das Wasserproblem also schleunigst lösen müssen. Doch zuvor möchte ich die Hütte aus dem langen Winterschlaf erwecken und bewohnbar machen. Durch die schwere Eingangstür trete ich in die Küche, wo ich von Dunkelheit und Kälte umgeben bin.

Flocke begibt sich schnurstracks auf seinen Liegeplatz und inspiziert ihn ausgiebig.

Beim Eintreten umströmt mich der altbekannte Hüttengeruch, den ich so sehr liebe. Am liebsten würde ich ein Parfum mit den Duftnoten Holz, Asche, Ruß und Gebirge entwickeln und es „Hütte" nennen.

Es kommt mir fast so vor, als hauche mir das Chalet mit seinem unverkennbaren Duft ein „Bonjour" entgegen, um mich herzlich willkommen zu heißen. Sofort spüre ich die mir vertraute, tiefe innere Verbundenheit zur Hütte. Ganz tief atme ich den Duft ein und merke, wie mit dem Atem ein Gefühl von Geborgenheit in mich hineinströmt.

Ich frage mich, ob all die anderen Menschen, die schon hier waren, beim Betreten des Chalets gleichermaßen empfunden haben mögen.

Nachdem ich Fenster, Fensterläden und Balkontür geöffnet habe, um frische Luft ins Haus zu lassen, öffne ich die Dachluke des Schornsteins. Sie wird mit einer schweren Eisenkette bedient, die durch den Kamin hindurch verläuft und an der Esse eingehakt wird.

Als Nächstes entzünde ich den kleinen Ofen im Wohnzimmer, damit sich seine Kacheln erwärmen können, während ich mit den zahlreichen Aufgaben des Ankommens beschäftigt bin. Dank des Hüttengesetzes, wonach vor der Abreise immer Brennholz für mindestens eine Woche einzulagern ist, steht das Thema "Holz machen" die nächsten Tage erst mal hintenan. Man hat schließlich nach der Ankunft allerlei anderes zu bewerkstelligen. Für dieses „Lex Hütte" bin ich im Moment sehr dankbar und heize den kleinen Ofen ordentlich ein, denn ich spüre, wie sich die Kälte langsam aber sicher immer weiter an mich heran und in mich hineinschleicht. Kein Wunder, denn ich bin verschwitzt vom Aufstieg und im Innern des Hauses hat es nur drei Grad. Das Chalet hat die Kälte des langen Winters aufgenommen und gespeichert.

Die geschlossenen Fensterläden haben verhindert, dass die Frühlingssonne einen Hauch von Wärme ins Haus schicken kann. Klar, dass es dann drinnen kälter ist als draußen. Angesichts der eisigen Temperatur gilt es nun, mich schnellstens der schweißgebadeten Klamotten zu entledigen, um mir keine Erkältung zuzuziehen.

Zu gerne hätte ich mich am Brunnen gewaschen, aber das dürftige Getröpfel reicht dafür nicht aus. So ziehe ich notgedrungen trockene Kleidung an, ohne mir zuvor den Schweiß vom Körper waschen zu können. Das ist mir normalerweise zuwider, doch käme eine Erkältung zu Beginn des Bergjahres einem denkbar ungünstigen Start gleich.

Warm in dicke Winterklamotten eingepackt, krame ich einen Eimer aus dem Stall und stelle ihn in den Brunnen, um wenigstens die spärlich zutage tretenden Tropfen aufzufangen.

Die mitgebrachten Sachen werden aus meinem Packsack befreit, damit das schon mal erledigt ist. Klamotten bringe ich im Wohnzimmerschrank unter. Die haltbaren Lebensmittel verstaue ich im Vorratsschrank in der Küche. Kühlgut findet in den voluminösen, ehemaligen Milchkannen Platz. Hier sind sie sicher vor Mäusen. Während des Sommers werden die Vorratskannen in den Brunnen gestellt, um die Lebensmittel auf diese Weise zu kühlen. Das ist der Hüttenkühlschrank. Angesichts der frostigen Temperaturen, die derzeit in der Küche vorherrschen, erspare ich mir diese Mühe.

Nun bereite ich mein Nachtlager vor: Im Schlafzimmer nehme ich die Matratzen von der Decke, wo sie an dicken Ketten aufgehängt, vor Mäusen gesichert überwintert haben. Dank dieser anstrengenden Prozedur ist mir wenigstens warm geworden. Bettzeug und Wäsche sind in der Wäschetruhe eingelagert. Alles duftet angenehm nach Lavendel, denn anstelle stinkender Mottenkugeln benutze ich Lavendelöl. Das ist effektiv und riecht gut. Ich beziehe die dicke, flauschige Steppdecke und das Kissen, ziehe das Spannbetttuch auf und blicke zufrieden auf das vorbereitete Bett. Jetzt fehlen nur noch die heiß gefüllten Bettflaschen. Das werde ich später erledigen, wenn ich Wasser habe und der Küchenherd angefeuert ist.

Zwischenzeitlich hat sich der Wassereimer im Brunnen tröpfchenweise gefüllt. Prima. Mit dem kostbaren Wasser kann ich nun das Schiff des Küchenherds und einen Kochtopf mit Wasser füllen. Den Eimer stelle ich sofort wieder in den Brunnen, um keinen Tropfen zu vergeuden. Wer weiß, ob ich es heute noch schaffe, das Wasserproblem zu lösen.

Ich mache Feuer im Herd, damit ich am Abend heißes Wasser zum Waschen und Befüllen der Bettflaschen habe. Der Herd wärmt die Küche nur geringfügig, denn durch die Esse zieht die Wärme über den Kamin gen Himmel. Dennoch ist es sehr angenehm, direkt an seinem Brennraum zu sitzen und ihn regelmäßig mit Holz zu füttern, das er zu verschlingen scheint. Genau hier befinde ich mich nun gedankenversunken und in mich gekehrt. Zu meiner eigenen Überraschung fühle ich mich erschöpft und mutlos. Eigentlich müsste ich jubeln und glücklich sein, doch ich bin niedergeschlagen und weiß nicht warum.

„Was machst du hier eigentlich?", frage ich mich. „Was hast du hier vor? Was soll dieses Hüttenjahr überhaupt?"

Auweia! Derartige Bedenken schon am ersten Tag. Ob das gut gehen mag?

In Selbstzweifel, Erschöpfung und Mutlosigkeit versunken, spüre ich etwas Feuchtes an meiner Hand.

Flocke stupst mich vorsichtig mit seiner Nase an und richtet, als er sich meiner Aufmerksamkeit gewiss ist, den Blick auf seinen Hunderucksack, der noch immer bepackt in der Küche steht. „Ach du liebe Güte! Dich hatte ich vor lauter Kummer ja ganz vergessen, du Armer. Wie konnte ich!", entschuldige ich mich bei meinem Hund und knuddle ihn liebevoll. Hat Flocke gespürt, dass es mit meiner Gemütsverfassung im Moment nicht zum Besten steht, oder plagt ihn wirklich nur der Hunger? Ich tippe auf Letzteres, denn er hat den ganzen Tag noch nichts zu fressen bekommen. Er muss die Fahrt grundsätzlich nüchtern antreten, da er sich andernfalls übergibt. Flocke bekommt umgehend sein Futter und ein Leckerli als Nachtisch. Nachdem er das Festmahl sichtlich genossen hat, setzt er sich neben mich und legt seinen Kopf auf meine Oberschenkel. Ich kraule ihn. Währenddessen wird mir bewusst, wie wenig ein Hund braucht, um zufrieden zu sein, und wie viel wir Menschen brauchen, und letztendlich unzufrieden sind. Flocke zeigt mir, wie Glücklichsein geht: Ganz einfach.

Ich fasse wieder Mut, schaue auf die Uhr und überlege: kurz nach fünfzehn Uhr. Derzeit wird es gegen halb acht dunkel. Ich könnte noch zur Wasserentnahmestelle wandern und versuchen, sie in Gang zu setzen.

Ungefähr zwei bis drei Stunden würde ich dafür benötigen. Genügend Zeit also, um vor Einbruch der Dunkelheit wieder zurück zu sein.

„Willst du nach der langen Autofahrt und dem anstrengenden Aufstieg wegen des Wassers noch vierzig Minuten bergauf wandern?", frage ich mich. „Nein! Dazu habe ich überhaupt keine Lust." Doch dann stelle ich mir vor, wie schön es wäre, am nächsten Morgen aufzuwachen, das Plätschern des Brunnens zu hören, sich mit dem kalten Bergwasser zu waschen und anschließend einen Espresso zu kochen. Außerdem würde der Wohnzimmerofen bis zu meiner Rückkehr ganze Arbeit geleistet und für eine angenehme Wohlfühltemperatur gesorgt haben.

Angesichts dieser Perspektiven fällt die Entscheidung leicht: Ich breche auf, um das Wasserproblem zu lösen.

Brunnenwasser

Immer wieder sitzt man unverhofft auf dem Trockenen und muss sich dann zu helfen wissen.

Bei jeder Reparatur am Wasserversorgungssystem lerne ich etwas Neues dazu. Learning by Doing. Da das Thema Wasser eine fortwährende Herausforderung darstellt, die mich das ganze Jahr hindurch beschäftigen wird, möchte ich etwas näher erläutern, wie das kühle Nass zum Brunnen gelangt:

Wie die meisten Almen im Schweizer Gebirge hat die Hütte ein sogenanntes Wasserrecht. Das kann sowohl eine, aus dem Berg entspringende Quelle, als auch eine Entnahmestelle aus einem fließenden Gewässer sein.

Unsere Quelle tritt auf rund 2000 Metern aus dem Felsen zutage. Von dort plätschert sie als unscheinbares, kaum beachtetes Rinnsal, oberirdisch den Berg hinab. Auf ihrem Weg reichert sie sich kontinuierlich mit Oberflächenwasser an, bis sie schließlich in einer Höhe von ungefähr 1700 Metern in unsere Wasserentnahmestelle mündet. Bis dahin hat sich die einst beschauliche Quelle zu einem Gebirgsbächlein entwickelt, von dem wir einen Teil auffangen.

Das funktioniert ganz simpel: Das Wasser fließt über ein Kunststofffass, das bis zur Hälfte in den Boden eingelassen und mit einem abnehmbaren, perforierten Deckel verschlossen ist. Um das Eindringen von Fremdstoffen zu verhindern, haben wir ein umgedrehtes Edelstahl-Salatsieb wie eine Kuppel auf den Deckel gelegt. Da sich dieser Filter jedoch rasch mit Schwemmmaterial zusetzen würde, haben wir darüber ein Lochblech fixiert, das genügend Wasser durchlässt und sich durch die Fließgeschwindigkeit des Wasserzulaufs selbst reinigt.

Der Wasserbehälter hat am unteren Rand ein Loch, durch das die dennoch eindringenden, feinen Schlicksedimente abfließen können. Das funktioniert aber nur in begrenztem

Umfang, da die Öffnung lediglich einen Zentimeter Durchmesser hat. Wäre sie größer, ginge zu viel Wasser verloren und das Fass könnte nicht volllaufen. Um das Wasser gebündelt in die richtige Richtung zu lenken, haben wir eine Regenrinne in den Bachlauf gesetzt. Sie leitet es direkt in Richtung Wasserbehälter.

Unten am Fass führt eine frostsichere Wasserleitung aus Polyethylen in den Behälter hinein. Ein dort aufgesteckter Filteraufsatz verhindert das Einspülen von Einschwemmungen in die Leitung. Das rund 200-Meter hohe Gefälle von der Wasserentnahme bis zur Hütte, erzeugt einen Sog im Fass. Der Brunnen saugt das Wasser aus dem Behälter heraus.

„Eigentlich alles einfach und ganz logisch", mag man denken. Wären da nicht die vielen Steinchen und Schlammpartikel, die trotz der verschiedenen Siebvorrichtungen in den Behälter gelangen, sich dort langsam aber sicher ansammeln und zu guter Letzt das Sieb am Leitungsausgang verstopfen.

Zusätzlich können Blätter, Geröll und sonstige Naturmaterialien den Zulauf zum Entnahmefass blockieren oder sogar die Flussrichtung des Wassers verändern. Es fließt dann am Wasserbehälter vorbei und der Brunnen vor der Hütte bleibt trocken.

Kurzum: Die Wasserentnahme bedarf einer regelmäßigen Reinigung und Wartung, um einigermaßen zuverlässig zu funktionieren. „Zuverlässig" bedeutet in diesem Kontext: bis zur Schneeschmelze, zum nächsten Gewitter oder starkem Dauerregen. Das Thema „Wasserversorgung" stellt eine Schwachstelle einer jeden Berghütte dar. Darüber klagen alle, uns bekannten Hüttenbesitzer.

Nun muss ich gleich am ersten Tag meines Bergjahres für Wasser im Brunnen sorgen. Die erforderlichen Werkzeuge wie Schöpfkelle, Schlauchschneider, Schlauchverbinder und Spitzhacke sind schnell zusammengepackt. Ein Stück PE-Leitungsrohr nehme ich sicherheitshalber auch mit. Vielleicht benötige ich es noch. Der schmale Pfad hinauf zur Wasserstelle ist nicht ungefährlich. Er führt an einem Felsabbruch rund zwanzig Meter oberhalb eines Wasserfalls entlang. Ein Fehltritt hätte fatale Folgen. Da derzeit vereinzelt noch Schneefelder den Weg kreuzen, beschließe ich, über einen weniger gefährlichen, aber deutlich weiteren Umweg aufzusteigen. Statt vierzig Minuten nimmt der Aufstieg eine ganze Stunde in Anspruch.

Flocke folgt mir unaufgefordert. Er ist mit seinen vier Beinen deutlich trittsicherer als ich. Ihn in meiner Nähe zu wissen, gibt mir ein gutes Gefühl.

An der Wasserentnahme angekommen, erkenne ich sofort, warum am Brunnen nur ein Rinnsal ankommt: Der Zulauf zum Fass ist durch Blätter, Äste und Steine verstopft.

Die Wassermassen haben sich einen anderen Weg, vorbei am Wasserbehälter gesucht.

Ich weiß, was zu tun ist. Zunächst öffne ich den Deckel des Behälters, der bis oben hin mit feinem Schlick gefüllt. Ich entferne ihn mit der Schöpfkelle und reinige das Aufstecksieb des Saugrohres. Nun muss ich den Wasserzulauf in Ordnung bringen, damit das Wasser wieder über die Rinne zum Fass fließt und es füllt.

Das Glück ist mir hold: Sofort entsteht ein Sog am Rohr und erzeugt ein gurgelndes Geräusch. Die Wasserleitung zieht und ist demnach nicht verstopft. Da der Sog noch recht schwach ist, verschließe ich das Rohr mit der Hand. Sobald die Leitung zieht, entferne ich meine Hand, damit wieder Wasser in die Leitung gelangt. Das wiederhole ich so oft, bis der Wassersog zunehmend stärker wird. Auf diese Weise werden restliche Ablagerungen aus der Wasserleitung gespült.

Fertig! Im Brunnen müsste jetzt Wasser ankommen. Zum Abschluss muss ich nur noch den Deckel aufs Fass setzen, das umgedrehte Salatsieb samt Lochblech obenauf platzieren und mit Steinen fixieren. Das war's. Bevor ich den Rückweg antrete, werfe ich nochmals einen prüfenden Blick auf das Ganze und schlage dann den Pfad zurück zur Hütte ein.

Flocke, der mich die ganze Zeit interessiert beobachtet hat, folgt mir schwanzwedelnd. Nach zweieinhalb Stunden kehren wir zurück und zu meiner großen Freude strömt nun richtig viel Wasser in den Brunnen. Die Anstrengung hat sich gelohnt. Jetzt ist meine Bergwelt wieder in Ordnung.

Flocke bekommt einen frisch gefüllten Wassereimer und für mich stelle ich einen Topf mit Wasser auf den Wohnzimmerofen. Es wäre schließlich eine Verschwendung, die Wärme ungenutzt zu lassen.

Ich bin so glücklich über den Wassersegen, dass ich in Demut und Dankbarkeit versinke, von der Natur so reich beschenkt zu werden. Ja, wirklich: Wasser ist ein wertvolles Geschenk. Leider sind wir uns dessen in der zivilisierten Welt viel zu selten bewusst. Für uns ist es normal, den Wasserhahn aufzudrehen und das frische Nass, möglichst nach Wunsch temperiert verfügbar zu haben. Dabei vergessen wir, dass über zwanzig Prozent der Menschheit keinen Zugang zu Wasser, insbesondere zu Trinkwasser, haben. Tendenz steigend. Wieder einmal wird mir klar, wie gut es uns geht.

Der Wohnzimmerofen hat es bis zu meiner Rückkehr zwar noch nicht geschafft, die Kälte im Raum zu besiegen, doch er ist auf einem guten Weg. Das Thermometer ist immerhin schon in den zweistelligen Bereich geklettert. Umso erfolgreicher war der Küchenherd: Das Wasser in den Töpfen fängt bereits an zu kochen. Ich fülle drei Bettflaschen mit Wasser, platziere sie im Bett, und gieße eine große Kanne Kräutertee auf.

Jetzt möchte ich mich endlich verwöhnen: Ich gebe das heiße, dampfende Wasser in die schöne alte Porzellan-Waschschüssel und warte ein paar Minuten, bis es etwas abkühlt. Der Dampf hüpft beschwingt aus der Schüssel und löst sich, im Tanze begriffen, auf. Ein faszinierender Anblick. Welch ein Genuss, sich nach so einem Tag mit warmem Wasser waschen zu können! Ich komme mir vor wie eine Göttin. Eingemummelt in eine warme Wolldecke, setze ich mich vor den Ofen und lasse den Tag bei flackerndem Kerzenlicht ausklingen.

Glücklich und zufrieden schlürfe ich Kräutertee und beobachte die Muster, die das Zucken der Flammen an die

Wände zaubert. Flocke sitzt neben mir, um noch eine Extra-portion Streicheleinheiten abzuholen.

Auch er scheint diesen Abend zu genießen. Ich bin wunschlos glücklich und zufrieden mit meiner Bergwelt.

Eingewöhnung

Trotz zahlreicher Anstrengungen und der Umstellung auf eine völlig andere Lebensweise ist die erste Hüttenwoche herrlich! Petrus schenkt mir eine ganze Woche lang ein stabiles Hoch. Was will man mehr.

Allmorgendlich blicke ich beim Erwachen vom Bett aus auf die schneebedeckten, bereits sonnenbeschienenen Berggipfel der gegenüberliegenden Talseite. Der stahlblaue Himmel lässt sie wie riesengroße, weiße Zähne erscheinen. Es ist einzigartig, um nicht zu sagen atemberaubend, mit diesem Anblick aufzuwachen. Solche Bilder prägen sich für immer ins Gedächtnis ein.

Die Abende, Nächte und Morgen sind Anfang April noch ziemlich frisch. Nein - sie sind sehr kalt.

Nachts fallen die Temperaturen empfindlich unter null Grad. Als Kaltschläferin macht mir das nichts aus, solange die Zentralheizung früh morgens ihre Dienste erfüllt und die Wohnung auf Wohlfühltemperatur erwärmt hat, bis ich aus den Federn krieche. In der Hütte jedoch, besteht die Zentralheizung aus dem Wohnzimmerofen, für dessen reibungslosen Betrieb einzig und allein ich zuständig bin. Wenn ich nicht funktioniere und regelmäßig Holz nachlege, empfängt mich morgens ein heruntergekühltes Wohnzimmer und warmes Wasser zum Waschen gibts auch keines.

Der Ofen ist hungrig und möchte alle zwei bis drei Stunden gefüttert werden. Da Brennholz jedoch nicht vom Himmel fällt, sondern in mühsamer Arbeit gesammelt und gesägt werden muss, wäge ich ab, wie warm es im Wohnzimmer sein soll. Es gilt, lieber einen Pullover mehr anzuziehen, als das kostbare Heizmaterial unnötig zu verbrauchen.

Man sagt dem Menschen nach, er sei ein Gewohnheitstier. Stimmt. Ich gewöhne mich bereits während der ersten Woche an niedrigere Temperaturen und komme gut damit zurecht. Flocke, der ohnehin die Kälte liebt, macht einen mindestens so ausgeglichenen und zufriedenen Eindruck wie ich. Zum Glück habe ich erst mal genug Brennholz, aber mir ist klar, dass ich in Bälde für Nachschub sorgen muss.

Die Aprilsonne ist in diesen Höhenlagen schon sehr intensiv. Mutig und erfolgreich nimmt sie den Kampf mit dem vereisten Schnee der kalten Frostnächte auf.
Ihre wärmenden Strahlen lassen die acht Grad Außentemperatur weniger kalt erscheinen, und jeden Tag zaubert sie ein weiteres Stück des zarten Grüns aus den dahinschmelzenden Schneefeldern hervor. Alpenglöckchen und wilde Krokusse strecken ihre bunten Blüten der Frühlingssonne entgegen. Sie scheinen sich, wie ich, über jeden Sonnenstrahl zu freuen. Ich nutze das schöne Wetter, sammle täglich Holz, bringe es zur Hütte und lagere es im Stall. Das Zersägen hebe ich mir für schlechteres Wetter auf, denn im Stall kann ich vor der Witterung geschützt arbeiten.

Gleich am ersten Tag nach meiner Ankunft, habe ich die mitgebrachte, mobile Solaranlage zur Hütte getragen. Das war ein sehr anstrengender Kraftakt, doch Handy, Laptop und Akku-Lampen wollen schließlich regelmäßig geladen werden. Das Mini-Kraftwerk besteht aus einem großen Falt-Solarpanel und einer Powerstation mit verschiedenen Stromanschlüssen. Der große Vorteil liegt in seiner Mobilität, denn das Panel lässt sich flexibel zur Sonne ausrichten und die Powerstation kann ich dort hinstellen, wo Strom benötigt wird. Auf dem Dach verbaute Solarpanels wären im Winter über mehrere Monate hinweg schneebedeckt und ich bliebe ohne Strom. Die Solaranlage begeistert mich ungemein, und so bereue ich keinen Tropfen des beim Aufstieg vergossenen Schweißes.

Während der ersten Woche breche ich nahezu täglich zur Versorgungstour auf. So bezeichne ich die Wanderungen ins Tal, bei denen ich Lebensmittel aus dem Auto oder aus den Geschäften im Dorf besorge. Mit reichlich beladenem Lastenrucksack kämpfe ich mich dann wieder hoch zur Hütte. Der steile Aufstieg kommt trotz mehrerer Verschnaufpausen jedes Mal einem Kampf gegen meine ungeübten Muskeln gleich. Sie brennen bei jedem Schritt und ein gewaltiger Muskelkater plagt mich vier Tage lang.

Flocke begleitet mich mit großer Begeisterung. Dass auch er sich für den Winter bevorraten muss, stört ihn offenbar nicht. Er trägt sein, immerhin vier bis fünf Kilo schweres Rucksäckchen, freudig bergauf als wäre es leer.

Die Aufstiege sind zwar anstrengend, aber die herrliche Frühlingssonne legt sich so richtig ins Zeug, als wolle sie mich über die Mühen hinwegtrösten. Bisweilen gelingt ihr das sogar.

Ich muss schon sagen: Es ist eine ganz besondere Erfahrung, sich mit Lebensmitteln zu ernähren, die man zuvor in mühevoller Anstrengung bergauf getragen hat. Da bekommt Essen eine ganz neue Dimension: Es stellt nicht, wie bisher, eine Selbstverständlichkeit dar, sondern wird zu etwas Besonderem und mehr denn je zum Genuss. An Verschwendung oder gar Wegwerfen von Nahrungsmitteln ist hier oben jedenfalls nicht zu denken.

Fast hätte ich vergessen, etwas sehr Wichtiges zu erwähnen: Im Gebirge trage ich tagsüber grundsätzlich einen Gürtel mit einem kleinen Täschchen. In diesem ist ein laminiertes Papier aufbewahrt, auf dem Name und genaue Ortsangabe der Hütte, Adresse und Telefonnummer meines Mannes, sowie die von François und Natalie stehen.

Flockes Name samt Chip-Nummer sind ebenfalls vermerkt und bei Flocke verweist ein Sternchen auf eine Fußnote, die besagt, dass er nicht bissig ist.

Dieses Kärtchen kann lebensrettend sein, denn das Gebirge wartet immer wieder mit unvorhersehbaren Gefahren auf. Hinzu kommen die selbst ausgelösten Fehler, die wir Menschen nun mal begehen. Ein Fehltritt, eine Unachtsamkeit oder ein Steinschlag kann zu schweren Verletzungen, zur Bewusstlosigkeit oder gar dem Tod führen.

Der Rettungstrupp muss dann Bescheid wissen, wen er zu bergen im Begriff ist.

Brennholz

Obwohl es im Chalet lediglich den Kachelofen im Wohnzimmer und den Küchenherd gibt, wird dennoch eine beträchtliche Menge an Brennholz verbraucht.

Der alte, eiserne Herd wird nur bei Außentemperaturen unter null Grad zum Heizen benutzt, indem er permanent befeuert wird und dadurch das Wasser im Schiff und in den beiden aufgestellten Töpfen kochen lässt. Jeder von ihnen fasst zehn Liter, gibt Wärme ab und fungiert dadurch als Heizkörper.

So richtig warm wird die Küche dadurch zwar nicht, aber sie bleibt immerhin frostfrei. Der Wohnzimmerofen ist nahezu acht Monate pro Jahr im Einsatz. Er muss aber nur während der sehr kalten Zeit, also etwa vier Monate lang, rund um die Uhr beheizt werden. Ansonsten lässt man das Feuer abends erlöschen. Dank der Speicherfähigkeit seiner Kacheln wärmt er noch eine ganze Weile nach. Am Morgen ist es im Zimmer zwar kühl, doch das lässt sich mit einem dicken Pullover ausgleichen, bis der Ofen wieder angefacht ist und wärmt.

Hartholz in Form von Buchen und Eichen ist rund um die Hütte nicht verfügbar. Da die Tannen und Laubbäume in diesen Höhen sehr langsam wachsen, entwickeln sie aber ein besonders dichtes Holz, das unserem Hartholz nahekommt. Die Beschaffung von Brennholz für ein ganzes Jahr nimmt viel Zeit in Anspruch und wird fester Bestandteil meiner regelmäßigen Aufgaben sein.

Das Fällen ganzer Bäume ist mir weder möglich noch erlaubt. Auf dem, zur Hütte gehörenden Grundstück, stehen nur ein paar kleine Fichten, die es sich nicht zu fällen lohnt. Außerdem besitze ich keine Motorsäge, sondern lediglich eine alte, manuelle Holzsäge, deren Einsatz recht schweißtreibend ist. Es heißt nicht umsonst: Holz wärmt zweimal - beim

Holzmachen und beim Heizen. Beim Sammeln und Zersägen wird mir die wahre Bedeutung dieser Redewendung klar.

Die Holzbeschaffung sieht für mich so aus, dass ich Holz in Form nicht allzu dicker umgestürzter Bäume, herabgefallener Äste und Lawinenholz sammle, es zur Hütte trage oder ziehe und dort von Hand zersäge. Zum Anfeuern sammle ich Tannenzapfen. Die liegen in der Gegend in Unmengen herum. All die Jahre hindurch habe ich den jeweiligen Holzbedarf während unserer Aufenthalte im Chalet schriftlich festgehalten. Auch den Verbrauch im Verlauf der ersten Hüttenwoche habe ich täglich notiert, um einen Anhaltspunkt für die Berechnung des voraussichtlichen Jahresbedarfs zu haben. Basierend auf diesen Erfahrungswerten lässt sich der Gesamtverbrauch und dadurch die für das Sammeln und Zersägen des Holzes erforderliche Zeit, ziemlich genau ermitteln. Da der Winter die Landschaft für vier bis fünf Monate in seine weiße Decke hüllt, muss ich während der schneefreien Zeit umso mehr Holzvorräte beschaffen, um die Wintermonate auszugleichen. Gemäß meinen Berechnungen sollte ich über einen Zeitraum von sieben Monaten hinweg täglich ein bis zwei Stunden Holz sammeln. Das Zersägen nimmt genauso viel Zeit in Anspruch, ist jedoch nicht auf die Sommermonate begrenzt und kann daher auf das gesamte Jahr verteilt werden. Selbstverständlich halte ich beim Holzsammeln keine Stoppuhr in der Hand, denn es stehen außerdem noch die regelmäßigen Versorgungstouren auf der Tagesordnung. Dennoch ist es gut, zu wissen, welchen zeitlichen Umfang die Pflichtaufgaben umfassen. Nichtsdestotrotz teile ich meine Zeit flexibel ein. Hier auf dem Berg sehe ich die Dinge erstaunlich gelassen, und lebe nach dem Motto: Der Weg ist das Ziel. Diese Haltung erlebe und lebe ich erstmals und sehr bewusst.

Auf der Suche nach herumliegendem Holz durch Wiesen und Wälder zu streifen, hat etwas Entspannendes, ja fast Meditatives. Dabei entdecke ich jedes Mal neue Details der Natur, verliere mich in ihr und vergesse regelrecht die Zeit.

Und so stellt das Holzsammeln für mich keine Pflicht, sondern vielmehr eine erfüllende Freude dar.

Zur Holzbeschaffung nehme ich zwei große Körbe mit, in denen ich Holzstücke sammle, die bereits Ofengröße haben und nicht mehr zersägt werden müssen. Äste und kleine Baumstämme trage ich auf einen Haufen und binde dann so viele mit einem Seil zusammen, dass ich sie gerade noch tragen oder hinter mir herziehen kann.

An den Tagen, an denen es das Wetter nicht so gut mit mir meint, lasse ich diese Aktivität ausfallen. Dafür streife ich an schönen Tagen oft stundenlang durch die Wälder und widme mich hingebungsvoll der Holzsuche. Bereits nach wenigen Wochen habe ich ein Gefühl für das Verhältnis zwischen Verbrauch und Bevorratung des Brennmaterials bekommen.

Zu den Menschen gehörend, die sich tendenziell übers Maß bevorraten, werde ich bis zum Winter genügend Heizmaterial gesammelt haben, um während der kalten Jahreszeit nicht frieren zu müssen.

Das Zersägen des Holzes macht mir nicht so viel Spaß wie das Sammeln. Ehrlich gesagt, betrachte ich es als eine lästige Notwendigkeit, denn es strengt sehr an und ist ganz schön schweißtreibend.

Aber ich stelle es nicht infrage. Es stellt nun mal einen wichtigen Bestandteil der Bergzeit dar, und warum sollte ich mich über Dinge aufregen, die selbstverständlich sind.

Tatsächlich kann ich nach einigen Wochen sogar dem Holzsägen etwas Positiveres abgewinnen als zu Beginn.

In gleichmäßigem Rhythmus bewege ich die Säge und lausche der entstehenden Musik, bis sich die Sägezähne wieder einmal verhaken und jeglicher Takt aus dem Ruder läuft.

Kürzlich, beim ersten Besuch im Baumarkt, habe ich eine kleine Akku-Kettensäge entdeckt. Handlich und leicht, wie sie ist, war sie mir sofort ins Auge gefallen. Der Verkäufer hat mein Liebäugeln mit ihr sofort erkannt, mir ihre vielen Vorzüge erklärt und dabei besonders hervorgehoben, dass sie fünfzehn Zentimeter dickes Rundholz wie Butter zu durchtrennen in der Lage sei. Fast hätte er mich überzeugt, aber ich ließ die Säge im Baumarkt zurück.

Mit Argumenten wie: „Du hast doch genügend Zeit zum Sägen", redete ich mir ein, sie nicht zu benötigen. Während des Hüttenjahres ganz bewusst auf Luxus verzichten zu wollen, sprach ebenfalls dafür, sie nicht zu kaufen. So gelang es mir tatsächlich, die auflodernde Leidenschaft, die sich beim Gedanken an die Vorteile der Säge in mir regte, zu unterdrücken. Aber schon kurz nach der Rückkehr zur Hütte habe ich es bereut, sie nicht gekauft zu haben.

Seither nimmt sie immer mehr Raum in meinen Gedanken ein und ich finde zunehmend triftige Gründe, sie als dringend notwendig einzustufen: „Die Zeit, die du durch die Akku-Säge einsparen würdest, könntest du fürs Holzsammeln einsetzen, für die Erledigung sonstiger Aufgaben oder einfach nur zum Entspannen", sagt mein innerer Schweinehund jedes Mal, wenn er keine Lust zum Sägen hat.

Also beschließe ich, mir beim nächsten Gang zum Baumarkt den Luxus der kleinen Kettensäge zu gönnen.

Allein der Gedanke daran gibt mir ein gutes Gefühl.

Freilandtoilette

Wie lebt man ohne Toilette? Wie funktioniert das?

Im Stadtleben wäre es unmöglich, seine Notdurft im Freien zu verrichten. Als „Erregung öffentlichen Ärgernisses" wäre das schlichtweg verboten.

Für mich war es immer normal, mich während der Hüttenurlaube im Freien zu erleichtern. Ich bin von Kindheit an daran gewöhnt. Bei der Nutzung der Natur als Toilette spielt das Wetter eine untergeordnete Rolle, denn wenn man muss, muss man eben. Wenn's pressiert hat man keine Zeit, zu warten, bis das Schneegestöber oder der Regenguss vorbeigezogen ist. Im Freien zu pinkeln, stellt ja nun wirklich kein Problem dar, da man sich irgendwo in die Büsche oder an sonst einen blickgeschützten Platz verkrümeln kann.

Das „große Geschäft" wird schon eher zur Herausforderung. Man muss mit Spaten und Toilettenpapier losziehen, einen geeigneten Platz suchen, ein Loch ausheben und die Hinterlassenschaft ordentlich bestatten. Regen verkompliziert die Angelegenheit zusätzlich. Es läge nahe, einen Schirm mitzunehmen. Dann hätte man jedoch Schirm, Spaten und Toilettenpapier dabei. Drei Dinge und nur zwei Hände. Mir ist das zu unhandlich und so ziehe ich lieber einen Regenmantel über und verzichte auf den Schirm.

Ich erinnere mich noch genau daran, wie ich als Jugendliche nahe einem Felsvorsprung ein Loch ausgestochen und mein Geschäft hineinplatziert hatte. Beim Griff zum Toilettenpapier hielt ich die ersten beiden Blätter in der Hand, verlor dann unverhofft das Gleichgewicht und musste mich abstützen, um nicht zu fallen. Dabei fiel mir die Papierrolle aus der Hand. Die ersten beiden Blätter hielt ich zum Glück eisern fest. Na prima: Da hockte ich nun mit dem Ende des Toilettenpapiers, das sich Richtung Tal schlängelte.

Vorsichtig holte ich mir ein Blatt nach dem anderen, indem ich ganz sachte daran zog. Ich hatte Glück und die Blätter der Rolle, die ich nach und nach sichern konnte, reichten gerade aus, um meine Sitzung beenden zu können. Das hätte aber auch ordentlich schiefgehen können. Tja – solche Erinnerungen sind einzigartig und „Hütte pur".

Bereits nach den ersten Bergwochen steht für mich fest, dass ich mein Geschäft im Winter und bei tiefem Schnee definitiv nicht draußen verrichten werde. Ich beabsichtige, rechtzeitig vor Wintereinbruch eine praktikable Toilettenlösung entwickelt und umgesetzt zu haben.

Aber jetzt stehen erst einmal Frühling und Sommer vor der Tür und ich bin mir sicher, vor dem Winter ein Bergklosett konstruiert zu haben, wie immer das auch ausgestaltet sein mag.

Kochen

Am Küchenherd zu kochen, dabei dem Spiel der Flammen zu-zusehen und dem Knistern des Holzes zu lauschen, ist etwas ganz Besonderes.

Meinem Empfinden nach, schmecken Speisen, die auf Holz-feuer gekocht wurden, viel besser als vom Elektroherd. Doch es ist nicht einfach, Gerichte auf einem Holzherd zuzuberei-ten. Das kann schon fast als eine eigene Wissenschaft be-zeichnet werden. Man muss wissen und verstehen, wie sich Feuer als Heizquelle verhält und wie die Hitzeverteilung im Herd funktioniert.

Der Küchenherd in der Hütte ist aus Eisen gefertigt und hat schon 128 Jahre auf dem metallenen Buckel. Davon zeugt eine unscheinbare Gravur. Auf der rechten Seite hat er einen Brennraum, darunter eine Lüftungsklappe und ganz unten das, als Schublade herausziehbare Aschefach. Hier rieselt die Asche durch ein Eisengitter hinein, und kann dadurch be-quem entfernt werden. Das Feuer zieht vom Brennraum nach links in Richtung Ofenrohr, welches senkrecht nach oben in den Kamin einmündet. Auf dem Weg dorthin zieht die Hitze des Feuers direkt unter der schweren, gusseisernen Koch-platte hindurch. Sie ist mit zwei Kochfeldern ausgestattet. Die muss man sich so vorstellen, dass zwei große, kreisrunde Löcher mit jeweils dreißig Zentimetern Durchmesser aus der Platte ausgespart sind. Mittels genau ineinanderpassender Ei-senringe können die Öffnungen verkleinert und so der jeweili-gen Topfgröße angepasst werden.

Eines der Kochfelder befindet sich direkt über dem Brenn-raum und bekommt deshalb die meiste Hitze ab. Es ent-spricht im Prinzip dem Schnellkochfeld einer elektrischen Herdplatte. Das andere erhält die Wärme durch die durchzie-hende Hitze. Da es weniger heiß wird, dient es dem

Nachgaren und Warmhalten, je nachdem, wie man die Luft-
zufuhr und damit den Hitzedurchzug regelt.

Der Herd ist in seiner Konstruktion und Funktionalität konsequent und clever durchdacht: Links neben dem Brennraum,
unterhalb des Wärmedurchzugs, befindet sich die Backröhre.
Ich benutze sie nie, denn sie funktioniert nicht gut und nach
einigen misslungenen Backversuchen habe ich resigniert.
Dafür ist ihre Verschlussklappe äußerst praktisch, denn auf-
geklappt bietet sie eine ideale Ablagefläche für allerlei Kochu-
tensilien.
Links vor dem Ofenrohr, befindet sich das „Schiff". Dabei
handelt es sich um einen rechteckigen, in den Bauch des
Herds eingelassenen, herausnehmbaren, rund acht Liter fas-
senden Metallbehälter mit Deckel. Beim Kochen wird das
Wasser darin automatisch erhitzt, sodass es zum Geschirrspü-
len, Waschen oder Putzen zur Verfügung steht. Das Schiff
muss vor dem Winter entleert werden, da es sonst einfriert

und platzt. Während des Kochens hingegen darf es niemals leer sein. Die große Hitzeeinwirkung könnte es deformieren und reißen lassen.

Ich betrachte das Schiff als eine einfache, aber geniale und äußerst zweckdienliche Erfindung.

Um möglichst wenig Brennholz zu verbrauchen, koche ich sehr vorausschauend, meist für zwei oder manchmal drei Tage im Voraus. Dabei nutze ich grundsätzlich auch die zweite „Herdplatte", denn sie wird ja sowieso erhitzt.

Besonders gerne bereite ich Eintöpfe verschiedenster Art zu. Die kann man über längere Zeit stehen lassen und ihr Geschmack wird dabei von Tag zu Tag besser.

Wenn ich keine Lust zum Kochen habe, gibt es einfach nur Brot mit Käse und Wildkräutern.

Den Sommer über kaufe ich frisches Brot im Dorf. Für den Winter, wenn die Versorgungstouren witterungsbedingt nicht immer möglich sein werden, habe ich mehrere Packungen Knäckebrot vorrätig.

Ab und zu backe ich Pfannenbrot. Dazu bedarf es lediglich Trockenhefe, Mehl und einer Prise Salz.

Bergklosett

Die letzten beiden Wochen im April trüben meine Hüttenleben-Hochstimmung.

Während ich bereits auf das Frühlingserwachen der Natur eingestellt bin, beginnt es zu regnen. Der Regen macht jedoch nicht nur einen kurzen Besuch überm Chalet, sondern verweilt hartnäckig und ergiebig. Eine Woche lang gießt es ununterbrochen und unerbittlich wie aus Kübeln. Der Regen ähnelt dicken grauen Schnüren, die vom Himmel herabhängen. Es ist nasskalt und ich frage mich, ob es die Nässe oder die Kälte ist, die mir zunehmend aufs Gemüt schlägt.

Tagsüber zeigt das Thermometer ungemütliche sechs, nachts unangenehme vier Grad an. Der wolkenverhangene Himmel erscheint mir wie eine undurchsichtige graue Mauer, die Berge und Tal verschluckt hat. Ich sitze eine Woche lang im Grau gefangen.

Die Bedeutung des Begriffs „Hundewetter" führt mir mein Hund vor Augen: Flocke, der selbst bei Schneetreiben am liebsten den ganzen Tag draußen liegt, möchte nicht ins Freie. Wenn es ihn drängt, sein Geschäft zu verrichten, winselt er kurz, um mir mitzuteilen „Ich muss mal schnell."

Dann lasse ich ihn raus, wo er eilig in die dichte Regenwand hineinrennt und von ihr verschlungen wird. Im Nullkommanichts hat er alles erledigt, flitzt wie ein geölter Blitz aus der Unsichtbarkeit heraus zurück zur Hütte und sucht deren Schutz auf.

Im Brunnen fließt wegen des starken Regens unglaublich viel Wasser. Es ist trüb und voller kleiner Sedimente. Ich kann mir lebhaft vorstellen, wie sich der feine Schlick langsam aber sicher ins Wasserfass der Entnahmestelle hineinschleicht, sich dort ablagert und es schließlich verstopft.

Demnächst wird wohl wieder ein Gang dorthin anstehen, um alles zu säubern. Hoffentlich muss ich das nicht im Dauerregen erledigen.

Aus den Bergen ringsum ist regelmäßig das Donnern und Krachen abgehender Lawinen zu hören. Schnee, Geröll und Eis lösen sich und schießen talwärts. Für manch einen mag sich das furchterregend anhören. Ich liebe dieses Geräusch und mache mir keine Sorgen, denn die Hütte steht an einem lawinengeschützten Ort. Freilich ist man im Gebirge nie wirklich sicher, dessen bin ich mir bewusst. Die Berge sind bekanntermaßen immer wieder für eine Überraschung gut, sei es im positiven wie im negativen Sinne.

Nun, während des andauernden, starken Regens, kontrolliere ich regelmäßig das Hüttendach auf Dichtigkeit.
Sollte es undichte Stellen geben, entdeckt man sie am besten bei der momentanen Wetterlage.
Zum Glück kann ich keinerlei Wassereintritt feststellen. Findet das Wasser erst einmal den Weg ins Haus, sind schwerwiegende Probleme vorprogrammiert und es gilt, zu handeln.
Steter Tropfen höhlt nämlich nicht nur den Stein, sondern auch das Holz einer Berghütte.
An Versorgungstouren ins Tal ist bei diesem miesen Wetter nicht zu denken. Ich beschließe, diesbezüglich auszusetzen.
Brennholz sammle ich dennoch jeden Tag. Bei Regen ist das zwar kein Vergnügen, aber es muss sein. Außerdem sind Bewegung und frische Luft für Geist und Körper auch bei Regen wichtig. Flocke sieht das offenbar anders: Missmutig, beinahe widerwillig, begleitet er mich. Sein vorwurfsvoller Blick verrät mir unmissverständlich, dass er lieber im Chalet geblieben wäre. Nachdem Petrus eine ganze Woche lang eine Gießkanne nach der anderen über uns ausgeschüttet hat, sinkt die Temperatur spürbar. Der lästige Regen geht nahtlos in

Schnee über und der, vormals die Hütte einhüllende, graue Niederschlagsvorhang ist nun weiß. Das lässt ihn immerhin etwas freundlicher erscheinen.

Zunächst wirbeln Unmengen dicker Flocken vom Himmel. Ab dem zweiten Tag werden sie immer kleiner und entwickeln sich zu feinstem Pulverschnee, dem Traum eines jeden Skifahrers. Mich hingegen und offenbar auch die wilden Krokusse, die bereits ihre zarten Blüten dem Himmel entgegengestreckt hatten, nervt der Wintereinbruch gewaltig.

Wir hatten uns schon auf den Frühling eingestellt.

Das Thermometer zeigt inzwischen nicht nur nachts, sondern auch tagsüber Minusgrade an. Schnee und Kälte sind regelrecht zu riechen. Die Luft hat sich verändert.

„Lass dich vom Schneegestöber nicht ärgern", rede ich mir gut zu. „Du kannst es eh nicht ändern, und im Gebirge gehören derartige Wetterkapriolen nun mal zum Leben dazu."

Trotzdem deprimiert mich das schlechte Wetter zusehends. Es belastet mich insbesondere dann, wenn Blase oder Darm nach Entleerung verlangen.

Nach nur vier Wochen Hüttenleben bin ich offenbar doch noch nicht so ganz aufs Gebirgswetter und seine Konsequenzen eingestellt. Ich hoffe, mich bis zum Winter daran gewöhnt zu haben.

Während der ersten beiden Schneetage verschluckt der aufgewärmte, vom Regen durchtränkte Boden die auftreffenden Schneeflocken sofort. Am dritten Schneetag kehrt sich das Szenario komplett um. Aufgrund des Dauerfrosts gefriert die Bodenoberfläche. Die Krokusse haben ihre Blüten geschlossen und warten geduldig aber vergeblich auf Sonne.

Ich auch.

Doch es schneit unablässig weiter. Der endlos vom Himmel tanzende Schnee, frisst das Grün der Wiesen und Tannen langsam aber sicher auf. Am Nachmittag befinde ich mich im tiefsten Winter und ein Ende scheint nicht in Sicht.

An Versorgungstouren ist nicht zu denken. Der Pfad ins Tal ist viel zu rutschig und der Aufstieg mit vollem Rucksack wäre sehr kräftezehrend. Das erspare ich mir lieber. Zum Glück habe ich genügend Lebensmittel auf Vorrat.

Lediglich das Holzsammeln und meine Notdurft führen mich jeden Tag in die Wälder.

Ich nutze den plötzlichen Wintereinbruch, um das gesammelte Holz in ofengerechte Stücke zu zersägen. Das muss schließlich auch sein und mir wird dabei wenigstens ordentlich warm.

Während dieser endlos scheinenden Schlechtwetterperiode vermisse ich am meisten eine Toilette. Die Verrichtung der Notdurft im Freien, bei anhaltendem Schnee, macht definitiv keinen Spaß. Vielmehr ist es ein lästiges Übel, mit Spaten und Papier bewaffnet, notgedrungen nach draußen zu müssen.

Da nützt es auch nicht viel, sein Geschäft im Schutz der ausladenden Äste und Zweige einer Tanne zu erledigen. So darf das nicht weiter gehen. Vor allem im Winter scheint mir das ein Ding der Unmöglichkeit.

Als mich nach drei Tagen Schneefall auch der vierte Tag mit unendlich scheinenden, weißen Flocken begrüßt und die Wetter-App weiteren Schnee ankündigt, bin ich ziemlich geknickt. Mein Blick nach draußen endet nach wenigen Metern in dichtem Weiß. Frust breitet sich jetzt immer deutlicher in mir aus und nimmt jede Zelle meines Körpers in Besitz. Nicht einmal der morgendliche Espresso, den ich so sehr liebe, kann mich aufmuntern. Niedergeschlagen stelle ich mein Hüttenprojekt in Frage und das schon nach einem Monat!

Na das kann ja heiter werden. „Will ich überhaupt hier oben sein? Was soll denn das Ganze? Wie konnte ich nur auf ein so unnützes und sinnloses Vorhaben kommen? Warum konnte ich nur seit meiner Kindheit solch einen blöden Wunsch hegen?" All diese Fragen quälen mich nun und ziehen mich immer weiter in einen Strudel der Resignation. Gerade noch rechtzeitig bevor ich zu weinen beginne, reflektiere ich, sammle mich und sage mir, dass im Leben nicht immer die Sonne scheinen kann. Hochs und Tiefs bedingen sich gegenseitig und sind schließlich Teil des Ganzen.

„Jammern, Wehklagen und Verzagen hilft dir nicht weiter. Lass dich vom Wetter nicht unterkriegen", versuche ich mich aufzumuntern.

Ich weiß, dass körperliche Arbeit mich ablenkt und auf positive Gedanken bringt. Und so beschließe ich spontan, im Bemühen eine Schlechtwetterdepression zu vermeiden, eine Konstruktion zu entwickeln, die einer wettergeschützten Toilette einigermaßen gleichkommt. Ich weiß zwar noch nicht wie das funktionieren soll, aber mir wird schon was einfallen. Hoffend, eine zündende Idee möge mich anspringen und überwältigen, gehe ich in den Stall und suche mein Glück im Holzlager. Dabei handelt es sich um einen großen, ungeordneten Haufen verschiedenster Bretter, Dielen und Holzteile, der schon lange darauf wartet, sortiert zu werden. Mit der Stirnlampe beleuchte ich den Bretterberg und arbeite mich Stück für Stück hindurch, sortiere, ordne und begutachte jedes einzelne Stück Holz. Gepackt von der Arbeitslust, rückt das schlechte Wetter rasch in den Hintergrund und gerät in Vergessenheit. Wusste ich's doch!

Voller Elan sortiere ich den ungeordneten Haufen in brauchbare Gruppierungen: Bretter, Latten, Tafeln, Bruchstücke. Ich schlage lange Zimmermannsnägel in die Stallwand ein, um die Bretter und Latten horizontal und nach Länge sortiert darauf ablegen zu können. Nach einer Stunde ist ein übersichtliches Holzlager entstanden und ich bin überrascht, wie umfassend es ist.

So. Jetzt gehts an die eigentliche Aufgabe: das Bergklosett. Ich hole fünfzehn breite, rund drei Meter lange, intakte Holzdielen und schmale Latten aus dem Holzlager. Mit jeder Diele, die ich aussuche, setzt sich in meinen Gedanken ein Bauplan zusammen, sodass ich schnell ein Bild des Klosetts im Kopf habe. Das Bauholz schaffe ich samt Hammer, Nägeln und Leiter ins Freie hinterm Haus.

Dass es draußen noch immer kräftig und unentwegt schneit, hatte ich inzwischen schon ganz vergessen. Das ist mir im Moment auch egal, denn ich habe nur noch meinen Plan im Sinn.

Die Bretter lehne ich so gegen die Außenwand des Stalls, dass ich darunter stehen kann. Oben befestige ich sie mit Nägeln an der Holzwand der Hütte. Am unteren Ende lege ich große, schwere Steine auf, um sie dem Wind trotzen zu lassen. Gut, dass ich die vielen Gesteinsbrocken, die der Schnee alljährlich auf die Wiese rund um die Hütte schiebt, im Frühjahr einsammle und zu einem großen Steinhaufen zusammentrage. Hier oben lässt sich fast alles irgendwann sinnvoll verwenden, und nun sind die Steine dran.

Durch das Festnageln der Bretter ans Haus und das Fixieren am Boden entstand eine Art Zeltkonstruktion. Genauer gesagt sieht es aus wie ein halbiertes Zelt. Über die Spalte zwischen den Holzdielen nagle ich von außen die schmalen Holzlatten als Gegenlattung, sodass weder Regen noch Schnee ins Halb-Zelt eindringen können.

„Gar nicht so schlecht", sage ich zu Flocke, der im Schneegestöber liegt und meine „Bauarbeiten" aufmerksam beobachtet. Was er dabei wohl denken mag? Zusammengekugelt liegt er da und lässt sich zusehends vom Pulverschnee bedecken. Wenn das so heftig weiterschreibt, wird er schon bald unter einer dichten weißen Decke begraben sein.

Prüfend stelle ich mich unter das Halb-Zelt, bemerke aber, dass der Wind hindurch pfeift wie durch einen Kamin. Das muss ich unbedingt noch abstellen.

Die depressive Stimmung und die nagenden Zweifel des Vormittags sind völlig verschwunden, als hätte es sie nie gegeben. Voller Elan hole ich noch einige kürzere Bretter aus dem Holzlager und schließe damit die Seite des Zeltes, die zum Berg zeigt. Auch hier bringe ich von außen Gegenlattungen an. Die schmalen Ritzen, durch die der Wind noch ins Innere säuselt, werde ich später mit Moos abdichten.

Das Bergklosett ist jetzt fast fertig. Ich begutachte den Neubau von allen Seiten und finde ihn ziemlich gelungen.

Aus dem Stall hole ich Spaten und Schaufel. Im Schutze des Klosett-Zeltes grabe ich den schräg verlaufenden Boden ab und ebne ihn ein. In der hinteren Ecke hebe ich ein großes, tiefes Loch aus. Daneben platziere ich den Erdaushub, einen Eimer mit Sägemehl und einen weiteren mit Asche. Zum Glück sammle ich stets beides für eventuelle Einsatzmöglichkeiten.

Zur Vollendung meines Bauwerks schlage ich einen langen Nagel in die Holzwand und stecke eine Rolle Toilettenpapier darauf. Vorne, an der offenen Seite des Halb-Zeltes, nagle ich an der Bretterwand eine alte, völlig durchlöcherte Wolldecke fest, die irgendwann scharfen Mäusezähnen zum Opfer gefallen war. Wie so vieles wurde sie für alle Fälle aufgehoben. Nun ist sie immerhin noch als Vorhang mit Lochfenstern dienlich. Mein Bergklosett ist fertig. Juhu!

Zufrieden betrachte ich die selbst errichtete, gegen Wind und Wasser geschützte Konstruktion.

Da die Holztreppe, die vom Stall ins Freie führt, nur zwei Meter weit entfernt steht, kann ich das Klosett nahezu trockenen Fußes erreichen. Welch ein Luxus!

Noch kann ich nicht so recht glauben, was ich da geschaffen habe. Dass Not bekanntlich erfinderisch macht, habe ich nun wahrhaftig erfahren. Die Zeiten, in denen ich bei Wind und Wetter mit dem Spaten auf der Suche nach einem geeigneten

Platz zur Bestattung meiner Hinterlassenschaften draußen herummarschierte, gehören nun definitiv der Vergangenheit an.

Dank der Verwendung von Sägemehl, Asche oder Erde zur Abdeckung der Verrichtungen entstehen keine unangenehmen Gerüche. Wenn das Loch voll ist, werde ich daneben ein neues ausheben. Der Platz unterm Halb-Zelt müsste mindestens für fünf Monate ausreichen. Da das Bergklosett nur eine Übergangslösung sein soll, habe ich den Sommer über genug Zeit, eine richtige Toilette im Innern der Hütte zu bauen. Im Moment bin ich einfach nur stolz auf meinen Einfallsreichtum. Ein gutes Gefühl durchströmt mich. Nach wie vor schneit es ununterbrochen, doch das schlechte Wetter ist mir völlig egal geworden. Gedankenversunken, ja fast verträumt, stehe ich vor dem „Neubau".

Wo ist eigentlich Flocke geblieben? Suchend schaue ich mich um und rufe ihn. Welch ein Schreck! Die weiße Landschaft bewegt sich und Flocke taucht aus dem tiefen Schnee auf, der ihn inzwischen vollständig bedeckt hatte. Er schüttelt den dichten weißen Teppich vom Fell und setzt sich schwanzwedelnd neben mich. „Schau mal Flocke, ich habe ein Bergklosett gebaut. Ist das nicht klasse?" Ich weiß nicht, ob er mich versteht, aber für mich hat es jedenfalls den Anschein.

„Komm, wir gehen ins Haus", fordere ich ihn auf, mir zu folgen. Flocke legt sich an seinen Platz in der Küche. Ich setze mich neben ihn und verwöhne ihn intensiv mit Streicheleinheiten, denn irgendwie habe ich das Gefühl, ihn vor lauter Arbeitseifer den Tag über nicht genügend beachtet zu haben. Er genießt das wahnsinnig und reckt sich genüsslich unter meinen streichelnden Händen.

Draußen beim Arbeiten war mir warm geworden, aber nun, da ich so lange auf dem kalten Küchenboden sitze, fröstelt es mich zunehmend.

„Flocke, mich friert's. Ich muss mich am Wohnzimmerofen aufwärmen. Kannst ja mitkommen, wenn du willst."

Er will nicht. Zu wohl fühlt er sich in seiner kühlen Kuschelecke in der Küche.

Fröstelnd betrete ich das Wohnzimmer, doch mit Aufwärmen wird es so schnell nichts. Ich hatte völlig vergessen, Brennholz nachzulegen. Das Ofenfeuer ist erloschen und der Raum empfindlich kühl geworden. Der Blick auf die Uhr verrät mir, dass ich sechs Stunden lang in meine Arbeiten versunken und mir dabei jegliches Zeitgefühl abhandengekommen war. Zeit ist eben relativ.

Die Tatsache, vor Arbeitseifer kein Brennholz nachgelegt zu haben, trübt meinen Stolz über das Bergklosett nicht im Geringsten. Gelassen mache ich Feuer im Ofen und lege ordentlich Holz nach. Begleitet vom Knistern des brennenden Holzes, lasse ich mich in den Sessel neben den, sich langsam erwärmenden Kacheln sinken und genieße das Hüttenleben. Flocke kratzt an der Tür und will nun doch noch eine Weile geknuddelt werden. Selbstverständlich erfülle ich meinem treuen vierbeinigen Gefährten diesen Wunsch.

Bergalltag

Es ist Mitte Mai und ich lebe nun seit sechs Wochen im Gebirge. Der Schnee des Wintereinbruchs Mitte April ist weggeschmolzen. Die Frühlingssonne hat ihn in wenigen Tagen verschlungen und den Krokussen gezeigt, dass sich ihr Warten
auf sie gelohnt hat. Triumphierend, den Schnee besiegt zu
haben, schmücken sie jetzt die Bergwiesen.
Es geht mir blendend und ich habe mich erstaunlich schnell
an die Gegebenheiten und das Leben hier oben gewöhnt.
Ich genieße das Hüttenleben.
Der unverhoffte, lang anhaltende Schneefall vor einem Monat
hat mich zunächst zwar belastet, doch durfte ich durch ihn
gleich zu Beginn des Bergjahres lernen, die Wettergewalten
zu akzeptieren und als Teil des Ganzen so gut es geht anzunehmen. Die Krokusse, die im Wissen, dass die Sonne sie früher oder später befreien wird, geduldig unter der Schneedecke ausharrten, waren meine Lehrmeister.
Natürlich gab und gibt es hin und wieder Momente, in denen
ich an meinem Projekt zweifle. Doch Hochs und Tiefs gab es
in meinem bisherigen „normalen" Leben auch. Sie sind feste
Bestandteile der Lebensrealität. Ohne Tiefs gibt es keine
Hochs, ohne Licht keinen Schatten.
Wenn ich so darüber nachdenke, fällt mir auf, dass Stim-
mungsschwankungen hier im Gebirge nahezu eins-zu-eins mit
denen des Wetters einhergehen. Zu Hause war das nicht so.
Da hing die Laune nicht in diesem Maße vom Wetter, sondern
von verschiedenen anderen Faktoren ab. Ich wundere mich,
welche Lappalien im „normalen" Leben Stimmungstiefs auszulösen vermochten. „Was ist überhaupt das normale Leben?", frage ich mich. Ist meine bisherige Lebensweise wirklich so „normal"? Ist es nicht „normaler", sich der eigenen Fähigkeiten zu besinnen, die einfachen Dinge wertzuschätzen
und mit weniger glücklich zu sein?

Mal sehen, ob ich am Ende des Hüttenjahres Antworten auf diese Fragen gefunden haben werde. Solche Gedanken waren mir früher fremd. Auf dem Berg nehmen sie Raum in mir ein und ich beobachte, dass ich immer häufiger mit mir selbst philosophiere. „Gut so", sage ich mir.

Nach den ersten sechs Wochen hat sich bereits ein Tagesrhythmus eingestellt, der von zahlreichen, wiederkehrenden Aufgaben geprägt ist. Diese erledige ich nach meinem Gusto, ohne mich zeitlich unter Druck zu setzen. Im Verlauf der ersten beiden Wochen fiel mir das nicht leicht, doch die Wetterkapriolen haben mir beigebracht, wie sehr sie meine Pläne zu durchkreuzen in der Lage sind.

Ich stehe auf, wann mir danach ist. Das ist meist zwischen sieben und acht Uhr der Fall. Wache ich früher auf, bleibe ich im warmen Bett liegen und hänge meinen Gedanken nach. Einen Wecker benutze ich grundsätzlich nicht mehr, denn mein ganzes Berufsleben hindurch fühlte ich mich von einem solchen gegängelt, ja gequält. Jetzt ist Schluss damit! Ohne Wecker zu leben, gibt mir ein unbeschreibliches Gefühl der Freiheit und Selbstbestimmtheit.

Mein Tag beginnt mit der Zubereitung eines italienischen Espresso. Dank dieses göttlichen Getränks, dieses morgendlichen „Boosters", kann ich schwungvoll in den Tag starten. Zumindest bilde ich mir das ein. Sicher ginge es auch ohne, aber warum sollte ich auf solch einen Genuss verzichten? Für seine Zubereitung habe ich vor Jahren ein kleines italienisches Schraubkännchen und einen Kartuschen-Gaskocher zur Hütte gebracht. Damit ist der Espresso ruckzuck fertig und ich benötige kein Brennholz. Wie sehr ich es doch liebe, wenn man ihn in den oberen Teil des Kännchens zischen hört und sein Duft langsam den Raum erobert.

Nach dem Espressogenuss, der inzwischen ein unerlässliches Ritual für mich darstellt, bin ich fit für den Tag.

Dann wird erst mal Flocke intensiv mit Streicheleinheiten verwöhnt. Er legt sich auf den Rücken und lässt sich hingebungsvoll kraulen. Man sieht ihm an, wie sehr er das genießt, denn er zeigt dabei seine langen weißen Eckzähne, als würde er lächeln. Diese Momente sind für uns beide eine Wohltat. „Ach Flocke! Schön, dass du bei mir bist!", murmle ich ihm zu. Ich habe das Gefühl, er versteht mich.

Nach dieser allmorgendlichen Wohltat für Hund und Mensch beginne ich mit den wiederkehrenden Erledigungen, die das Hüttenleben so mit sich bringt. Zuerst wird das Faltpanel der Solaranlage nach draußen in die Sonne gestellt. Falls sie sich hinter Wolken verkrochen hat, stelle ich es trotzdem ins Freie. Bei bedecktem Himmel wird zwar weniger Strom in die Batterie eingespeist, jedoch ist die Menge ausreichend, um Handy, Laptop und andere akkubetriebene Geräte mindestens bis zur Hälfte aufzuladen.

Mit dem Panel darf auch Flocke raus, wo er umgehend seine Kontrollrunde dreht und erschnüffelt, welche Tiere sich erdreistet haben, nachts sein Revier zu durchkreuzen. Dabei ist er intensiv mit dem tagtäglichen Markieren der Reviergrenzen beschäftigt. Schließlich muss er demonstrieren, wer hier der vierbeinige Chef ist. Wenn diese, für ihn essenzielle Aufgabe erledigt ist, macht er sein „Häufchen" (es kommt schon eher einem Haufen nahe) und kommt zurück zur Hütte, um auf mich aufzupassen. Das betrachtet er als seine Hauptaufgabe und mir ist das ganz recht so, gibt es mir doch ein gutes Gefühl, ihn in meiner Nähe zu wissen und mir seines Schutzes sicher zu sein.

Während Flocke das Revier abschreitet, putze ich Ofen und Küchenherd. Die Asche schütte ich in den Eimer fürs Bergklosett. Danach hole ich Brennholz aus dem Stall und fülle die Kisten neben Ofen und Küchenherd auf. Damit sind die ersten Aufgaben schon erledigt. Anschließend bin ich dran: Körperpflege und Wellness stehen auf dem Programm. Wenn das

Wetter sein garstigstes Gesicht zeigt und mir eiskalten Wind oder gar Schnee um die Ohren bläst, wasche ich mich im wohltemperierten Wohnzimmer mit warmem Wasser. Dass der Ofen während der Heizperioden dank des obenauf gestellten Topfes stets warmes Wasser bereithält, ist ganz praktisch. Doch nun Mitte Mai wasche ich mich vorwiegend draußen am Brunnen mit kaltem Bergwasser. Das kostet Überwindung, tut aber unglaublich gut, erfrischt enorm und stärkt das Immunsystem.

Körperpflege und ein ordentliches Erscheinungsbild sind mir sehr wichtig. Das bin ich mir wert und ich beabsichtige nicht, mich im Gebirge, fernab der Zivilisation, gehen zu lassen. Deshalb werden nach dem Waschen die Haare schön frisiert und die Augen mit Kajalstift betont. Dann kommt der Moment, an dem ich meiner großen Leidenschaft fröne: Parfum. Jawohl. Auch auf 1500 Metern darf das tägliche Parfümieren nicht fehlen. Es bereitet mir immer wieder aufs Neue eine Riesenfreude, morgens zu entscheiden, welches meiner verschiedenen Parfums mich den Tag über in seinen Duft hüllen darf. Das ist ein echter Spleen von mir, aber er tut mir nun mal gut. Obwohl das Hüttenjahr von der Reduktion auf das Wesentliche geprägt sein soll, gönne ich mir diesen Hauch von Luxus.

Gut gelaunt mache ich dann Ordnung in der Hütte und breche danach zum Holzsammeln oder zur Versorgungstour auf. Das nimmt jedes Mal rund drei bis vier Stunden in Anspruch. Der stechende Muskelkater, der mich die erste Woche hindurch geplagt hatte, ist längst verflogen. Meine „Bergmuskeln" haben sich zunehmend gekräftigt und auch die Kondition ist deutlich besser geworden, sodass die Gänge ins Tal mich bei Weitem nicht mehr so anstrengen wie zu Beginn. Bei schönem Wetter genieße ich sie inzwischen sogar. Wenn ich Müll zu entsorgen habe, nehme ich ihn mit zu einer der

Müllsammelstellen, wo ich auch die getrennt sortierten Wert-
stoffe in die entsprechenden Boxen gebe.

Den Rhythmus der Versorgungstouren gestalte ich mittlerweile variabel. Wenn die Sonne lacht und ich zum Wandern
aufgelegt bin, führt mich mein Weg bisweilen täglich hinab.
Bei schlechtem Wetter lasse ich sie ausfallen.

Ungefähr alle zwei Wochen wandere ich mit Flocke ins Tal,
fahre mit dem Auto ins Dorf und versorge mich mit frischen
Lebensmitteln und Flocke mit Leckerli. Danach schlendern wir
gemütlich durch die Gassen und kehren im Café neben der
Kirche ein, wo ich mir einen Cappuccino und ein frisches
Croissant gönne. Schließlich habe ich nicht vor, mir das Leben
in der Zivilisation komplett abzugewöhnen.

An diesen Tagen komme ich so spät auf den Berg zurück,
dass das Ofenfeuer bei meiner Rückkehr erloschen ist und
mich ein heruntergekühltes Wohnzimmer empfängt.

Die Ausflüge ins Dorf sind es mir aber wert, nach der Ankunft
in der Jacke zu verweilen, bis der Ofen wieder eine angenehme Grundwärme verbreitet.

Der Sommer steht vor der Tür und dann gehört das Thema
Heizen sowieso erst einmal der Vergangenheit an.

Während der ersten sechs Bergwochen habe ich ein Gefühl
dafür bekommen, meine Aktivitäten sinnvoll einzuteilen.

Den zu Beginn angefangenen, strengen Rhythmus von Versorgungstouren, Holzsammeln und Holzsägen weiß ich inzwischen so einzuteilen, dass es mir an nichts fehlt und ich dennoch genügend Vorräte für den Winter ansammeln kann.

Wenn ich vom Tal oder vom Holzsammeln zurückkomme, bekommt Flocke erst einmal sein Futter und eine Riesenportion
Kraulen als Nachtisch.

Danach bin ich dran. Auf meinem Speiseplan steht das, worauf ich gerade Lust habe. Mittags koche ich äußerst selten.

Stattdessen gibt es ein ausgiebiges Vesper, Müsli oder sonst was Leckeres.

Hinterher ist Siesta angesagt, das heißt, ich entspanne lange und genieße das Hüttendasein ganz bewusst und intensiv.

Bei Sonnenschein lege ich mich in den Liegestuhl hinterm Haus und lasse mich von den wärmenden Strahlen verwöhnen. Dort döse ich vor mich hin oder hänge meinen Gedanken nach. Flocke liegt neben mir im Gras, passt auf mich auf und knabbert am frischen Grün.

Immer wieder wandert dann mein Blick zu „meinem Berg", einem majestätischen Dreitausender, der auf der gegenüberliegenden Seite eines kleinen, südwärts gelegenen Seitentals thront. Schon seit der frühen Kindheit hat mich dieser Berg in seinen Bann gezogen. Stundenlang könnte ich ihn anschauen. Je nach Jahreszeit, Wetterlage, Lichteinfall und Tageszeit zeigt er ein anderes Gesicht. Es kommt mir vor, als lebe er, als könne ich mit ihm sprechen. Und so ist dieser Riese für mich zum guten Freund geworden. Tief in meinem Inneren fühle ich eine besonders intensive Verbindung zu ihm, für die ich bis heute keine Erklärung finde. Schon unzählige Male bin ich zu seinem Fuß gewandert, um ihm nahe zu sein und seine Nähe zu spüren. Eine unbeschreibliche, kraftspendende Energie durchströmt mich dabei.

Ab und zu durchkreuzt der Steinadler meinen Blick. Ohne auch nur ein einziges Mal mit den weiten Schwingen zu schlagen, zieht er große Kreise und fliegt dabei in den Aufwinden immer weiter in die Höhe, bis er so klein aussieht wie eine Schwalbe. Ich ertappe mich dabei, es ihm gleichtun zu wollen, und über die Gebirgszüge hinwegzugleiten.

Wenn dicke Wolken jegliche Sicht verwehren oder die Himmelsschleusen wieder einmal geöffnet sind, verbringe ich die Siesta im Wohnzimmer. An den Nachmittagen widme ich mich verschiedenen kleineren oder größeren Aufgaben, die anstehen.

Zum Abendessen bereite ich mir zumeist eine warme Mahlzeit zu. Meine Gerichte sind vegetarisch, einfach und bodenständig. Ich brauche keinen Schnickschnack oder exotischen Firlefanz beim Kochen. Vielmehr liebe ich die Ursprünglichkeit der einzelnen Zutaten. Fast immer verwende ich Kräuter, Pflanzen und Früchte, die ich draußen in der Natur finde.

Während der warmen Jahreszeit werde ich, wie ich es von unseren Sommerurlauben gewohnt bin, ein Feuer in der Feuerstelle hinterm Haus machen und auf dem Dreibein kochen. Mein Dreitausender und Flocke werden mir dabei zuschauen und ich werde ihre Gesellschaft genießen.

Nach dem Abendessen lasse ich die Seele baumeln, sinniere über dies und jenes, über mein "normales" Leben und das Hüttendasein. Ich lasse Gedanken herbeiziehen, durch mich hindurch wandern und wieder weiterziehen. Manche verharren länger in mir und bewegen mich nachhaltig, andere ziehen rasch weiter.

Wenn mir die Abendsonne zulächelt, sitze ich auf dem Balkon, beobachte die Natur ringsum oder schaue aufs Dorf hinunter. Bei weniger einladendem Wetter sitze ich im Wohnzimmer und blicke auf die Wiese, um nach Wildtieren Ausschau zu halten. Ansonsten lese ich, stricke oder mache einfach nichts. Ich bin immer wieder aufs Neue überrascht, wie schwer es mir fällt, nichts zu tun.

Vor dem Schlafengehen mache ich handschriftliche Notizen über die Geschehnisse und besonderen Vorkommnisse des Tages. Manchmal schreibe ich noch eine Weile an diesem Buch.

Jeden Abend telefoniere ich mit meinem Mann. Wir tauschen uns über die Aktivitäten des Tages aus und genießen es, im Gespräch miteinander verbunden zu sein.

Den Erfindern des Handys, das von vielen Menschen als Fluch bezeichnet wird, bin ich überaus dankbar. Außer der Telefonie schätze ich das Handy auch wegen zahlreicher anderer Möglichkeiten: Die Naturgefahren-App warnt mich vor bedrohlichen Wetterereignissen und übers Internet kann ich Öffnungszeiten und Sortiment der einzelnen Baumärkte prüfen, bevor ich einkaufen gehe.

Häufig nutze ich es auch zum Lesen von E-Books und natürlich freue ich mich, via WhatsApp mit Freunden und Verwandten verbunden zu sein.

Die Nutzung des Handys ist hier jedoch stark wetterabhängig. Das hängt nicht vom Empfang ab. Der ist ausgezeichnet. Es liegt schlicht und ergreifend am Strom, ohne den es jegliche Dienste verweigert. Im „normalen" Leben sind wir uns allzu selten bewusst, dass Strom nicht überall vorhanden ist. Mein Mini-Kraftwerk liefert zwar welchen, doch bei längeren Schlechtwetterperioden fällt die Einspeisung in die Batterie erschreckend gering aus und ich sehe mich gezwungen, Strom zu sparen. Solarenergie ist eben auch nicht immer das Gelbe vom Ei, aber sie ist besser als nichts.

Zurück zum Berg-Alltag: Das Putzen in der Hütte gestaltet sich wesentlich einfacher als zu Hause. Der alte, zerfurchte Holzdielenboden wird dreimal die Woche gefegt und ungefähr alle zwei Monate nass gewischt. Das erfolgt mit einem Gemisch aus Wasser, Schmierseife, Petroleum und Spiritus. Natalie hat mir diese Spezialmischung empfohlen, die das Holz nicht nur reinigt, sondern auch pflegt. In ihrer Familie wird dieser Tipp seit Generationen von Mutter zu Tochter weitergegeben.

Ansonsten gibt es im Haus so gut wie nichts zu putzen. Abgestaubt wird nur sporadisch. Badezimmer und Toilette gibt es nicht und das neu gebaute Bergklosett bedarf keiner besonderen Pflege.

Ich halte mich für einen ordentlichen Menschen, zähle jedoch nicht zu den sogenannten Putzteufeln. Dass man beim Leben auf der Alm bezüglich der Sauberkeit Abstriche machen muss, ist selbstredend.

Bezüglich des Waschens verschmutzter Wäsche fällt es mir tatsächlich leichter als gedacht, ohne Waschmaschine zu leben. Wenn man auf Handwäsche angewiesen ist, empfiehlt es sich, gar nicht erst viel Schmutzwäsche anzusammeln. Auf diese Weise ist diese Arbeit rasch erledigt und man benötigt insgesamt weniger Kleidungsstücke.

Alle drei bis vier Tage wasche ich. Zunächst schütte ich heißes Wasser in einen Waschzuber und gebe biologisch abbaubares Waschpulver dazu. Dann kommt die Wäsche hinein und wird eine halbe Stunde eingeweicht. Immer wieder walke ich sie von Hand durch, um sie danach wieder ruhen zu lassen. Nachdem das drei- bis viermal erfolgt ist, gieße ich das Seifenwasser ab und stelle den Zuber mitsamt der Wäsche in den Brunnen. Der Wasserstrahl leistet hervorragende Arbeit als Klarspüler. Nach dem Auswringen wird die Wäsche zum Abtropfen zunächst ins Freie gehängt, danach kommt sie auf ein Trockengestänge aus Holz, das über dem Wohnzimmerofen hängt. Bei Sonnenschein bleibt sie draußen. Dort trocknet sie innerhalb weniger Stunden.

Für größere Wäschemengen benutze ich einen alten Wäschestampfer, mit dem sich die Wäsche gründlich durchwalken lässt. Das Ergebnis steht dem einer Waschmaschinenwaschung in nichts nach.

Den Stampfer habe ich vor vielen Jahren in einem Secondhand-Geschäft aufgestöbert und sofort gekauft. Schade, dass solche nützlichen Dinge zunehmend in Vergessenheit geraten.

Vorratshaltung

Es ist Mitte Mai. Solange die Sonne mit ihren wärmenden Strahlen im wahrsten Sinne des Wortes „noch hinterm Berg hält", ist es morgens ziemlich kalt. Kurz nach zehn taucht sie in voller Pracht hinter den Berggipfeln hervor, lässt die Wiesen dampfen und zaubert eine fantastische Märchenlandschaft rund um die Hütte. Es riecht nach Gebirgsfrühling, einer Duftmischung aus feuchter Bergwiese, Tau und Sonne. Welch ein Fest für die Geruchssinne!

Der Hubschrauber, der die ab Juni bewirtschafteten Schutzhütten mit Lebensmitteln und sonstigen Materialien versorgt, ist nun regelmäßig zu hören. Unentwegt fliegt er zwischen dem großen Parkplatz im Dorf, wo er schwere Transportnetze aufnimmt, und den verschiedenen Hütten hin und her. Er stellt die einzige Möglichkeit dar, die bei Tourenwanderern beliebten Gebirgsunterkünfte mit Speisen und Getränken zu versorgen, Abfälle sowie Leergut abzuholen und bisweilen sogar Wanderer mitzunehmen, die ihre Kondition überschätzt haben. Vereinzelt lassen sich wohlhabende Touristen zum Mittagessen per Hubschrauber zu einer der Berghütten fliegen, um sich den anstrengenden Aufstieg zu ersparen. Die einverleibten Kalorien bauen sie dann beim Abstieg ins Tal wieder ab.
Ein Hubschraubertransport würde mir einiges an Mühe ersparen, und ich hatte tatsächlich mit dem Gedanken geliebäugelt, mir einen einmaligen Versorgungsflug zu gönnen. Immerhin kann der Helikopter pro Flug 800 Kilo transportieren. Ich habe diese Idee wieder verworfen, denn ich möchte mich während des Hüttenjahres schließlich ganz bewusst auf meine eigenen Stärken besinnen. Überdies ist so ein Flug nicht gerade günstig. Auch wenn es anstrengend ist, gibt es mir ein gutes Gefühl, die Dinge, die ich benötige, selbst zu

beschaffen und bergauf zu tragen. Der Luxus des täglichen Lebens wird mir dabei immer wieder aufs Neue bewusst.

Um all die bergauf getragenen Lebensmittelvorräte erfolgreich vor Nagern zu sichern, beabsichtige ich, im Laufe der nächsten Tage zwei mäusesichere Schränke zu bauen.
Einer soll im Stall stehen, mit wenigen Schritten von der Küche aus erreichbar. Der andere wird im Kellerraum platziert, da dieser im Winter frostfrei bleibt.
Zur Beschaffung der Materialien plane ich für einen der folgenden Tage eine Fahrt zum Baumarkt.
Ich fertige eine detaillierte Skizze der Schränke an. Anhand der Bemaßung berechne ich die erforderlichen Materialien, damit ich möglichst nur das kaufe und bergauf trage, was ich für den Schrankbau auch wirklich benötige.
Die Rahmen der beiden Schränke werde ich aus Dachlatten bauen. Ringsum sollen sie mittels Tacker mit Drahtgitter bespannt werden. Der Gitterabstand beträgt acht Millimeter, sodass für Mäuse kein Durchkommen ist, die Schränke jedoch überall einsehbar und zugleich perfekt durchlüftet sind. Das Gitter liegt einen Meter breit. Daran richte ich die Schrankgröße aus. Die Dachlatten werde ich vor Ort im Baumarkt auf die richtige Länge sägen lassen. So sind sie einfacher zu transportieren.
Auf der Einkaufsliste notiere ich: Zehn Dachlatten gesägt, eine Rolle Drahtgitter, Blechschere, Nägel, Tacker samt passender Klammern. Ans Ende der Liste schreibe ich dann noch voller Überzeugung: Akku-Kettensäge. Jetzt bin ich zufrieden.
Morgen verspricht das Wetter schön zu werden. Ideal zum Einkaufen also, denn im Regen möchte ich das Material nicht den Berg hinauftragen. Zufrieden mit meinen Berechnungen und dem morgigen Vorhaben beschließe ich, mich mit einem ganz besonderen Abendessen zu verwöhnen.

Doch ein unvorhergesehenes Ereignis durchkreuzt jäh meine Pläne: Während des Kochens benötige ich den Teigschaber, der in der Besteckschublade des Küchentischs auf einen seiner seltenen Einsätze wartet. Die Schublade wird so gut wie nie benutzt, denn das Besteck hole ich direkt aus dem Abtropfbehälter, in den ich es nach dem Spülen stelle.

Nach rund zwei Wochen ist es nun wieder einmal an der Zeit, die Besteckschublade zu öffnen. Als ich sie unterm Tisch hervorziehe, trifft mich fast der Schlag: Ein Gartenschläfer hüpft mir entgegen und flüchtet nach draußen. Zum Glück steht die Eingangstür offen, da Flocke vor der Tür liegt.

Der Gartenschläfer muss mindestens so erschrocken sein wie ich. Erst kollidiert er fast mit mir und dann springt er voller Panik über Flocke hinweg. Da seine Fluchtgeschwindigkeit um ein Vielfaches höher ist als die Reaktionsfähigkeit meines Hundes, kann der kleine Nager unbeschadet entkommen.

Voller Entsetzen darüber, was das Tier in der Besteckschublade zu suchen hat, ziehe ich sie, auf der Suche nach einer Antwort, ganz unter dem Küchentisch hervor. In der hintersten Ecke der Schublade entdecke ich ein Nest aus Moos, Federn und Hundehaaren. Darin eingebettet liegen fünf frischgeborene Gartenschläfer-Babys. Oh mein Gott! Zunächst bin ich ratlos. Was ist zu tun?

Glücklicherweise reagiere ich in ungewöhnlichen Situationen ruhig und pragmatisch. Ich rufe Flocke herein und beordere ihn auf seinen Platz, damit er nicht auf die dumme Idee kommt, es könne kleine Nager als Leckerli geben.

Mit beiden Händen umfasse ich vorsichtig das Nest mitsamt der Jungen, lege es draußen unter das Vordach, schließe die Eingangstür und beobachte durchs Stallfenster gespannt das weitere Geschehen. Von hier aus habe ich den direkten Blick auf das Nest und bleibe dabei unbemerkt.

Es dauert nicht lange, da kommt die Gartenschläfer-Mama, holt ein Junges nach dem anderen aus dem Nest und trägt es in Richtung Heuboden. Ich vermute und hoffe, sie wird ihnen dort ein neues, gemütliches Plätzchen einrichten. Manchmal haben Nager ein Ersatznest in petto, einen Zweitwohnsitz sozusagen.

Gartenschläfer sind wunderschöne Tiere. Sie gehören zur Familie der Bilche, denen auch der Siebenschläfer angehört. Mangels adäquater Lebensräume sind die possierlichen Tiere leider selten und daher schützenswert geworden.

Doch bei aller Tierliebe möchte ich sie nicht in meiner Besteckschublade haben. Im Stall und oben auf dem Heuboden dürfen sie es sich gerne gemeinsam mit Mäusen und sonstigem Getier gemütlich machen. Dort ist nun wirklich Platz genug und ich würde nie auf die Idee kommen, sie aus diesem Teil der Hütte vertreiben zu wollen.

Immerhin bin ich hier der Eindringling und nicht umgekehrt. Dessen bin ich mir bewusst und suche daher eine praktikable Lösung, bei denen es Mensch und Tier gut geht.

Der Einsatz von Rattengift kommt für mich nicht infrage, obgleich das während der Abwesenheitszeiten der Besitzer, in Berghütten weitverbreitete Praxis ist.

Natürlich kann man sich die Räume durchaus mit Mäusen und sonstigen Kleinsäugern teilen. Das haben die Almhirten immer so gemacht und wir haben diese Tradition lange Zeit fortgesetzt. Während der Urlaube war das in Ordnung. Vor der Abreise musste man sich eben abmühen, und die Matratzen mit Ketten an der Zimmerdecke aufhängen, damit sich keine Mäuse darin einnisten.

Das Bettzeug wird in einer alten Wäschetruhe gelagert, Lebensmittel sichern wir in Blechdosen und alten Milchkannen. Das hat bisher gut funktioniert. Auf diese Weise haben wir innerhalb unserer Räume mäusesichere Lagermöglichkeiten geschaffen und dadurch eine friedliche Koexistenz zwischen

Mensch und Maus ermöglicht. Jetzt muss ich eine andere Lösung finden. Ich möchte die Nager ein für alle Mal aus den Wohnbereichen verbannen.

Anstatt, wie geplant, etwas Leckeres zum Essen zuzubereiten, verbringe ich den Rest des Abends damit, das gesamte Besteck und die sonstigen, in der Schublade befindlichen Küchenutensilien in einen Wassertopf zu geben und auf dem Herd auszukochen. Die Schublade putze und desinfiziere ich akribisch. Währenddessen mache ich mir Gedanken darüber, wie ich es bewerkstelligen kann, die von mir bewohnten Zimmer mäusesicher zu machen.

Die Sachen, die in Schränken und Holztruhen gelagert werden, blieben bisher von Nagern verschont. Nach kurzem Überlegen wird mir klar, dass ein Zimmer im Grunde genommen lediglich eine geräumige Holztruhe ist. Ich muss also nur die Zugangsmöglichkeiten der Mäuse verschließen, um sie aus dem Wohnbereich zu verbannen.

Je mehr ich darüber nachdenke, umso realistischer erscheint mir die Lösung. Ich beschließe, Wohnzimmer, Küche und Schlafzimmer ausschließlich für mich haben zu wollen und nicht mehr länger mit Nagern zu teilen. Für die niedlichen Tierchen ist es sicher auch angenehmer, sich nicht regelmäßig von Flocke und mir bedroht zu fühlen.

Angesichts dieser Überlegungen beschließe ich, den Schrankbau zu verschieben und schnellstens das Vorhaben, die Wohnräume vor Mäusen zu sichern, umzusetzen.

Den nächsten Tag werde ich dazu nutzen, die möglichen Ein- und Ausgänge meiner kleinen Mitbewohner ausfindig zu machen.

Raumtrennung

Man muss sich gedanklich in eine Maus hineinversetzen, um einen Raum vor ihr sichern zu können.

Gesagt, getan: Als Maus überlege ich, wie ich ohne großen Aufwand an Nahrung komme. Habe ich einen Weg zur Nahrungsquelle gefunden, nutze ich ihn regelmäßig. Auch das Plätzchen für Nestbau und Jungenaufzucht soll möglichst sicher sein. Am besten befindet es sich in unmittelbarer Nähe zum Fressen.

Mich in eine Maus versetzend, suche ich alle Räume ab und werde rasch fündig: Super! Problemlos gelange ich durch Türspalte in jeden Raum, ohne nagen zu müssen. Auch das eine oder andere Loch, das meine Ahnen im Laufe der Zeit mit ihren scharfen Zähnen und beharrlicher Mühe durchs Holz genagt haben, verschafft mir freien Zutritt ins Menschenreich. Logisch. Wir Mäuse sind schließlich nicht dumm.

Ganz schön spannend, sich als Maus zu fühlen und zu versuchen, als eine solche zu denken. Ein Perspektivwechsel bewirkt bisweilen Wunder.

Systematisch und penibel suche ich Küche, Schlaf- und Wohnzimmer nach vorhandenen Mäusepfaden ab. Man erkennt sie nicht nur an Öffnungen, sondern auch an Abriebspuren, die vom Talg und Fett des Felles herrühren. In solch einer Hütte gibt es unzählige Zugangsmöglichkeiten für Mäuse. An der Eingangstür, sowie an sämtlichen innen liegenden Verbindungstüren mache ich Freiräume ausfindig, durch die nicht nur kleine, sondern auch große Nager ungehindert Zutritt haben. Durch sie muss auch die Gartenschläfer-Mama den Weg ins Haus gefunden haben.

Klar, dass man sich drinnen, geschützt vor Fuchs, Marder und sonstigen Jägern, gerne einnistet. Würde ich auch so machen. Zusätzlich zu den Spalten an den Türen entdecke ich an fünf Ecken durchgenagte Öffnungen, die zweifelsfrei als

Zugang dienen. Ich überlege, wie ich sie verschließen kann. Erfreulicherweise bin ich praktisch veranlagt und verfüge über handwerkliches Geschick.

Die Lücken an den Türen werde ich mit schmalen Holzlatten an Rahmen und Türblättern versehen, sodass sie beim Schließen aneinanderstoßen. Wenn ich sie farblich an die bestehende Holzfarbe anpasse, dürfte das Ganze optisch nicht auffallen. Auf das Abdichten der Löcher in den Ecken muss ich besonderes Augenmerk legen, um erneuten Verbiss zu verhindern. Hierzu werde ich feines Edelstahlgewebe, Drahtgitter, Silikon, dünne Metallplatten und Holz verwenden.

Ich zeichne einen Plan, in den ich die Öffnungen eintrage und erstelle eine entsprechende Materialliste. Zuvor prüfe ich, was davon bereits vorhanden ist, um nichts Unnötiges bergauf zu tragen.

Die für den Schrankbau erstellte Einkaufsliste, erweitere ich um die neu hinzugekommenen Dinge, denn ich beabsichtige, das gesamte Material zu kaufen und die Schrankmaterialien vorerst im Auto zu lassen. Dadurch erspare ich mir eine weitere Fahrt zum Baumarkt.

Da es viel zu befestigen geben wird und demnächst der Bau der Gitterschränke ansteht, beschließe ich, mir bei dieser Gelegenheit einen Akkuschrauber anzuschaffen. Beim Kauf werde ich darauf achten, dass Schrauber und Säge mit denselben Akkus betrieben werden. Auf diese Weise habe ich von vornherein zwei Akkus zur Verfügung.

Ans Ende der Liste schreibe ich: Zwei XL-Lebend-Mausefallen. Überzeugt und begeistert von meinem Vorhaben, freue ich mich schon richtig auf den nächsten Tag, dessen Anbruch ich kaum erwarten kann.

Und siehe da: Sogar Petrus ist mir wohl gesonnen. Der kühle Morgenhimmel ist tiefblau. Bereits um acht Uhr breche ich mit Flocke in Richtung Tal auf und fahre zum Einkaufen. Das

Auto stelle ich in den Schatten und lasse die Fenster einen Spalt geöffnet, denn Flocke muss draußen warten.

Ein seltsames, ja befremdendes Gefühl beschleicht mich, als ich verloren zwischen den hohen, geradezu bedrohlich wirkenden Regalen des Baumarktes stehe. „Der letzte Ladenbesuch liegt doch erst ein paar Wochen zurück. Hast du dich etwa schon der Zivilisation entfremdet?", überlege ich. Nachdenklich und etwas unbeholfen stehe ich zwischen dem Regalgebirge, als mich ein freundlicher Verkäufer in die Realität zurückholt. Er ist mir dabei behilflich, die umfangreiche Einkaufsliste abzuarbeiten. Nach eineinhalb Stunden schiebe ich, zufrieden alles bekommen zu haben das ich benötige, den Einkaufswagen zum Auto.
Für den geduldig wartenden Flocke habe ich getrocknete Schweinsohren aus der Haustierabteilung mitgebracht.
Was für die Arbeit zur Sicherung gegen Mäuse benötigt wird, landet sofort im Lastenrucksack. Zuoberst packe ich die Kettensäge und den Schrauber. Freude erfüllt mich, sie mir gegönnt zu haben. Die beiden Geräte werden mir das Hüttenleben erleichtern. Das trifft insbesondere auf die Säge zu, wird sie mir doch viel anstrengende Zeit des händischen Sägens ersparen.
Schon verrückt, worüber und in welcher Intensität man sich über Dinge freuen kann, die im bisherigen Leben selbstverständlich und belanglos schienen.
Zufrieden und voller Tatendrang erreiche ich François' Hof. Er und Natalie kommen gerade von der Viehweide, als ich meine Kraxe und Flockes Rucksack aus dem Auto hole. Sie wollen wissen, für was ich das ganze Material benötige. Ich erkläre ihnen, dass ich vorhabe, die von mir bewohnten Räume vor Mäusen zu sichern. François ist sehr interessiert an meinen „Bauplänen", hinterfragt das Ganze zugleich aber kritisch. Als er mir zum Abschied eine seiner Katzen als

Alternative anbietet, wird mir klar, wie wenig er an das Gelingen meines Vorhabens glaubt. Das spornt mich an. Ich werde ihm beweisen, dass ich im Stande bin, Nager aus den Wohnbereichen zu verbannen.

Natalie gibt mir noch ein Kästchen Eier mit, die sie eigens für mich im Hühnerstall eingesammelt hat. Ich bedanke mich und lade die beiden ein, mich zu besuchen.

„Du weißt doch, wie sehr wir mit unserem Hof beschäftigt sind und keine Zeit für einen Besuch finden. Solltest du aber doch eine unserer Katzen brauchen, bringen wir sie dir persönlich vorbei", antwortet François verschmitzt.

Die beiden wünschen mir viel Erfolg und ich mache mich voller Arbeitseifer, gefolgt von Flocke, auf den Weg.

Der regelmäßige Aufstieg ist mir inzwischen zur Gewohnheit geworden und strengt fast nicht mehr an. Er hat sogar eine meditative Wirkung auf mich: Ich lasse allerlei Gedanken durch mich hindurchziehen, während ich mich der herrlichen Natur erfreue.

Flocke scheint meine gute Laune und den Bergfrühling ebenfalls zu genießen. Hier und da zupft er einen Grashalm ab, verspeist ihn, und erkundet mit seiner Nase, welche Vierbeiner unseren Weg gekreuzt haben. Gezielt hebt er das Bein, um seine Revieransprüche unmissverständlich zum Ausdruck zu bringen.

Die letzte halbe Stunde des Anstiegs gehe ich mein „Renovierungsvorhaben" Schritt für Schritt durch und siehe da: Bei der Ankunft habe ich genau vor Augen, wie ich vorgehen werde. Beflügelt vom Enthusiasmus würde ich am liebsten umgehend mit den Arbeiten loslegen.

Ich lade die Materialien ab, füttere den kleinen Kachelofen mit Holz und Flocke mit einer der Futterdosen, die er soeben vom Tal heraufgetragen hat. Er muss schon verstanden haben, dass er sein Futter selbst mitbringt, denn nach jedem Aufstieg stupst er den Hunderucksack an und gibt mir damit zu verstehen, ich möge doch endlich meiner Funktion als Dosenöffner nachkommen.

Wie immer nach unseren Aufstiegen, dem Verstauen der mitgebrachten Waren, der Ofen- und Hundefütterung, koche ich mir einen Espresso und knuddle liebevoll Flocke.

Welch herrliche, fast unbeschreibliche Momente das für uns beide sind. Wir sind zu einem perfekt eingespielten Team geworden. Das ist ein sehr beglückendes Gefühl.

Die Arbeiten verlege ich auf den kommenden Tag. Heute werde ich die Akku-Säge einweihen und Brennholz machen.

Am nächsten Morgen regnet es wieder einmal Bindfäden. Der kräftige Sturm der Nacht hat dunkle Regenwolken ins Tal geschoben. Da hatte ich bei meinem Talgang am Vortag ja richtig Glück mit dem Wetter. Angesichts des Regens lasse ich das Holzsammeln ausfallen und mache mich hoch motiviert an die Arbeit: Die Lücken zwischen Türen und Rahmen verschließe ich mit passend zugesägten Holzlatten, die dicht aufeinandertreffen und die Freiräume verdecken.

Die durchgenagten Löcher an den Ecken stopfe ich mit Edelstahlgeflecht zu und spritze ordentlich Silikon hinein.

Flocke reißt mich aus meinem Arbeitseifer, indem er mich anstupst und fast vorwurfsvoll zu den Dosen blickt. „Frauchen, wie konntest du mich nur vergessen!", würde er wohl sagen, spräche er meine Sprache. Ich habe seinen Vorwurf auch so verstanden. Allzu deutlich war es von seinen wundervollen, bernsteinfarbenen Augen abzulesen. Die Renovierungsarbeiten haben mich Raum und Zeit vergessen lassen.

Ich lege eine Fütterungs- und Knuddelzeit ein und beschließe, die Arbeiten am nächsten Tag fortzusetzen. Genug für heute. Schließlich habe ich vom kostbaren Gut „Zeit" jede Menge. Beim abendlichen Telefonat mit meinem Mann berichte ich ihm stolz von den angefangenen Arbeiten.

Der nächste Tag beginnt erneut mit anhaltend starkem Regen. Es hat den Anschein, als würde sich im Laufe des Tages daran nichts ändern. Genau das richtige Wetter, um die am Vortag begonnenen Arbeiten abzuschließen.

Das Silikon ist gut getrocknet und die Löcher sind absolut dicht. Ich schneide passende Stücke aus Blech zu und nagle sie über die verschlossenen Löcher. Das Ganze verblende ich mit dünnen Holzlättchen und pinsle sie passend zum Farbton der Wand an. Mit den Holzlatten an den Türen verfahre ich gleichermaßen. Farblich fällt das neu angebrachte Holz dadurch überhaupt nicht auf.

Metallblech habe ich genug auf Vorrat, denn die leeren Hundefutterdosen wasche ich stets aus, lasse sie trocknen und schneide sie mit der Blechschere auf. Danach werden sie flach getreten und eingelagert. In einer Hütte kann man so etwas immer wieder gebrauchen.

Abschließend begutachte ich das Ganze und bin sehr zufrieden, ja sogar ein bisschen stolz, denn man sieht fast nichts von den Arbeiten. Mir gefällt es nämlich nicht, wenn Reparaturen und Ausbesserungen sofort als solche ins Auge stechen.

An der räumlichen Trennung zwischen mir und den kleinen vierbeinigen Mitbewohnern gefällt mir besonders, dass jeder von uns genügend Platz hat, wir uns nicht gegenseitig stören und damit in friedlichem Miteinander unter ein und demselben Dach leben können.

Am Abend stelle ich die beiden XL-Lebend-Mausfallen auf, um Mäuse, die sich eventuell noch in den Räumen befinden, einfangen und draußen freilassen zu können. Zugleich sollen die Fallen auch der Wirksamkeitskontrolle meiner Renovierungsmaßnahmen dienen. Die Größe XL habe ich gewählt, weil eventuell auch mit größeren Nagern zu rechnen ist.

Zwei Tage lang fange ich jeweils zwei Mäuse. In jeder Falle sitzt eine Maus und tut sich am leckeren Bergkäse gütlich, den ich als Köder geopfert habe. Kann es sein, dass sich noch vier Mäuse in der Küche versteckt hatten?

Als sich dies am dritten und vierten Tag wiederholt, zweifle ich am Erfolg meiner Arbeit. Es ist unmöglich, dass sich noch acht Mäuse in den Räumen befunden haben. Genervt untersuche ich die einzelnen Stellen nochmals, die ich allesamt akribisch abgedichtet hatte. Sie sind dicht und weisen auch keine weiteren Spuren von Mäusezutritten auf. Nachdem ich auch am sechsten, siebten und achten Tag in jeder Falle eine Maus vorfinde, weiß ich nicht mehr weiter. Jeden Tag wächst mein Unverständnis darüber, wie die Mäuse den Weg in die Küche finden.

Ich bin völlig ratlos und zugleich wild entschlossen, mich den Nagern nicht geschlagen zu geben. Inzwischen weiß ich aber beim besten Willen nicht mehr, wie ich das bewerkstelligen soll.

Zum Glück begegne ich bei meinen Versorgungstouren nicht François, der sich vermutlich über meinen Misserfolg freuen würde.

Ich grüble und grüble über eine Lösung des Problems, komme aber keinen Deut weiter. Wie kommen die Mäuse in meinen Wohnbereich? Über den Kamin? Nein. Das kann nicht sein.

Enttäuschung macht sich so breit in mir, dass ich nachts schlecht schlafe und tagsüber zunehmend nervöser, unzufriedener und unausgeglichener bin. Das darf so nicht weitergehen, schließlich soll es mir gut gehen hier oben.

Als ich an Tag acht, nach sechzehn gefangenen und in die Freiheit entlassenen Mäusen, Geschirr abspüle und das Wasser in den alten, metallbeschichteten Ausguss schütte, wird mir schlagartig klar, wo die Nagetiere ihren Zugang zur Küche haben: Sie kommen durchs Abflussrohr des Ausgusses! Das muss es sein. Eine andere Möglichkeit gibt es nicht.

Mit seinen rund acht Zentimetern Durchmesser ist das Rohr groß genug, um sogar Gartenschläfern Einlass zu gewähren. Ich ärgere mich, diesen Eingang nicht schon früher erkannt zu haben. Egal. Ich kanns nicht mehr ändern. Jetzt werde ich ihn ein für alle Mal verschließen.

Aus dem Drahtgitter schneide ich zwei Scheiben aus. Eine befestige ich mit Draht am Ende des Rohres, draußen unterhalb der Hütte, eine weitere setze ich oben am Abfluss, indem ich sie hineinklemme und mit Silikon fixiere.

Wollen wir doch mal sehen, ob die Tage der offenen Nager-Tür nun ein Ende haben.

Abends stelle ich gespannt die beiden Lebendfallen auf und siehe da: Trotz der leckeren Käseköder fange ich keine Mäuse mehr. Eine Woche lang lasse ich die Fallen stehen, doch sie bleiben leer. Hurra! Es ist geschafft.

Ich kann gar nicht beschreiben, wie glücklich ich bin.

Und wieder einmal überrascht es mich, über was man sich hier oben auf dem Berg freuen kann. Flocke freut sich mit mir, denn er bekommt die Bergkäse-Köder als Snack.

Seither habe ich in keinem meiner Wohnräume Mäusekot oder Fraßspuren entdeckt. Anfänglich habe ich alle zwei Wochen die beiden Lebendfallen in verschiedenen Räumen aufgestellt, um mich des Erfolgs meiner Arbeiten rückzuversichern. Sie blieben leer.

François, der sich bei jeder Begegnung schadenfroh erkundigt, wann er seine Katze zu mir bringen soll, schaut mich prüfend, ja fast argwöhnisch an, als ich ihm versichere, dass die Katze bei ihm bessere Überlebenschancen habe, da sie bei mir verhungern würde. Ich setze noch eins obendrauf, indem ich ihm anbiete, ihm bei Bedarf oder Überforderung seiner Katze, mein „Patent" zu verraten.

Gitterschrank

Nun, da ich richtig euphorisch bin was die Trennung meines
Lebensraums von dem der Mäuse und Bilche anbelangt, beschließe ich, sobald der Regen sein langes Gastspiel beendet
haben wird, die Materialien für die Vorratsschränke zur Hütte
zu bringen und mich ans Werk zu machen.

Die Wettergötter scheinen meine Gedanken gelesen zu haben. Über Nacht haben sie den mehrtägigen Regen beendet.
Die Tannen dampfen, gekitzelt von der wärmenden Frühlingssonne, die ihnen und mir endlich wieder einmal zulächelt.
Überall duftet es wunderbar nach verdunstendem Regen,
Sonne, Nadelbäumen und Frühsommer. Ich liebe diesen einzigartigen Duft!

Die Vögel scheinen den Wetterwechsel ebenfalls zu genießen
und geben sich leidenschaftlich ihren Balzritualen hin.

Frühling, Sommer und Herbst fließen im Gebirge in rascher,
fast unmerklicher Folge ineinander über und die Natur muss
sich sputen, um nicht nur für Nachwuchs zu sorgen, sondern
ihn auch erfolgreich großzuziehen.

Voller Tatendrang wandere ich ins Tal und belade meinen
Lastenrucksack mit Schrankbaumaterial. Flocke hat wieder
Futter im Gepäck.

Natalie kommt auf ein Schwätzchen zum Auto und ich berichte von meinem Erfolg. Wie bereits ihr Mann kann auch sie
nicht so recht glauben, dass ich Mäuse und sonstige Nager
erfolgreich aus meinen Wohnbereichen verbannt habe.

Und sie fügt hinzu, nun so neugierig zu sein, dass sie mich in
der Hütte besuchen werden, sobald sie etwas Zeit fänden.
Doch Zeit ist für Bergbauern ein äußerst knappes Gut, das
sich nicht so einfach findet. Hinzu kommt, dass sie tagein
tagaus viel auf den Beinen sind und mehrstündiges Wandern
üblicherweise nicht auf ihrem knapp bemessenen Freizeitplan
steht. Ich betone nochmals, wie sehr ich mich über ihren

Besuch freuen würde. Bevor ich aufbreche, packt Natalie einen Laib selbst gebackenes Brot und eine Flasche frische Milch in meinen Lastenrucksack. Das sind echte Delikatessen! Natalie weiß, dass sie mir eine riesengroße Freude damit bereitet.

Schwer bepackt treten Flocke und ich den Aufstieg an. Nach der Ankunft würde ich mich am liebsten gleich an den Schrankbau machen, doch Flocke hat Hunger. Während ich ihn füttere, vernehme ich ein Grummeln in meiner Magengegend und sehe ein, dass es auch für mich an der Zeit wäre, etwas zu essen. Immerhin ist es schon kurz nach eins. Nachdem ich mir genussvoll zwei Scheiben von Natalies Brot mit Butter und Käse einverleibt habe, bereite ich mir einen Espresso zu und beschließe, erst einmal in der herrlichen Frühlingssonne die Seele baumeln zu lassen. Flocke gesellt sich zu mir. Gemeinsam dösen wir in der Mittagswärme.

Ich weiß nicht, was Flocke geträumt haben mag, als er vor sich hin knurrt und mich dadurch aus meinen Träumen reißt. Ich jedenfalls hatte von einer riesigen Mäuseinvasion geträumt, die, mit kleinen Holzspeeren und Schutzschilden aus Rinde bewaffnet, versucht haben, mein Wohnzimmer zu stürmen. Zum Glück war es nur ein Traum. Er spornt mich an, nach dem ausgiebigen Nickerchen den geplanten Bau des Vorratsschranks anzugehen. Dank der Kettensäge und der vorgefertigten Baupläne komme ich mit den Arbeiten rasch voran. Am späten Nachmittag ist die Holzkonstruktion fertig und der Schrank muss nur noch mit Drahtgitter bespannt werden. Diesen abschließenden Arbeitsschritt verlege ich auf den nächsten Tag, denn ich habe inzwischen gelernt, die Aufgaben und Arbeiten so einzuteilen, dass sie mir noch Spaß machen.

Zum Abschluss dieses herrlichen Spätfrühlingstages setze ich mich, in eine warme Decke gehüllt, auf den Balkon und genieße den Sonnenuntergang, der die Berggipfel in ein unbeschreiblich schönes Abendrot taucht und die Wärme des Tages schließlich mit sich nimmt.

Als ich am nächsten Morgen sehr früh aufwache, begrüßen mich Flocke und ein stahlblauer Himmel. Ich beschließe, die Morgenfrische für eine Versorgungstour zu nutzen. Solange der Weg ins Tal noch im Schatten liegt, ist der Anstieg danach nicht so schweißtreibend. Nach drei Stunden bin ich zurück und räume die mitgebrachten Lebensmittel auf.

Allmählich wird es Zeit, die Vorräte geschützt vor hungrigen Nagern im Stall zu lagern, denn die vorhandenen Vorratsbehältnisse sind randvoll und in der Küche stapeln sich bereits viel zu viele Nahrungsmittel.

Nachdem Flocke und ich eine Vesperpause eingelegt haben, mache ich mich ans Werk und vollende den Vorratsschrank, indem ich das Gitter passend zuschneide und auf das Holzgestell tackere. Die beiden Türen befestige ich mit Scharnieren. Als Verschluss dienen zwei bewegliche Holzriegel, die die Türen dicht verschließen.

Den Schrank stelle ich unter die Treppe, die vom Stall zum Heuboden führt. An diesem Platz ist er von der Küche aus schnell zu erreichen. Zum Abschluss setze ich noch vier große Steine unter den Schrank und baue Holzböden ein. Fertig! Ich bin sehr zufrieden mit meiner Arbeit.

Nach und nach werde ich den Gitterschrank mit den zu schützenden Vorräten befüllen.

Konserven, Flaschen und Schraubgläser mit Metalldeckeln finden in einem großen Regal im Stall Platz, denn sie trotzen den scharfen Mäusezähnen und müssen nicht gesichert werden.

Ein großer gusseiserner Bottich mit Deckel, den die Senner zur Wurstherstellung nutzten, dient heute als Vorratsbehälter für Lebensmittel und Dinge, die nicht nur mäuse-, sondern auch insektensicher gelagert werden müssen.

Nun ist also für alle Bedingungen die passende Aufbewahrung gewährleistet, um auf der Alm überwintern zu können, ohne dabei zu einer Nulldiät gezwungen zu sein.

Da der Schrankbau mir so viel Spaß gemacht hat, beschließe ich, in nächster Zeit auch noch den für den frostsicheren Kellerraum vorgesehenen Gitterschrank zu bauen. Darin kann ich Gemüse und Obst den ganzen Winter über sicher lagern. Leider ist der Keller zu weit von der Küche entfernt, um regelmäßig benötigte Vorräte einzulagern.

Ich müsste jedes Mal nach draußen, um dorthin zu gelangen. Im Winter wäre das ziemlich lästig.

Aber gerade Obst und Gemüse, insbesondere Kartoffeln, sollen nicht nur frostsicher, sondern auch dunkel gelagert werden und das ist nur im Keller möglich.

Für alle anderen Lebensmittel ist der Vorratsschrank im Stall aufgrund der schnellen Erreichbarkeit ideal.

Ausguck

Während der warmen Jahreszeit lädt der schmale, lang gezogene Holzbalkon vor der Küche zum Verweilen ein.
Beim Blick ins Dorf und auf das gegenüberliegende Bergmassiv, lässt es sich hervorragend entspannen und reflektieren.
Wenn es im Sommer um die Mittagszeit hinterm Haus zu warm ist, fühlt man sich auf dem Ausguck richtig wohl, denn die Sonnenstrahlen erreichen ihn erst gegen sechzehn Uhr und hüllen ihn bis Sonnenuntergang in ihre Wärme ein.
Sie wird von den Holzwänden aufgenommen und gespeichert.
Auf der Holzbank sitzend, spürt man am Rücken die angenehme Strahlungswärme selbst noch bei Dunkelheit, wenn sich die Sonne längst hinter den Bergen schlafen gelegt hat.
Ein dickes, unregelmäßig gerändertes Naturholzbrett, das auf dem Balkongeländer befestigt ist, dient als Tisch.
Vom Ausguck aus hat man derzeit noch freie Sicht aufs Dorf.
Als ich ein Kind war, war die Hütte von hohen Tannen umgeben, die den Blick ins Tal verhinderten.
Das Innere der Alm, mit Ausnahme des Wohnzimmers, war durch den Wald ringsum nahezu ganztags schattig und dadurch nicht nur recht dunkel, sondern auch im Hochsommer ziemlich kühl.
Allein die Wiese hinterm Haus war ohne Baumbestand und ermöglichte den Blick auf meinen Berg und das Bergmassiv, in das er eingebettet ist.
Der Orkan „Lothar", der im Dezember 1999 quer durch Deutschland und die Schweiz tobte, hat rings um die Hütte eine Spur der Verwüstung hinterlassen und fast all die mächtigen Tannen hinweggefegt, als handelte es sich um dünne Zahnstocher. Den wenigen Bäumen, die ihm trotzen konnten, machten Holzfäller den Garaus. Wie durch ein Wunder blieb die Alm unversehrt.

In den Jahren nach dem Orkan stand der Sicht auf Tal, Dorf und Berge nichts mehr im Wege. Die Hütte ist seither sonnenbeschienen und angenehm warm. Das hat ihr und uns gutgetan.

Mittlerweile, nach über zwanzig Jahren, ist ein natürlicher Jungwald herangewachsen, der durch sein Wachstum Jahr um Jahr weitere Winkel des Dorfes vor unseren neugierigen Blicken schützt. Sofern keine weiteren Naturkatastrophen wüten, wird der frühere Zustand in den nächsten zehn bis fünfzehn Jahren erreicht, und der Blick ins Tal hohen Tannen und Laubbäumen gewichen sein.

Schade, denn der Ausblick von oben, den wir nun über zwanzig Jahre lang genossen haben, löst besondere Denkanstöße aus. Er verändert die Perspektive auf das eigene Leben und das der anderen.

Während der unzähligen Stunden, die wir auf dem Ausguck verbringen, leisten uns Ferngläser hervorragende Dienste.

Sie dienen im wahrsten Sinne des Wortes als „Fernseher", wenn wir das Geschehen im Tal beobachten.

Was mit bloßem Auge lediglich als klitzekleine, sich bewegende Punkte wahrgenommen wird, wird zu Menschen, Tieren, Autos, Fahrrädern, bekommt eine Geschichte, einen Zusammenhang.

Im Laufe der Jahre haben wir anhand dieses „Live-Fernsehprogramms" nahezu das gesamte Dorf von oben kennengelernt, wissen, wer wo wohnt, wer wann von der Arbeit nach Hause kommt, Besuch hat oder ein neues Auto sein Eigen nennt.

Allein die vielen Vorkommnisse, deren Zeugen wir von hier oben durch unsere Ferngläser wurden, würden ein eigenes Buch füllen.

Wir sahen traurige und fröhliche Ereignisse: Da ist der Krankenwagen, der mit Martinshorn und Blaulicht talaufwärts ins kleine, beschauliche Bergdorf fährt.

Mehrfach schlägt er den falschen Weg ein, bevor er endlich zur Unfallstelle in einem Kletterpark außerhalb des Dorfes gelangt. Für uns hier oben war klar, wohin er fahren muss, aber wir hatten schließlich die Draufsicht.

Und da ist beispielsweise das uralte, traditionelle Bauernhaus am Dorfrand. Der Hof wurde seit Generationen bewirtschaftet, doch eines Tages waren weder Menschen noch Kühe zu sehen. Das Anwesen stand mehrere Jahre leer und wartete auf seine neue Zukunft. Dann wurde es über Monate hinweg liebevoll renoviert. Nachdem im Spätsommer die Renovierungsarbeiten abgeschlossen waren, fuhr eines samstags eine pompös geschmückte Karosse, gefolgt von einem Autokonvoi auf die ehemalige Hofstelle. Ein Brautpaar stieg aus dem herausgeputzten Auto und wurde von den festlich gekleideten Gästen umringt. Wir beobachteten die bunte Hochzeitsfeier und stießen unbemerkt auf das frisch vermählte Paar an.

Im darauffolgenden Jahr sahen wir die ehemalige Braut mit einem Kinderwagen. Drei weitere Jahre später spielte ein kleiner Junge im Sandkasten vor dem Haus, während die Mutter ein Baby auf dem Schoß wiegte. Inzwischen sind die beiden Kinder, ein Junge und ein Mädchen, zu Teenagern herangewachsen.

Warum schildere ich diese Vorkommnisse?

All die Momente des Ausguck-Fernsehens lösen automatisch einen Perspektivwechsel im Zuschauer aus. Es bleibt nicht bei den Beobachtungen, die man macht, und schon gar nicht, wenn man über Jahre und Jahrzehnte hinweg auf dasselbe Tal, dasselbe Dorf und dieselben Häuser blickt. Man wird nachdenklich.

Der Blick von oben gibt den Dingen eine völlig andere Bedeutung. Es ist ein großer Unterschied, ob ich die Draufsicht und damit den Überblick habe, oder ob ich mich mittendrin befinde und mein Blickwinkel begrenzt ist.

Da beobachtet man, wie jemand tagaus tagein zur selben Zeit das Haus verlässt, ins Auto steigt und talwärts fährt. Nach rund zehn Stunden spielt sich dasselbe Szenario umgekehrt ab. Nüchtern betrachtet, fährt jemand pflichtbewusst vom Dorf zur Arbeit.

Aber fährt diese Person gerne zur Arbeit? Was arbeitet sie? Wie alt mag sie sein? Ist sie glücklich?

Und plötzlich fährt sie nicht mehr zur Arbeit. Man sieht sie vor dem Haus sitzen oder im Garten arbeiten. Man fragt sich: „Ist sie in Rente? Ist sie arbeitslos oder gar krank geworden?". Das genaue Alter lässt sich selbst mit dem Fernglas nicht erkennen, aber Körperhaltung, Bewegungen und Handlungen lassen den ungefähren Lebensabschnitt erahnen.

Jedes Mal, wenn ich aufs Dorf hinunterblicke, frage ich mich, wie es wohl wäre, mein eigenes Leben und Handeln von hier oben aus zu beobachten. Was würde ich denken und fühlen, beobachtete ich mich als kleinen Punkt?

Der Perspektivwechsel, die Dinge von oben und somit im Miniaturformat zu sehen, löst immer wieder aufs Neue Demut in mir aus. Mir wird klar, dass ich ein winziger Punkt, ein Stecknadelkopf bin. Ich bin ein Pünktchen wie alle anderen Pünktchen auch und die erhabenen Dreitausender lassen uns Winzlinge noch kleiner erscheinen.

Bei jedem „Fernsehen" ins Tal werde ich mir bewusst, dass wir Menschen uns viel zu wichtig nehmen, viel zu hektisch und bisweilen sinnlos durchs Leben hetzen.

Manchmal verfahren wir uns, wie der Krankenwagen, der die Unfallstelle suchen musste. Ich sehe das als Metapher dafür, dass wir uns im Leben immer wieder verfahren, die Orientierung verlieren und von der Spur abkommen.

In den Momenten auf dem Ausguck frage ich mich bisweilen, ob es „eine Gottheit" gibt, die mich von oben beobachtet, über mein Handeln lächelt, meine Wege beurteilt und mir gerne sagen würde, wo ich sinnvollere Pfade einschlagen könnte.

Besonders spannend ist es, sein eigenes Leben aufs Dorf zu projizieren in der Vorstellung, das eigene Tun zu beobachten. Das ist gar nicht so einfach. Manchmal gelingt es mir und es bewegt mich wirklich sehr, mein bisheriges Leben auf diese Weise Revue passieren zu lassen.

Ehe ich nun ganz ins Philosophieren abschweife, möchte ich Ihnen, liebe Lesende, ans Herz legen, hin und wieder einen kurzen Perspektivwechsel vorzunehmen, das eigene Tun zu beobachten und zu hinterfragen. Das schadet keineswegs.

Hundebekanntschaft

Die letzte Maiwoche ist angebrochen. Bei herrlichem Wetter sind Flocke und ich wieder einmal unterwegs ins Tal, um Vorräte aus dem Auto zu holen.

Diesen wunderbaren Tag nutze ich für eine Fahrt ins Dorf, um Obst, Gemüse und sonstige Leckereien einzukaufen und mich dann im Café neben der Kirche mit einem Cappuccino und einem frischen Croissant zu verwöhnen. Flocke bekommt einen Kauknochen als Belohnung für die treue Begleitung. Heiter und beschwingt fahren wir zurück zu unserem Parkplatz auf François' Hof. Ich belade unsere Rucksäcke, und los gehts bergauf.

Kurz bevor wir unser Domizil erreichen, ist Flocke, der für gewöhnlich direkt hinter, neben oder vor mir läuft, verschwunden. Ich rufe ihn, aber er kommt nicht.

Das habe ich nun wirklich noch nie erlebt! „Flooocke!!!", rufe ich so laut, dass das gegenüberliegende Bergmassiv „ooocke" zurückruft. Mein Ruf wird schärfer und ich gebe noch einen schrillen Pfiff obendrauf. Und siehe da: Da kommt mein Hund völlig aufgeregt angerannt, leckt mir kurz über die Hand, um mir mitzuteilen „ich bin doch da", dreht eilig um und rennt wieder bergab. Na so was!

Erneut rufe ich ihn und da kommt er gemeinsam mit einer knapp mittelgroßen, schwarzen Hundedame um die Wegbiegung geflitzt. Er schwelgt im Glück. Seinen Rucksack scheint er überhaupt nicht zur Kenntnis zu nehmen. Flocke kommt, gefolgt von seiner weiblichen Errungenschaft zu mir, als wolle er sie mir vorstellen. Ich bin fassungslos. In all den Jahren, die Flocke bei uns ist, hat er sich noch nie so verhalten. Er wurde offenbar von Amors Pfeil getroffen – mitten ins Hundeherz. Während ich noch ganz verwundert die beiden frisch Verliebten beobachte, kämpfen sich zwei Wanderer eilig in meine Richtung bergauf.

Sie sind erleichtert, als sie die beiden Hunde sehen und in mir die Besitzerin des Hundemanns vermuten, der ihre Hündin verzaubert und entführt hat.

Wir kommen ins Gespräch und verstehen uns sofort bestens. Die Chemie stimmt also nicht nur zwischen den Hunden.

Ich erfahre, dass Flockes neue Flamme Coco heißt, vier Jahre alt ist, sehr gut erzogen, gehorsam und einfühlsam sei.

Das Frauchen heißt Claire, das Herrchen Louis. Die beiden erzählen mir, dass sie seit Kurzem ein Ferienhaus unten im Dorf haben, jedes Wochenende dort verbringen und regelmäßig den Wanderweg, der nahe der Hütte vorbeiführt, nutzen. Es gefällt ihnen hier oben besonders gut.

Sie lieben den Blick ins Tal genauso wie ich. Hier sei die Natur noch wild, unberührt und nicht von Pisten, Skihütten und Liften verschandelt, erklären sie mir. Sie haben recht.

Ich frage mich, ob ich die beiden unbekannterweise bereits mit dem Fernglas beobachtet habe, und schäme mich ein bisschen für meine „Fernseherei".

Als ich von meinem Hüttenjahr erzähle, sind sie begeistert und sehr interessiert. Da Flocke und ich schwer beladen sind, wollen sie genau wissen, wie ich es organisiere, die gesamten Lebensmittel und Materialien für den täglichen Bedarf und den Winter bergauf zu befördern. Auch die Ausstattung der Hütte interessiert sie brennend.

Zu Flockes großer Freude lade ich die beiden kurzerhand ein, mit mir einen Espresso zu trinken. Dazu gibt es den Bündner Nusskuchen, den ich im Tal gekauft habe und gerade bergauf trage.

Claire und Louis nehmen meine Einladung freudig an und wir wandern, lebhaft plaudernd, zur Hütte. Sie sind begeistert von der Alm, die sie sich völlig anders vorgestellt hatten. Bei all ihren Wanderungen, an denen sie sie von außen bewundert hatten, stellten sie sich ein, im Innenraum modern renoviertes Chalet vor, bei dem lediglich die Fassade von alten

Zeiten zeugt. Dass im Inneren alles original geblieben ist wie vor hundert Jahren, überrascht sie.

Gemeinsam sitzen wir auf dem Balkon und unterhalten uns über unsere gemeinsame Liebe zum Gebirge, meine Erfahrungen und Abenteuer des begonnenen Hüttenjahres und unsere treuen Hunde. Die rennen indes auf der Wiese hinterm Haus hin und her und sind in ihr Hundeglück vertieft.

Claire ist Ende fünfzig, Louis Mitte sechzig und freut sich auf den anstehenden Ruhestand. Sie wohnen in der Stadt, eine Autostunde entfernt vom Dorf. Die Freizeit verbringen sie in ihrem Ferienhaus unten im Tal. Ihre erwachsene Tochter lebt mit ihrer Familie in Südfrankreich.

Vom Ausguck aus suchen sie ihr Chalet, stellen jedoch enttäuscht fest, dass es wegen des herangewachsenen Jungwaldes von hier oben nicht zu sehen ist. Insgeheim bin ich erleichtert, denn es wäre mir irgendwie peinlich, sie bereits per Fernglas zu kennen.

Bevor die beiden mit Coco weiterwandern, tauschen wir unsere Handynummern aus, um hin und wieder ein Treffen verabreden zu können. Bereits am nächsten Tag bekomme ich eine Nachricht von Claire mit der Ankündigung, sie würden wieder am Chalet vorbeiwandern und mir gerne Nützliches mitbringen.

Wir verabreden uns unten am Auto, wo ich Vorräte auf ihre Rucksäcke verteile und den meinen ebenfalls befülle. Das erspart mir zwei Vorratswanderungen.

Claire, Louis und Coco kommen von diesem Tag an den gesamten Sommer über regelmäßig vorbei und bringen mir Vorräte mit. Bei schlechtem Wetter lassen sie ihre Wanderungen ausfallen. Gut so, denn ich möchte auf keinen Fall, dass sie sich mir gegenüber in irgendeiner Weise verpflichtet fühlen. Die Wanderungen zur Hütte sollen ihnen Spaß machen und etwas Besonderes für sie sein.

Da mein Auto auf François` Hof sicher abgestellt ist, beschlie-ße ich, es nicht mehr abzuschließen. So können Claire und Louis, die ich zuvor dem Bergbauernehepaar vorgestellt hatte, nach eigenem Ermessen Vorräte aus dem Auto aussu-chen und bergauf tragen. Als Dankeschön lade ich sie jedes Mal zum Essen oder Espresso mit Kuchen ein.

Flocke ist sichtlich zufrieden, sich die Zeit nicht nur mit mir, sondern hin und wieder mit seiner vierbeinigen Freundin zu vertreiben.
Wenn ich nicht da bin, stellen Claire und Louis die mitge-brachten Vorräte vor den Eingang, schreiben mir eine kurze Nachricht und wandern weiter.
Es erwächst eine nette und zugleich unverbindliche Berg-freundschaft zwischen uns. Ab und zu treffen wir uns auch im Café neben der Kirche oder im Garten ihres Ferienhauses.

Dauerregen

Der Wonnemonat Mai, der mir von Sonnenschein und stahlblauem Himmel über Schneegestöber und Regen seine breite
Palette möglicher Wetterwechsel präsentiert hat, endet mit
vier Tagen Dauerregen. Wieder einmal kommt es mir vor, als
würden dicke nasse Schnüre vom Himmel fallen. Die Umgebung liegt hinter dichten, grauen Wolken verborgen. Kein
Berg, kein Himmel, kein Tal sind zu sehen. Nur Grau.
Wenigstens ist es nicht kalt. Bei solch einer Wetterlage bin ich
besonders froh über das Bergklosett. Inzwischen möchte ich
mir die Toilettengänge ins Freie, vor dem starken Regen unter Tannen Schutz suchend, nicht mehr vorstellen, geschweige denn praktizieren.

An Regentag Nummer vier stelle ich beim Erwachen fest,
dass es draußen ungewöhnlich still ist. Normalerweise höre
ich im Schlafzimmer das Plätschern des Brunnens. Als ich
Wasser holen möchte, bestätigt sich meine Befürchtung: Aus
dem Ausguss finden nur spärlich ein paar wenige Tropfen
den Weg in den Brunnen. Ich habe kein Wasser mehr.
Das heißt, ich werde im strömenden Regen zur Wasserstelle
wandern müssen, um das Problem zu lösen.
Flocke sieht den starken Regen und schaut mich an, als
fragte er, wann das Wetterspektakel endlich vorüber sei. Ich
ermutige ihn, trotz des Hundewetters sein Geschäft zu verrichten. Rasch huscht er ins Freie, dreht in Windeseile seine
Toilettenrunde und verdrückt sich gleich wieder nach drinnen
ins Trockene.
Ich ziehe indes meine Regenklamotten über und packe wieder einmal die gesamte „Wassergarnitur" in den Rucksack:
Spitzhacke, Schöpfkelle, Cuttermesser, ein Stück Schlauch,
vier Schlauchverbinder und vier Aluminiumstangen.

Dem Regen trotzend mache ich mich auf den beschwerlichen Weg zur Wasserentnahmestelle.

Flocke bleibt zu Hause. Er steht nicht einmal auf, als ich aufbreche. Das ist seine unmissverständliche Botschaft, mich nicht begleiten zu wollen. Vermutlich denkt er: „Es reicht ja schließlich, wenn Frauchen nass wird. Immerhin hat sie Regenkleidung zum Anziehen. Ich nicht."

An der Wasserentnahmestelle angekommen, befreie ich Sieb und Wasserfass vom Schlick, den der starke Regen eingeschwemmt hat. Dennoch zieht die Leitung kein Wasser. Irgendwo muss sie verstopft sein. Na das kann heiter werden, denn sie verläuft überwiegend unterirdisch und führt rund einen Kilometer weit und 150 Höhenmeter bergab bis zum Brunnen.

Dasselbe war uns vor zwei Jahren schon einmal passiert. Da mussten wir die Leitung an zwei Stellen freilegen und durchtrennen, um zu prüfen, wo das Wasser ankommt und wo nicht. Dadurch konnten wir die Verstopfung der Leitung eingrenzen. Die dreißig Meter Distanz zwischen den beiden Schnittstellen haben wir damals mit einem neuen Stück Wasserleitung überbrückt. Über die Verbindungsstücke haben wir Steinplatten gelegt und sie mit Aluminiumstangen markiert. Sie dienen als Kontrollschächte bei der Suche nach verstopften Stellen in der Leitung.

Ziemlich genervt begebe ich mich zum untersten Kontrollschacht, lege ihn frei und öffne den Schlauchverbinder. Es kommt kein Wasser an. Somit ist klar, dass das Problem weiter oberhalb liegen muss. Also gehe ich, entsprechend der Länge des mitgebrachten Schlauchstücks, rund zwanzig Meter bergauf und grabe mit der Spitzhacke ein Loch.

Hoffentlich finde ich die Wasserleitung, denn deren Verlauf ist niemandem so ganz genau bekannt. Man kann ihn erahnen, muss aber bisweilen mehrere Löcher graben, um auf die Leitung zu stoßen. Das Glück ist mir genauso wenig hold wie Petrus. Es regnet in Strömen und im frisch gegrabenen Loch ist keine Wasserleitung zu sehen.

Nach zwei weiteren Grabungen finde ich sie und durchtrenne sie mit dem Cuttermesser. Wieder kommt kein Wasser. Die durchgeschnittene Stelle verbinde ich mit einem der mitgebrachten Schlauchverbinder und beschwere ihn mit einem großen Stein. Mit einer der Aluminiumstangen markiere ich die Stelle und schon wieder ist ein neuer Kontrollschacht entstanden.

Eine Mischung aus Wut, Mutlosigkeit und Frust befällt mich. Mir ist nach Weinen zumute, doch zugleich ist mir klar, dass mir das nicht helfen wird, das Problem zu lösen. Es würde mich eher daran hindern, entschieden und zuversichtlich weiterzumachen.

Weitere drei Male grabe ich nach der Leitung, durchtrenne sie, setze Schlauchverbinder, und markiere die neu entstandenen Kontrollschächte mit einer Stange. Meine Anstrengungen sind nicht von Erfolg gekrönt. Noch immer fließt kein Wasser und die mitgebrachten Schlauchverbinder sind allesamt verbraucht. Ich muss zur Hütte zurück, um neue zu holen, sonst kann ich die Reparatur der Wasserleitung nicht fortsetzen.

Jetzt breche ich wirklich in Tränen aus. Verzweiflung legt sich wie ein schwerer, bleierner Mantel über mich. Heulend sitze ich im Dreck, während der Regen erbarmungslos auf mich herab prasselt. Der Himmel weint mit mir um die Wette. Am liebsten würde ich mein Hüttenjahr jetzt sofort beenden, nach Hause fahren und mir ein warmes Bad einlassen.

„Wenn du diese Entscheidung triffst, musst du dennoch zuvor die Wasserleitung reparieren", schluchze ich vor mich hin. Während ich tränen- und regenüberströmt zur Hütte gehe, frage ich mich, warum mich das Ganze so sehr frustriert.

Plötzlich meldet sich mein Verstand und erklärt mir, dass mir von vornherein klar war, regelmäßig mit Wasserproblemen konfrontiert zu sein. Er meint, das hätte ich schließlich wissen müssen, als ich mich für das Hüttenjahr entschieden habe. Dann setzt er noch eins drauf und fordert mich auf, endlich klar zu denken und dann zu handeln. Sollte ich danach mein Projekt beenden wollen, sei das in Ordnung, aber es unreflektiert aus Frustration heraus abzubrechen, sei der falsche Weg. Ich würde ihn später bereuen, fügt er hinzu.

Ich bedanke mich bei meinem Verstand und bitte ihn, mir weiterhin hilfreich und konstruktiv zur Seite zu stehen.

Als ich an der Hütte ankomme, habe ich mich um einiges beruhigt. Es kullern mir keine Tränen mehr über die Wangen. Dafür fließt mir der Regen in kleinen Rinnsalen von der Kapuze übers Gesicht. Flocke betrachtet mich bei meiner Ankunft mitleidsvoll. Nass und verdreckt wie ich aussehe, erahnt er wohl, was ihm erspart geblieben ist.

Er stupst seinen Futternapf an, um mich auf seinen Hunger und meine bereits überfällige Aufgabe als Dosenöffner hinzuweisen. Die Uhr zeigt mir auf, dass ich fast vier Stunden lang erfolglos an dieser verdammten Wasserleitung herumgeackert habe.

Bevor ich Flocke füttere, durchsuche ich im Stall die Kiste der Wasserutensilien nach Schlauchverbindern. Angesichts der immensen Bedeutung dieser genialen Teile, die man von Hand anbringen und festziehen kann, haben wir davon stets genügend vorrätig. Früher musste man mit Schraubschellen arbeiten. Das war echt mühselig und die Dinger waren nicht dauerhaft haltbar.

Ich packe die restlichen fünf Aluminiumstangen und alle Verbinder ein, die ich finde: zehn Stück. Das müsste nun wirklich genügen.

Anstatt gleich wieder aufzubrechen, beschließe ich, erst mal eine Pause einzulegen, meine nassen Regenklamotten auszuziehen, sie zum Trocknen an den Ofen zu hängen und etwas zu essen.

Doch zuerst ist Flocke an der Reihe. Er bekommt heute sein Lieblingsfutter, musste er doch so lange darauf warten.

Für mich schneide ich zwei Scheiben Brot ab und verfeinere sie mit Butter und selbst gemachter Marmelade. Danach fühle ich mich schon deutlich besser. Das letzte, noch verbliebene Quäntchen Frust vertreibe ich mit einer Tasse Espresso und einem Stück Schokolade.

Anschließend holt sich Flocke seine Streicheleinheiten ab. Ich werde ihn nachher zur Wasserstelle mitnehmen. Zum Glück weiß er das noch nicht.

Die Pause und die Stärkung haben mir gutgetan. Meine Regenklamotten sind fast trocken, als ich sie wieder überziehe und mit Flocke im Schlepptau unter dem etwas weniger starken Regen hindurch wandere. Ich beschließe, den Niederschlag zu ignorieren.

Am zuletzt gesetzten Kontrollschacht angekommen, mache ich mich ruhig und konzentriert an die Arbeit. Nach den vier misslungenen Versuchen des Vormittags grabe ich zwanzig Meter bergaufwärts erneut ein Loch.

Wenigstens habe ich diesmal Glück und finde die Wasserleitung sofort. Beim Durchtrennen kommt aber auch hier kein Wasser an. Mist! Wieder einen Schlauchverbinder angebracht, einen großen Stein draufgelegt und eine Aluminiumstange gesteckt. Das ist dann also Kontrollschacht Nummer fünf.

Ich erwäge, mich eines Tages ins Guinnessbuch der Rekorde unter der Rubrik „Setzen von Kontrollschächten" eintragen zu lassen.

Zwanzig Meter weiter oben grabe ich ein Loch, finde wieder einmal keine Leitung. Beim zweiten Versuch entdecke ich sie, durchtrenne sie mit einem entschiedenen Schnitt und siehe da: Zu meiner großen Freude sprudelt mir Wasser entgegen. Nun weiß ich, dass die Leitung zwischen hier und dem letzten Kontrollschacht verstopft sein muss. Mit der mitgebrachten Wasserleitung überbrücke ich die Distanz.

Flocke, der sich im Schutz eines Felsvorsprungs zusammengekugelt hat, beobachtet interessiert mein Tun.

Bevor ich zurückwandere, gehe ich zum Wasserfass und prüfe, ob sich in der Leitung ein Sog aufgebaut hat. Ja! Es hat geklappt. Die Leitung zieht das Wasser, das ins Fass läuft und transportiert es zum Brunnen.

Zufrieden und ziemlich erschöpft packe ich mein Werkzeug ein und gehe mit Flocke nach Hause. Den Regen nehme ich inzwischen fast nicht mehr wahr. Da ich ihn sowieso nicht abstellen kann, arrangiere ich mich mit ihm.

Ich freue mich auf die trockene Hütte, das warme Wohnzimmer und wohltemperiertes Wasser, um mich von Dreck und Schweiß befreien zu können.

Als ich die letzten Meter zum Haus hinabsteige, höre ich bereits den Brunnen plätschern. Um neun Uhr heute früh war ich zur Wasserstelle aufgebrochen. Jetzt ist es sechzehn Uhr. Was für ein Tag!

Ich beende ihn bei einem Glas Rotwein am Wohnzimmerofen. Ein warmes Bad wäre jetzt das höchste der Gefühle.

Flocke liegt neben mir, zufrieden, besonders intensiv gekrault zu werden.

Gebirgswetter

Am nächsten Morgen steht Flocke an meinem Bett und weckt mich. „Schau mal, es wird ein herrlicher Tag", scheint er mir sagen zu wollen. Von draußen höre ich das Plätschern des Brunnens. Seit dem gestrigen Tag genieße ich dieses Geräusch mehr denn je.

Der Blick zum tiefblauen Himmel verrät mir, dass Flocke recht hat. Die raschen Wetterwechsel im Gebirge beeindrucken mich immer wieder aufs Neue.

Vor Jahren waren wir bei einer Wanderung auf einer schneebedeckten Hochebene unterwegs, um zu einem wunderschönen Bergsee zu gelangen. Aus der Ferne sahen wir den türkisblauen See und freuten uns schon, nach der Ankunft an seinem Ufer eine Vesperpause einzulegen. Plötzlich zog innerhalb weniger Sekunden so dichter Nebel auf, wie wir ihn bisher noch nie erlebt hatten. Er schien aus dem Nichts gekommen zu sein und legte sich regelrecht über uns.

Vom See war nichts mehr zu sehen. Die Berge rings um uns waren ebenfalls vom Nebel verschlungen worden. Wir sahen nicht einmal mehr den Weg, der uns zum See führen sollte. Vorsichtig wanderten wir weiter und suchten nach ihm. Obwohl wir wussten, dass er in unserer Nähe sein musste, blieb er hinter der dichten Nebelwand verborgen.

Ratlos blickten wir uns immer wieder um, sahen uns jedoch nur ins undurchdringliche Hellgrau gehüllt. Und urplötzlich fegte die Sonne innerhalb weniger Sekunden den Nebel weg. So schnell wie er gekommen war, verschwand er wieder und löste sich regelrecht in Luft auf.

Der See lag türkisblau in rund zwanzig Metern Entfernung zu unserer Linken. Was uns besonders verblüfft hat, waren unsere Fußspuren in den Schneefeldern nahe dem Seeufer: Wir waren tatsächlich fast um den ganzen See herumgelaufen ohne ihn gesehen zu haben. Es schien an ein Wunder zu grenzen. Seither kann ich mir lebhaft vorstellen, warum zahlreiche Naturvölker glauben, in den Bergen lebten Götter, deren Zorn man nicht erregen dürfe.

Diese und weitere Erfahrungen haben uns gelehrt, im Gebirge sehr achtsam und vorsichtig unterwegs zu sein. Besonders gefährlich sind auch die wie aus dem Nichts aufziehenden Sommergewitter. Sie kommen unverhofft hinter einem Bergmassiv hervor, als würden sie einem auflauern. Ihre Wucht ist gewaltig und sehr gefährlich. Sich während einer Wanderung vor ihnen zu schützen, ist schwierig bis unmöglich.
Die Fallwinde, die sie begleiten, führen nicht selten zu umstürzenden Bäumen oder abbrechenden Ästen.
Blitze schießen vom Himmel herab und schlagen vereinzelt in hohe Bäume und Gewässer ein. Nachdem wir das einmal erlebt und zum Glück überlebt haben, halten wir uns bei Gewittern, sofern sie uns im Freien überraschen, stets von Gebirgsbächen fern und seien sie auch noch so klein.
Als ich in jungen Jahren von den „Alten" gewarnt wurde, mich vor den Wetterkapriolen in den Bergen besonders in acht zu nehmen, fand ich diese Ratschläge übertrieben. Nun, da ich selbst zu den „Alten" gehöre, gebe ich dieselben Ratschläge an die Jungen weiter, obwohl ich weiß, dass sie sie genauso wenig ernst nehmen wie ich damals. Das ist der Lauf der Zeit.
Die Wetter-Apps, die es heute gibt, ermöglichen zwar einen etwaigen Ausblick auf das Wetter, dennoch vermögen sie die urplötzlichen Wetterwechsel im Gebirge nicht vorherzusagen.

Trotz aller Gefahren die sie in sich bergen, haben sie etwas Faszinierendes. Das ist ganz besonders im Herbst der Fall, wenn der Nebel ganze Täler in tiefe weiße Meere taucht und frisch verschneite Berggipfel wie kleine Zuckerspitzen aus ihnen herausragen.

Auch die dampfende Landschaft nach einem abkühlenden Regen oder die dichten Wolken, die urplötzlich aufreißen und schemenhafte Fetzen der Berge erkennen lassen, um sie sogleich wieder zu verschlucken, sind schlichtweg atemberaubend.

Ich liebe die Berge trotz aller Widrigkeiten. Sie erden mich, geben mir Kraft und Ruhe.

Schafe

Die schönste Jahreszeit hat begonnen: der Bergsommer.
Vorbei ist die Zeit der frostkalten Nächte. Überall ist Leben erwacht. Die Bergwiesen haben ihre kunterbunten Kleider angezogen. Sie sind voll verschiedenster Blumen und Kräuter, die man in Deutschland auf keiner Wiese mehr antrifft, da die intensive Landwirtschaft sie seit Langem verschlungen hat.
Allerorts brummt und singt es. Hier scheint das Insekten- und Vogelsterben noch nicht angekommen zu sein. Das stimmt leider nicht, denn der Klimawandel lässt auch das Gebirge nicht verschont.
Doch nun möchte ich angesichts der fortschreitenden Zerstörung unserer Lebensräume nicht in Traurigkeit verfallen.
Ich möchte den Sommer hier oben in den Bergen intensiv genießen.
Die bunte Blumenwiese rings um die Hütte streckt sich dicht und fast kniehoch dem Frühsommerhimmel entgegen, als habe sie vor, ihn zu berühren.
Ich wandere ins Tal, um mich wieder einmal mit Vorräten zu versorgen. Beim Einkauf im Dorf besorge ich eine Schachtel Pralinen und einen prächtigen Blumenstrauß. Beides werde ich Natalie als Zeichen meines Dankes mitbringen. Sie ist immer überaus herzlich und wenn sie mich sieht, während sie die munter im Freilandgehege pickenden Hühner füttert, sammelt sie jedes Mal frische Eier ein und packt sie mir in meinen Rucksack. Hin und wieder gibt sie noch frische Milch und selbst gebackenes Brot obenauf.
Als ich ihr mein Geschenk überreiche, bleiben wir eine Weile an der Weide stehen, wo die neu geborenen Kälber umherspringen. Von den Wiesen rund ums Dorf sind die Klänge der Viehglocken zu hören, als wollten sie den Beginn des Bergsommers verkünden.

Da sind die tiefen, klangvollen Glocken der Kühe, die kleineren Glocken der Rinder und die Glöckchen der Kälber. Die Schellen der Ziegen und Schafe haben einen anderen, weniger vollen aber nicht minder bezaubernden Klang.

Bald werden die Bauern ihre Tiere auf die hoch gelegenen Almen treiben, wo sie den gesamten Sommer über auf den Bergwiesen verbringen. Es ist zwar schön, das Vieh auf den saftigen Weiden zu sehen, doch habe ich als Vegetarierin hinsichtlich der Nutztierhaltung eine kritische Einstellung. Mir ist bewusst, dass die Kälbchen, die gerade so munter über die Wiese hüpfen, Abfallprodukte der Milchwirtschaft sind und, wenn es männliche Tiere sind, nur ein kurzes Dasein fristen. Und so sehr ich den Klang der Kuhglocken liebe, frage ich mich, ob es den Kühen nicht besser ginge, könnten sie ohne das dauernde Geläute und die schweren Glocken am Hals in Ruhe grasen.

Obwohl ich kein Fleisch esse und nur wenig Milchprodukte konsumiere, ist da unser Flocke und vor ihm gab es zahlreiche andere Hunde, die uns begleiteten. Ich habe sie alle mit Futter ernährt, das Fleisch enthält, und ich werde auch weiterhin so verfahren. Es ist nun mal so: Wer mit dem Finger auf andere zeigt, sollte nicht vergessen, dass er dabei mit drei Fingern auf sich selbst zeigt. Nun zeigen sie also auf mich.

So mischt sich unter die Freude beim Anblick von François' Kühen und Kälbern zwar etwas Wehmut, doch ich weiß, dass das Vieh der Schweizer Bergbauern ein wesentlich besseres Leben führen darf als die in Deutschland und andernorts, in enge Ställe eingepferchten Tiere, die niemals eine Wiese sehen, geschweige denn betreten werden.

Ach je. Jetzt bin ich wieder einmal ganz abgeschweift.

Also ich stehe an der Kälberweide und unterhalte mich mit Natalie. François kommt hinzu und erzählt mir, dass am nächsten Tag der Schäfer mit seiner Herde zur Hütte aufbrechen und dort, wie jedes Jahr, Halt machen werde, um die Bergwiesen abgrasen zu lassen.

Ich bedanke mich für diesen wichtigen Hinweis, verabschiede mich und breche, wie immer vollbepackt, bergwärts auf.

Nun weiß ich Bescheid: Die Rasenmäher sind im Anmarsch.

Oben angekommen, gibts erst mal für Flocke und mich was Leckeres zu essen. Nach dem Genuss des obligatorischen Espresso gehe ich auf die Wiese hinterm Haus und schärfe die Sense. Ein circa fünfhundert Quadratmeter großes Stück Wiese rund um die Hütte nutze ich zum Entspannen, Grillen, Seele baumeln lassen.

Das Gras mähe ich regelmäßig mit der Sense, reche es mit dem alten Holzrechen zusammen und werfe es talwärts.

Das Sensen hat mir vor Jahren Natalies Vater beigebracht. Von ihm habe ich auch gelernt, wie man die Sense schärft und dengelt. Für mich hat diese Art des Mähens etwas Beruhigendes, denn alles geschieht in gleichmäßigem Rhythmus. Nach dem Sensen zäune ich die gemähten Flächen rund um die Hütte mit dem „Flexinette", einem flexiblen Steckzaun ein, den wir uns vor vielen Jahren angeschafft hatten, um den Schafen den Zutritt zum überdachten Vorplatz und zu unseren Ruhebereichen zu verwehren. Nicht dass ich Schafe nicht mag, ganz im Gegenteil. Doch regelmäßig in Schafsköttel zu treten und diese dann unweigerlich und gleichmäßig auf dem Hüttenboden zu verteilen, macht keinen Spaß.

Am nächsten Morgen kommt der Schäfer in aller Frühe und zäunt die rund zwei Hektar umfassenden Wiesen rund um die Hütte mit Steckzäunen ein. Wir unterhalten uns nur kurz, denn er ist recht wortkarg und zudem Ausländern gegenüber wenig aufgeschlossen. Meine Einladung zu einer Tasse Espresso lehnt er dankend ab. Die Frage, wie viele Schafe er in diesem Jahr dabeihabe, beantwortet er trocken mit „750 Tiere."

Sie stammen von verschiedenen Schäfereien, die sie den Sommer über dem eigens dafür angestellten Schäfer anvertrauen. Anfang Juni werden sie mit Viehtransportern im Tal angeliefert und auf einer großen Weide gesammelt. Wenn alle beisammen sind, treibt der Hirte sie Wiese um Wiese bergauf bis über 2000 Meter Höhe und im Herbst wieder zurück ins Tal. Diese sogenannte Sömmerung dauert rund vier Monate. Das ist ein echter Knochenjob. Und doch hält sich nach wie vor in den Köpfen vieler Zeitgenossen die verklärte Vorstellung eines beschaulichen Schäferdaseins.

Einen Tag später kündigen die Schafe mit Gebimmel und lautem Blöken ihr Kommen an. Dazwischen ist das Gebell der Hütehunde zu hören, die die Herde bergauf treiben und beisammenhalten. Gefräßig stürzen sich die Wollknäuel auf die saftigen Wiesen rund ums Chalet. Der Schäfer schließt den Weidezaun, wandert mit seinen Hütehunden weiter bergauf und bereitet dort die Zäune für die nächste Etappe vor. Die Schafe lässt er mit vier großen, imposanten Herdenschutzhunden zurück. Sie beschützen die Herde vor Wölfen, die hier wieder Fuß gefasst haben.

Diese Form des Herdenschutzes ist äußerst effektiv, da die Hunde ihre Aufgabe sehr gewissenhaft erfüllen. Im Hochgebirge ist es unmöglich, die Schafe wolfssicher einzuzäunen, und vor dem Einsatz der Hunde gab es deutlich mehr Wolfsrisse. Leider kollidiert das Ganze regelmäßig mit den Interessen der Bergwanderer, insbesondere derer mit Hunden.

Die Herdenschutzhunde betrachten die Vorbeiwandernden und deren Hunde als Gefahr und versuchen, sie abzuwehren. Klar, das ist eben ihr Job. Konflikte sind dadurch allerdings vorprogrammiert. Inzwischen kann man sich im Rathaus informieren, wo genau die Herdenschutzhunde momentan im

Einsatz sind. Als Hundebesitzer empfiehlt es sich dann, diese Wege zu meiden.

Ich genieße es, wenn die Schafe die Hütte umgeben. Es ist herrlich, sie zu beobachten. Die Lämmer bilden Gruppen, die wie ein Kindergarten anmuten, und hüpfen gemeinsam über die Wiesen. Die Mutterschafe grasen und legen sich dann zum Wiederkäuen nieder. Die ganze Zeit über halten sie Kontakt zu ihren spielenden Lämmern, indem sie nach ihnen blöken und auf deren Antwort warten. Sobald die Jungen Hunger haben, hüpfen sie aufgeregt zur Mutter und sättigen sich an ihrem Euter. Dabei stoßen sie mit ihren Schnauzen kräftig zu und wedeln aufgeregt mit den plüschigen Schwänzen hin und her.

In einer Schafherde gibt es klare Regeln und Rangordnungen. Wenn sich eines der Leitschafe vom Wiederkäuen erhebt und den Weg zu einer anderen Ecke der Weide sucht, marschiert seine Herde gemächlich hinterher. Da die Herde aus mehreren Gruppen besteht, sind selten alle Schafe beieinander.

Was mich immer wieder besonders beeindruckt, ist die Ruhe, die nachts herrscht. Die gesamte Herde ist mucksmäuschenstill, kein Schaf ist zu hören. Nur ab und zu, wenn ein Leitschaf die Liegeposition ändert, ist das dumpfe Geläut seiner Glocke zu hören. Im Gegensatz zu den Kuhherden, bei denen jedes Tier eine Glocke trägt, haben bei den Schafherden nur die Leitschafe welche um den Hals gebunden.

Die Herdenschutzhunde haben die Herde besonders nachts im Blick. In gleichmäßigen Abständen verteilen sie sich an die Außengrenzen der Zäune und scheinen zu dösen. Es mag aussehen, als würden sie schlafen, doch sie nehmen jede auch noch so geringe Gefahr wahr, springen auf, der Bedrohung entgegen und sind bereit, die Herde zu verteidigen.

Ich empfinde den Besuch der Schafherde als wohltuend und beruhigend. Das Wetter ist hervorragend und ich sitze hinterm Haus, beobachte die Tiere und male Zeichnungen in mein Skizzenbuch. Flocke ist angeleint, damit er nicht zum Zaun läuft, wo seine Artgenossen sich bereits positioniert haben, furchterregend bellen und die Zähne fletschen.

Als sie merken, dass weder Flocke noch ich ihrer Herde etwas anhaben wollen, beruhigen sie sich und mischen sich wieder unter die Schafe, behalten uns jedoch permanent im Auge.

Am dritten Tag ist der Schafszauber vorüber. Der Schäfer kommt, holt die Schafe ab und treibt sie, tatkräftig unterstützt von seinen Hütehunden, zur nächsten Bergwiese.

Flocke ist froh, dass mit den Schafen auch seine Kollegen weiterziehen, denn sie sind ihm nicht wohlgesonnen. Das beruht natürlich auf Gegenseitigkeit.

Klar – Flocke ist ein Herdenschutzhund und bewacht seine Herde, also mich, vor Wölfen und sonstigen potenziellen Feinden. Die vier Hunde des Schäfers wiederum, bewachen ihre zugegebenermaßen deutlich größere Herde. Eine Auseinandersetzung ist also vorprogrammiert und würde ohne schützenden Zaun für Flocke vermutlich tödlich enden.

Deshalb kann er sich während der Anwesenheit der Schafherde samt deren Bewachern, draußen nicht so frei bewegen wie sonst. Missmutig muss er zusehen, wie seine Konkurrenten die ausladende Bergwiese, die er als sein Revier betrachtet, für sich beanspruchen.

Den Zaun lasse ich nach Abzug der Schafe bis kurz vor Wintereinbruch stehen, denn nun beginnt die Tourismussaison und deutlich mehr Wanderer als bisher werden den Wanderweg nutzen, der in Sichtweite der Hütte vorbeiführt. Im eingezäunten Terrain kann ich Flocke beruhigt draußen lassen, selbst wenn fremde Hunde vorbeiwandern.

Ihn interessieren seine Artgenossen nur, wenn sie sich erdreisten, aufs Haus zuzulaufen. Lauthals bellend schlägt er sie in die Flucht. Was aber, wenn doch einer meint, er müsse sich aufplustern und Flocke provozieren?

Der Zaun stellt eine sinnvolle Barriere nach drinnen und draußen dar. Ich möchte schließlich kein Risiko eingehen. Früh morgens und spät abends, wenn Flocke zum Kontrollgang durch sein Revier aufbricht, öffne ich das schmale Tor am Zaun und er darf seine üblichen Markierungen auf der Wiese vornehmen.

Nach Abzug der Schafherde sieht die abgegraste Wiese zunächst kahl und trostlos aus. Auch die sonst so zahlreich erscheinenden, allabendlichen Besucher wie Hirsch- und Rehwild bleiben aus, denn die Schafe haben ihnen keinen Grashalm mehr übrig gelassen.

Das heimische Wild zieht sich in die kleinen Waldlichtungen zurück, die von den Schafen verschont bleiben.

Einen Monat später überzieht bereits wieder sattes Grün die Wiesen. Bunte Blüten zieren sie erneut wie Farbtupfer. Mit den Blumen und Kräutern kehren allmählich auch die Wildtiere zurück.

Wildtiere

Eine meiner Lieblingsbeschäftigungen auf der Alm ist das Beobachten von Wildtieren. Meist sitze ich dabei im Wohnzimmer. Von dort kann ich nach draußen auf die große Wiese schauen, die sich weit in Richtung „meines" Berges erstreckt. So nehmen mich die Tiere nicht wahr und ich störe sie nicht. Jede Jahreszeit führt verschiedene Arten auf das saftige Grün. Die tagaktiven Gämsen kommen im Frühling und im Herbst fast bis an die Hütte. Im Frühsommer bilden die Geißen mit ihren Kitzen und den Jährlingen eigene Herden. Dann erscheinen manchmal bis zu zwanzig von ihnen hinterm Haus und machen sich über die leckeren Bergkräuter her.
Erst während der Brunft im November und Dezember schließen sich die, bis dahin einzelgängerisch oder in Kleingruppen lebenden Böcke den Herden an. Schon bald nach der Geburt der Kitze im Mai und Juni, suchen die Geißen mit ihren Jungen wieder Anschluss an ein Geißenrudel.
Außer den Gämsen kommt regelmäßig Hirsch- und Rehwild auf die Wiese und sogar bis nahe an die Hütte heran. Im Winter suchen sie dicht am Haus Schutz vor dem Schnee. Man erkennt das an den Spuren und der Losung, die sie direkt unterm Dachüberstand hinterlassen.

In der mächtigen Steinmauer, die früher den Misthaufen begrenzte, wohnt ein Iltis-Pärchen. Manchmal habe ich das Glück, ihren Nachwuchs beim Spielen beobachten zu können. Ab und zu kommt ein Hermelin vorbei. Es ist ein perfekter Künstler der Tarnung, denn sein Winterfell ist weiß, das Sommerfell hingegen kastanienbraun.
Schneehühner, Schneehasen und manch andere Gebirgsbewohner schützen sich ebenfalls durch wechselnde Fellfarben vor Fressfeinden. Genial, wie Mutter Natur die Dinge regelt.

Steinböcke und Mufflons, die ebenfalls in der Gegend leben, habe ich bisher noch nicht zu Gesicht bekommen. Gleiches gilt für Luchse, Wölfe und Murmeltiere. Von Letzteren höre ich ab und zu die schrillen Warnrufe, wenn der Steinadler hungrig am Himmel kreist und ihnen nach dem Leben trachtet.

Auch Fuchs und Hase gehören zu den Bewohnern im nahen Umfeld der Hütte, während Mäuse, Sieben- und Gartenschläfer mit mir unter einem Dach wohnen. Dank meines Einfallsreichtums leben sie inzwischen getrennt von mir.

In einer schroffen Felswand unweit der Alm hat ein Steinadlerpaar seinen Horst bezogen. Dieser König der Lüfte erreicht eine Spannweite von über zwei Metern. Einen von ihnen erkenne ich an einer Lücke im rechten Flügel. Dort fehlt ihm eine große Schwingenfeder. Das scheint ihn jedoch bei seinem majestätischen Dahingleiten in keiner Weise zu beeinträchtigen. Manchmal sieht man ihn auch gemeinsam mit seinem Partner beziehungsweise seiner Partnerin im schwerelos scheinenden Gleitflug. In Gedanken fliege ich mit ihnen und stelle mir vor, wie sie nach Nahrung für ihren Nachwuchs suchen, der im Horst geduldig auf die Rückkehr der Alten wartet.

Der größte hier lebende, erst jüngst wieder erfolgreich angesiedelte Vogel, ist der Bartgeier. Seine Spannweite beträgt nahezu drei Meter. Gelegentlich sehe ich mehrere dieser prächtigen Vögel am Himmel kreisen. Sie ernähren sich überwiegend von Knochen, die von den Beutezügen der Wölfe, Luchse und Adler übrig bleiben. Manchmal nehmen sie auch Aas zu sich, was aber eher selten der Fall ist.

Natürlich gibt es auch noch eine große Vielfalt verschiedenster kleiner und mittelgroßer Vögel zu beobachten. Im Frühling, wenn sie frisch verliebt den Nestbau beginnen, singt und trällert es überall. Außer den vielen Vogelarten, die ich von heimischen Gefilden kenne, beobachte ich hier im Gebirge

Schwarzspechte, Schneehühner und Felsengebirgshühner. Im Winter halten sich bunt gefiederte Fichtenkreuzschnäbel in den Fichten nahe der Hütte auf. Sie finden dort sowohl Schutz als auch Nahrung.

Wenn ich an lauen Sommerabenden auf dem Ausguck sitze, fliegen Fledermäuse in schnellem Zickzack-Flug durch den Abendhimmel. Sie sind faszinierende Flugkünstler. Ihre Schnelligkeit und Wendigkeit sind beeindruckend und es ist schwierig, ihrem Flug mit dem Blick zu folgen, denn sie wechseln blitzschnell die Richtung, sodass man sie leicht aus den Augen verliert.

All die Wildtiere, die ich beobachte, scheinen einen genauen Tagesrhythmus zu verfolgen. Im Sommer sehe ich regelmäßig das Steinadlerpaar oder einen der beiden zwischen 16 und 17 Uhr am Himmel ihre Kreise ziehen.

Das Hirschwild sucht kurz vor Einbruch der Dunkelheit die Wiese hinter der Hütte auf, um den abendlichen Kräutersnack zu sich zu nehmen. Wenn sie zum Äsen kommen, sind die Gämsen, die zuvor nach Berggräsern gesucht haben, schon wieder in den schützenden Wald verschwunden.

Viele Tiere bleiben meinen neugierigen Blicken verborgen. Als Zaungast kann ich nur einen geringen Teil der heimischen Tierwelt beobachten. Das ist auch gut so.

Besuch

Als ich beschlossen hatte, meinen Hüttentraum wahr werden zu lassen, haben sich zahlreiche Freunde, Bekannte und Verwandte für dieses Vorhaben interessiert und sogleich ihren Besuch auf der Alm angekündigt. Alle wollten sie im Sommer zur Hütte kommen, da die anderen Jahreszeiten schon mal mit kalten Nächten und schlechter Wetterlage aufwarten können und daher nicht besonders einladend sind.

So hat mich das Thema „Besuch" im Vorfeld des Bergprojektes stark beschäftigt. Es haben sich so viele, mir wertvolle Menschen eingeladen, dass ich den kurzen Bergsommer über, jede Woche vier bis fünf Tage lang Besuch gehabt hätte.

Ziel meines Hüttenjahres ist es jedoch nicht, einen Besucherrekord aufzustellen, sondern mich in der Einsamkeit und Ruhe der Berge auf mich selbst zu besinnen.

Ich stellte mir vor, wie es wäre, den gesamten Sommer über Gäste zu haben, und bin schließlich zur Erkenntnis gekommen, dass ich das nicht möchte. Also erteilte ich den potenziellen Besuchern einen Korb und erklärte meine Beweggründe. Im Gegenzug sprach ich allen die herzliche Einladung aus, nach dem Hüttenjahr zu uns nach Hause zu kommen.

Einzig mein Mann wird mich, wenn der letzte Schnee von den Wiesen verschwunden ist, regelmäßig besuchen.

Das ist zumindest sein Plan. Den Winter möchte er lieber im gemütlichen und warmen Zuhause verbringen, denn er mag weder den vielen Schnee noch die Kälte, ganz zu schweigen vom anstrengenden Aufstieg mit Schneeschuhen.

Während all der Jahre, in denen wir unsere Ferien hier oben verbracht haben, waren einige Male Bekannte zu Besuch. Dabei mussten wir feststellen, dass bei ihnen trotz unserer vorherigen, ausführlichen und keineswegs beschönigenden Beschreibung der Rahmenbedingungen, meist eine falsche

Vorstellung vom Leben in der Hütte vorherrschte: Ein Kurzurlaub auf der Alm wird in der Regel mit Lagerfeuerromantik, einfachem Leben, frischer Bergluft und Alpenglühen assoziiert. Ein paar schöne Wanderungen runden das Bild vom Hüttenurlaub ab. Diese Vorstellung mag zwar stimmen, ist aber unvollständig, bildet sie doch nur den angenehmen Teil der Realität ab.

Sämtliche Lebensmittel, Bettwäsche, Handtücher und Klamotten bergauf tragen zu müssen, ist nicht jedermanns Sache. Und Holz zu sammeln und dann ofengerecht zu zersägen, wird offenbar als Aufgabe der Gastgeber, nicht aber der Gäste betrachtet. Gleiches gilt für das Vorhandensein des herrlich frischen Bergwassers, das unentwegt und zuverlässig aus dem Brunnen plätschern soll.

Die Notdurft im Freien zu verrichten, stellt für die Gäste erst dann ein Problem dar, wenn sie sich mit dieser Realität, von der sie im Vorfeld Kenntnis hatten, tatsächlich konfrontiert sehen. Wenn es dabei auch noch regnet, ist die schlechte Laune vorprogrammiert.

„Es ist doch mehr als genügend Brennholz im Stall gestapelt. Ums Brunnenwasser müsst ihr euch eh kümmern, auch ohne Besuch. Marmelade, Senf, Salz, Pfeffer, Zucker, Kaffee, Tee, Reis (hier breche ich die Aufzählung ab) trage ich doch wegen drei Tagen Kurzurlaub nicht bergauf! Schließlich verbrauche ich selbst nur wenig davon. Wenn ich gewusst hätte, wie primitiv es hier in der Hütte zugeht, hätte ich die lange Fahrt nicht gemacht", sind Argumente und Sichtweisen, mit denen wir uns von unseren Gästen konfrontiert sahen.

Das hat uns im Laufe der Jahre so geärgert, dass wir inzwischen nur noch engste Freunde einladen, die genau wissen, worum es geht und welchen körperlichen Einsatz der Hüttenurlaub ihnen abverlangt.

All jenen, die gerne ein paar erholsame Tage auf einer Alm verbringen wollen, ohne sich dabei anstrengen zu müssen, empfehlen wir die zahlreichen Übernachtungsmöglichkeiten, die es überall im Gebirge in bewirtschafteten Almhütten gibt. Dort fließt immer Wasser, das Brennholz ist gemacht und Lebensmittel sind in Hülle und Fülle vorhanden, weil sie vom Helikopter gebracht werden. Es gibt regionale Köstlichkeiten wie Fondue und Raclette. Das hat natürlich alles seinen Preis.

Anfang Juni, kurz nach Abzug der Schafherde, kommt mein Mann zu Besuch. Endlich sehen wir uns wieder!
Für seinen Hüttenurlaub hat er eine stabile Hoch-Wetterlage ausgesucht und wird zwei Wochen lang bleiben.
Vor Freude auf das Wiedersehen koche ich etwas Leckeres und wandere dann ins Tal hinab, um ihn zu begrüßen und gemeinsam, schwer bepackt, zur Hütte zu wandern.
Flocke spürt meine Freude und ist ganz aufgeregt, als wir ins Tal marschieren.
François hat mir angeboten, das Auto meines Mannes in die Scheune zu stellen. Die sei im Moment ohnehin fast leer.
Er wird für dieses freundliche Angebot mit einer Flasche Schwarzwälder Kirschwasser belohnt.
Pünktlich um zwölf Uhr kommt mein Mann, begleitet von strahlendem Sonnenschein an. Was für eine Freude! Überglücklich fallen wir uns in die Arme. Flocke tänzelt freudig um uns herum. Es ist ein tolles Gefühl, sich so sehr aufeinander zu freuen.
Sein Auto ist voll beladen mit Vorräten und sonstigen Dingen, die ich ihn zu besorgen gebeten hatte. Highlight seiner kostbaren Fracht ist ein Stand-WC mit Spülkasten. Die passenden Abwasserrohre hat er auch dabei.
Einer herzlichen Begrüßung mit François und Natalie folgt der Aufstieg zur Hütte. Wir lassen uns Zeit für den Fußmarsch und legen regelmäßig Verschnaufpausen ein.

Oben angekommen, gibt es erst mal frisches Brunnenwasser und eine erneute, lange Umarmung. Durchatmen. Genießen. Hier sein. Zusammen sein. Sich wohlfühlen.

Stolz zeige ich meinem Mann das Bergklosett. Bald wird es abgebaut, denn ich habe vor, demnächst im Stall ein WC einzubauen. Es wird allerdings noch großer Anstrengungen bedürfen, die Materialien bergauf zu bringen.

Wir essen hinterm Haus mit Blick auf meinen Dreitausender und haben uns viel zu erzählen. Heute gibts zur Feier des Tages sogar Nachtisch und danach frisch gekochten Espresso und eine lange Siesta.

Flocke döst in der Sonne. Er ist zufrieden, seine Herde nun vollständig bei sich zu haben und sie bewachen zu können.

Bei einem Glas Rotwein lassen wir den Tag im Sonnenuntergang auf dem Ausguck ausklingen und genießen das unglaublich schöne Alpenglühen.

Den nächsten Tag verbringen wir gänzlich arbeitsfrei. Anstatt ins Tal zu wandern und das Auto weiter zu entladen, wollen wir eine Wanderung zum hoch gelegenen Bergsee machen und dort die Kühle genießen. Ich bereite Vesperbrote zu und nehme sie nebst Obst und Leckerli für Flocke mit. Wir verbringen einen wunderbaren Wandertag bei traumhaftem Frühsommerwetter und einer langen Rast am See.

Am darauffolgenden Tag machen wir eine Versorgungstour. Die Vorräte, die mein Mann mitgebracht hat, laden wir in mein Auto um, sodass ich sie später nach und nach bergauf bringen kann. WC, Spülkasten, Klobrille und die Abflussrohre werden wir demnächst zur Hütte schaffen.

Gemeinsam sammeln wir Holz. Mein Mann testet die kleine Kettensäge und teilt meine Auffassung, dass sie eine echte Bereicherung im Hüttenleben darstellt.

Das Wetter ist traumhaft und die Vorhersage des stabilen Hochs bewahrheitet sich tatsächlich.

Morgen für Morgen erwachen wir bei tiefblauem Himmel und blicken auf die bereits sonnenumspielten Bergspitzen der gegenüberliegenden Talseite.

Die Abende und Nächte sind inzwischen so mild, dass das Wohnzimmer nicht mehr beheizt werden muss. Im Schlafzimmer lassen wir das Fenster sogar komplett offen.

Mein Mann ist begeistert, dass wir Küche, Wohnzimmer und Schlafzimmer nun für uns haben, anstatt sie mit Mäusen und sonstigen Nagern teilen zu müssen. Obst, Gemüse und Brot offen auf dem Küchenregal lagern zu können, findet er toll. Ich auch.

Am nächsten Tag bringen wir früh morgens, noch bevor die Sonne hinter dem Berg hervor wandert und unsere Bergseite in ihre Strahlen eintaucht, die erste Hälfte des WC-Transports hinter uns. Wir benötigen zwei Talgänge, um die Sachen vom Auto auf den Berg zu schaffen. Der erste Gang ist der schwierigste. Nach vielen kürzeren und längeren Verschnaufpausen kommen wir nach zweieinhalb Stunden Fußmarsch erschöpft und schweißgebadet oben an. Geschafft! Das reicht für heute.

Den Rest des Tages verbringen wir auf der Wiese hinterm Haus und erholen uns von den Transportstrapazen. Abends entfachen wir ein Lagerfeuer und kochen auf dem Dreibein. Auf offenem Feuer zu kochen ist genial.

Die gemeinsamen Tage mit meinem Mann sind unglaublich wohltuend. Und doch stellen wir fest, dass es einer ganzen Weile bedarf, sich nach all den Wochen des Alleinlebens wieder an das Miteinander zu gewöhnen.

Wir genießen die gemeinsame Zeit bei herrlichem Frühsommerwetter und lassen es uns so richtig gut gehen. Flocke ist selig und genießt unser Beisammensein gleichermaßen.

Jetzt, da mein Mann zu Besuch ist, merke ich, wie sehr ich ihn vermisst habe, und ich frage mich, ob mir die lange Zeit der Einsamkeit auf der Alm wirklich guttut.

Ich bin wieder einmal an einem der Momente angelangt, an denen ich mein Hüttenprojekt kritisch hinterfrage, ja sogar anzweifle. Damit war zu rechnen. Das ist normal. Ich lasse die Zweifel zu, lasse sie dann aber wie die kleinen Wölkchen am Sommerhimmel vorbeiziehen und genieße wieder die Sonne und das Hüttendasein. Es ist im Leben nun mal so: Immer wieder gibt es negativ empfundene Momente, die die positiven wie kleine Wolken trüben. Man muss sie anschauen, sich fragen, was sie einem sagen wollen, um sie dann vorüberziehen zu lassen und sich wieder der Sonne zuzuwenden. Das ist jedenfalls meine Lebenshaltung.

Am nächsten Tag wandern wir ins Dorf und trinken einen Cappuccino in meinem Lieblingscafé.

Beim anschließenden Aufstieg erkläre ich meinem Mann, wie ich mir den Bau des neuen WCs vorstelle und welche Pläne ich hierzu habe. Er ergänzt meine Ideen um wertvolle Tipps und Hinweise, sodass die Planungen bei unserer Ankunft am Chalet abgeschlossen sind und das WC gebaut werden kann.

Stall-Toilette

Obwohl ich ihm jegliche Arbeiten in der Hütte ersparen und ihm einfach nur einen schönen Urlaub gönnen wollte, besteht mein Mann darauf, mir beim Einbau der Indoor-Toilette zu helfen. Also machen wir uns ans Werk.

Steil an der Böschung, circa zehn Meter unterhalb des Hauses, graben wir ein großes Loch mit einem Durchmesser von rund achtzig Zentimetern und gleicher Tiefe.

Es wird als Sickergrube für die Toilette dienen. Obenauf legen wir als Deckel zwei alte Holzbretter, die wir mit Steinen beschweren, denn die Grube soll nicht luftdicht verschlossen sein. Vielmehr ist es wichtig, dass die Luft zirkulieren kann. Der Holzdeckel dient lediglich dazu, das Hineinfallen von Steinen, Ästen, Blättern oder gar Tieren zu vermeiden. Im Hinblick auf die Funktionalität könnte man ihn auch weglassen.

Die Sickergrube muss alle zwei Jahre nach dem Winter, also einer längeren Pause der Nichtnutzung, mit einer Schaufel geleert werden. Das mag sich eklig anhören, ist es aber nicht. Die Fäkalien verwandeln sich in feine, geruchsfreie Erde, die sich problemlos herausschaufeln lässt.

Wir haben schon einige Berghütten gesehen, bei denen das Abwasser nicht in eine Grube, sondern frei in die Pampa fließt. Das entspricht jedoch nicht unseren Vorstellungen, obwohl das Ergebnis im Prinzip dasselbe ist. Nichtsdestotrotz beabsichtigen wir, im Laufe der Zeit eine Trenntoilette einzubauen, da diese am umweltfreundlichsten ist.

Das WC samt Spülkasten setzen wir in den ehemaligen Schweinestall, den wir zuvor blitzeblank geputzt haben. Das ist ein, vom Rest des Stalls mit Brettern abgetrennter, etwa zwei auf drei Meter großer Innenstall mit Schwenktür. Seine Holzwände sind ungefähr eineinhalb Meter hoch. Der Boden ist mit groben, dicken Dielen belegt.

Mithilfe des Akkuschraubers, der mir hier oben wirklich hervorragende Dienste leistet, wird das WC auf dem Holzboden verschraubt. Dann verlegen wir die Abflussrohre und führen sie hinab in den Kellerraum und an dessen Mauerrand entlang ins Freie. Dort vergraben wir sie und lassen sie in die Sickergrube münden. Wichtigste Regel beim Einbau eines WCs ist die, das Abflussrohr durchgehend abschüssig zu verlegen, damit beim Spülen alles gründlich abtransportiert wird.

Für den späteren Einbau eines Waschbeckens verlegen wir ein zweites, dünneres Abflussrohr und verschließen es zunächst mit einem Deckel. Es endet in einer separaten Grube in drei Meter Entfernung zur anderen. Alles in allem gehen die Arbeiten deutlich rascher voran als gedacht. Zu zweit gehts eben schneller, besonders wenn man schon einen ganz konkreten Plan hat.

Im weiteren Verlauf des Hüttenjahres werde ich einen Wasserschlauch von der Brunnenleitung abzweigen und in den Stall verlegen. Damit kann dann ein Waschbecken betrieben und der Spülkasten befüllt werden. Für den Moment legen wir den Deckel des Spülkastens lose obenauf, um ihn mit einem Eimer Wasser befüllen zu können. Jetzt ist es erst einmal ein ganz gewaltiger Luxus, eine Toilette im Haus zu haben. Unfassbar!

Da die Holzwände nur eine geringe Höhe aufweisen, ist man bei Benutzung des WCs vor Blicken geschützt und hat gleichzeitig den Lichteinfall der Stallfenster.

Das Außenklosett bauen wir ab, denn die verwendeten Holzbretter können für andere Bauarbeiten dienlich sein. Schade eigentlich, denn es war immerhin die erste Toilette hier oben. Doch Bauholz ist in der Hütte ein wichtiges Gut, welches man nur im Freien lässt, wenn es dort dringend erforderlich ist.

Wir genießen die verbleibenden gemeinsamen Tage, machen ausgedehnte Wanderungen, lassen den Bergfrieden in uns wirken und die Abende auf dem Ausguck ausklingen.

Der Abschied fällt mir schwer. Gemeinsam mit Flocke wandern wir ins Tal. Nach einer herzlichen Verabschiedung macht sich mein Mann auf den Weg nach Hause. Wir hatten eine herrliche Zeit. Ich freue mich schon auf seinen nächsten Besuch.

Flocke ist entrüstet und untröstlich. Er schaut mich an, als wolle er sagen: „Wie konntest du Herrchen nur gehen lassen? Spinnst du!". Er beschließt, auf seine Rückkehr zu warten, und weigert sich, mit mir zur Alm zurückzuwandern. Erfolglos erkläre ich ihm, dass Herrchen zurück nach Deutschland gefahren ist, uns aber bald wieder besuchen wird.

Stur bleibt er dort sitzen, wo Herrchens Auto stand und ignoriert meinen Befehl, zu kommen. So muss er mich wohl oder übel, angeleint und gegen seinen Willen, bergauf begleiten.

Als wir oben an der Hütte ankommen, scheint er sich damit abgefunden zu haben, nun wieder eine Ein-Personen-Herde bewachen zu müssen.

Es dauert ein paar Tage, bis ich mich wieder ans Alleinsein gewöhne. Die Sonne hilft mir dabei, lädt sie mich doch zu herrlichen Wanderungen ein. Ich beschließe, die Versorgungstouren eine Weile auszusetzen und den Frühsommer zu genießen. Flocke hat sich auch wieder an unsere Zweisamkeit gewöhnt und ich suche besonders schöne Wegstrecken für uns aus. Sie führen uns zu Gebirgsbächen, deren Wassermassen im Laufe der Jahrhunderte große Becken in den Felsen gespült haben. An ihren Ufern lässt es sich, dem Rauschen des Wassers lauschend, herrlich ausruhen. Flocke stellt sich ins Wasser, fischt Steine aus dem Becken und genießt diese Ausflüge ganz offensichtlich so sehr wie ich.

Holzwunder

Die Tage verstreichen wie im Flug. Der Juli ist mit viel Sonne
und angenehmen Temperaturen ins Land gezogen und ich
gehe meinem üblichen Tagesrhythmus nach.
Die Versorgungstouren ins Tal habe ich inzwischen auf einen
Gang pro Woche reduziert, denn ich habe festgestellt, dass
das völlig ausreichen wird, um mit genügend Vorräten über
die kalte Jahreszeit zu kommen. Überdies werden Talgänge
auch im Winter hin und wieder möglich sein. Und da sind
auch noch meine Bekannten Claire und Louis, die mir regelmäßig bei ihren Bergwanderungen Vorräte mitbringen.
Ab und zu begleite ich sie und zeige ihnen abgelegene Pfade,
die sie noch nicht kannten. Zum Abschluss gibts Espresso und
Kuchen auf dem Ausguck. Das ist schon zum Ritual geworden. Nun im Sommer, da die Tage lang und mild sind, lassen
wir die gemeinsamen Wanderungen mit einem leckeren Ge-
richt vom Lagerfeuer ausklingen.
Ich gönne mir so richtig viel Freizeit und lasse es mir gut gehen. Schließlich ist der Sommer im Gebirge kurz und sollte in
vollen Zügen genossen werden.

Was ich dennoch bewusst forciere, ist das Sammeln von Holz.
Das macht mir Spaß obwohl sich der Radius, den ich ziehen
muss, um welches zu finden, inzwischen deutlich vergrößert
hat. Mittlerweile gehe ich bereits eine Viertelstunde zu Fuß,
um herabgefallene Äste oder umgekipptes Totholz zu finden,
denn in unmittelbarer Nähe der Hütte habe ich schon alles
eingesammelt. Im Stall konnte ich durchaus schon ein be-
achtliches, rund vier Raummeter umfassendes Holzlager anlegen, doch frisst der Wohnzimmerofen in der kalten Jahreszeit
ganz schön was weg. Und wenn die Temperatur in der Küche
im Winter nicht unter drei Grad sinken soll, muss ich den
Herd mit den aufgestellten Wassertöpfen über die Zeiten

klirrender Kälte hinweg in Dauerbrand halten, damit der Frost keinen Einzug hält.

An einem schwülwarmen Sommerabend Anfang Juli sitze ich draußen auf dem Balkon und schaue zu, wie sich großflächig ein Sommergewitter zusammenbraut. Im Gebirge sind Gewitter etwas ganz Gewaltiges. Auf ängstliche Gemüter, zu denen ich mich nicht zähle, wirken sie bedrohlich und furchterregend. Der Donner hallt sich zwischen den Bergmassiven fest und scheint nicht enden zu wollen. Sein eigenes Echo konkurriert dabei mit ihm. Die Fallwinde verdichten sich inmitten der Gebirgszüge zu regelrechten Sturmböen, die nicht selten stattliche Tannen in die Knie zwingen und zu Bruch gehen lassen.

Mit ihrem unverhofften Aufziehen überraschen mich Gewitter im Gebirge immer wieder aufs Neue. Von einer Minute zur andern ziehen dunkle, gewitterschwangere Wolken hinter dem Berg hervor. Ein Blitz, ein Donner und Starkregen. Alles in kürzester Abfolge. Man könnte meinen, die Berggötter schossen all ihren Groll vom Himmel herab.

Inzwischen kenne ich die Wettersituation im Gebirge so gut, dass ich die Anzeichen von Gewittern erkenne und rechtzeitig den Schutz der Hütte aufsuche oder mich gar nicht erst zu weit von ihr wegbegebe.

Jetzt ist es wieder einmal so weit. Der Himmel ist graugrün, ja fast olivgrün gefärbt. Eine seltsame Stimmung liegt in der Luft. Die Vögel haben ihren Gesang eingestellt.

Vom Ausguck aus sehe ich über den Gipfeln bereits einen Blitz nach dem anderen zucken. Überall dröhnt und hallt der immer lauter werdende Donner. Die Fallwinde türmen sich zu regelrechten Sturmsäulen auf und ziehen schnell in meine Richtung. Flocke hat sich bereits auf seinen sicheren Platz in der Küche verkrümelt. Ihm scheint die Wetterlage nicht geheuer zu sein. Als ich sehe, dass sich die Tannen im Sturm biegen, begebe ich mich ins Wohnzimmer und beobachte gebannt das Spektakel: Äste und Zweige wirbeln durch die Luft. Der Gewittersturm peitscht gegen die Scheiben und lässt die Fensterläden klappern, obwohl sie fest in ihren Halterungen verankert sind.

Plötzlich ist trotz des tobenden Donnergetöses, ohrenbetäubendes Hämmern zu hören. Hagelkörner prasseln auf das Dach. Ununterbrochen zischen Blitze vom Himmel. Jedem Blitz folgt sofort ein Donner. Das Gewitter tobt jetzt direkt über uns. Ich liebe diese Momente, obwohl sie mir jedes Mal eine Gänsehaut auf die Arme zaubern.

Dass die Hütte keinen Blitzableiter hat, beunruhigt mich nicht. Sie hat schon so vielen Gewittern standgehalten, da wird sie ihnen auch weiterhin tapfer trotzen. Der Blitz schlägt normalerweise in den höchsten Punkt ein und in Nähe der Alm stehen sehr hohe Tannen, die als Blitzableiter dienen würden.

Nach dem Gewittersturm werden morgen wieder viele abgerissene Äste im Wald und auf der Wiese liegen. Ich werde sie einsammeln und zur Hütte bringen. Das ist eine positive Begleiterscheinung der Gewitterböen.

Vom Bett aus beobachte ich das abziehende Gewitter und schlafe dabei ein. Am nächsten Morgen ist der Himmel wieder stahlblau und wolkenlos, als habe es das Unwetter am Vorabend nicht gegeben. Die Luft ist angenehm frisch und die Weitsicht dank der klaren Luft phänomenal.

Ach wie schön der Sommer im Gebirge ist! Man kann ihn regelrecht riechen. Es duftet nach wildem Thymian, Bergwiesenkräutern, Tannen und Sonne.

Die Luft ist herrlich, überall summt und zwitschert es.

Ich gehe meinen üblichen Aufgaben nach und setze mich dann mit Flocke und dem morgendlichen Espresso auf den Ausguck. Die Hütte liegt noch im Schatten, was jetzt im Sommer sehr angenehm ist. Vom Wanderweg her höre ich

Motorengeräusche und erinnere mich, dass zu dieser Zeit, wenn die Wandersaison voll im Gange ist, die Waldarbeiter der Gemeinde alle Hände voll zu tun haben, um die Wege zu kontrollieren, zu pflegen und aufzuhübschen.

Das ist wirklich ein Knochenjob und ich staune jedes Mal, mit welcher Hingabe die Männer, trotz Sonne und Hitze dick in warme Sicherheitskleidung eingepackt, mit schweren Motorsensen bewaffnet ihre schweißtreibende Arbeit ausüben.

Es ist inzwischen Tradition geworden, dass wir uns begrüßen und ein kurzes Schwätzchen halten, wenn sie in der Nähe der Hütte vorbeikommen. Ich schätze ihre Arbeit und sie schätzen es, dass wir die Alm so gut in Schuss halten.

Man kennt sich inzwischen und hin und wieder schaffe ich es, sie zu einer kurzen Kaffeepause auf dem Ausguck zu überreden.

Das Geräusch der Motorsensen wird zunehmend lauter und verrät mir, dass die beiden unmittelbar unterhalb der Hütte zugange sind. Sie befreien die Ränder des Wanderwegs von Gras und Gebüsch.

Mit Flocke im Schlepptau gehe ich zum Holzsammeln. Der gestrige Gewittersturm hat ganze Arbeit geleistet: Überall liegen Äste herum, die ich sammle und auf einen Haufen lege. Als ich oberhalb der Hütte zum Wanderweg gelange, verhindern zwei umgestürzte, rund zwanzig Meter lange Tannen ein Weiterkommen. Bereits seit geraumer Zeit hatte ich beobachtet, wie sie kahl und abgestorben am Rand des Wanderwegs standen, und fragte mich, wie lange sie den Naturgewalten noch standhalten mögen. Nun hat der Sturm sie also zu Fall gebracht.

Inzwischen sind auch die beiden Waldarbeiter bei den umgestürzten Bäumen angekommen. Nach einer herzlichen Begrüßung unterhalten wir uns über das gestrige Gewitter. Ich erfahre von ihnen, dass ihm zahlreiche Bäume zum Opfer gefallen und über den Wanderweg gestürzt sind.

Sie berichten, sie würden am darauffolgenden Tag mit zwei weiteren Kollegen beginnen, die Wege von den umgestürzten Bäumen zu befreien. Anscheinend wissen sie schon, dass ich ein Jahr lang hier oben verbringe, denn sie fragen, wie ich zurechtkomme, wie ich mich auf den harten Winter vorbereite und wie ich an das dafür erforderliche Brennholz komme. Stolz erkläre ich ihnen, dass ich nahezu täglich Totholz und heruntergefallene Äste sammle, zur Hütte bringe und mit einer kleinen Akku-Kettensäge ofengerecht zerteile. Ich berichte auch vom beachtlich angewachsenen Holzlager, welches ich auf diese Weise bereits anlegen konnte.

Die beiden lächeln einander an und ich glaube, in ihren Gesichtern einen Hauch von Mitleid zu erkennen angesichts der Anstrengungen, die ich beim Holzsammeln an den Tag lege. Klar - sie sind es gewohnt, dicke Stämme mit einer „echten", großen Kettensäge zu zerlegen. Da rufe ich mit meiner Mini-Säge, deren Schwert gerade mal fünfzehn Zentimeter misst, natürlich ein müdes, mitleidvolles Lächeln hervor.

Tatsächlich hatte ich vor Beginn des Hüttenjahres in Erwägung gezogen, eine große, benzinbetriebene Kettensäge anzuschaffen. Da uns hier oben jedoch keine Bäume gehören und wir auch keine aus dem Wald entnehmen dürfen, bedarf es einer solchen nicht.

Ich wünsche den beiden einen schönen Tag und lade sie ein, auf dem Rückweg auf einen Kaffee vorbeizukommen. Dankend lehnen sie ab, da ihr heutiger Arbeitsauftrag sie über einen Rundweg zurück ins Tal führen wird.

Am nächsten Tag weckt mich das Geräusch von Motorsägen. Schon früh sind die Waldarbeiter unterwegs und beseitigen die umgestürzten Bäume.

Ich genieße erst in aller Ruhe meinen Espresso, verwöhne Flocke mit Streicheleinheiten und begebe mich dann zum Holzsammeln in den Wald.

Die vier Waldarbeiter winken mir zu. Ich winke zurück. Sie sind oberhalb der Hütte im Begriff, die zwei umgestürzten Tannen, denen der Gewittersturm vollends den Garaus gemacht hatte, vom Wanderweg zu entfernen.

Ins Holzsammeln vertieft, bemerke ich nicht, dass die Motorsägen verstummt sind. Umso überraschter bin ich, als ich Flocke von der Hütte aus bellen höre und sehe, dass er die Waldarbeiter daran hindert, sich dem Vorplatz zu nähern. Mit einem lauten Pfiff rufe ich ihn zu mir und gehe mit ihm zum Haus.

Die vier Männer haben die beiden entasteten Tannenstämme auf den Vorplatz gezogen und eröffnen mir, dass ich das Holz nicht nur dringend gebrauchen, sondern auch gerne haben könne. Dieses Angebot und die Tatsache, dass sie mir das Holz bis vor die Hütte gebracht haben, rühren mich so sehr, dass ich in Freudentränen ausbreche und diese nicht mehr zu stoppen vermag.

Das scheint die Waldarbeiter stark zu bewegen und kurzerhand sägen sie die rund dreißig Zentimeter dicken Tannenstämme im Nullkommanichts in ofengerechte Stücke, sodass sie später nur noch gespalten werden müssen.

Ich bestehe darauf, dass die beiden im Schatten des überdachten Vorplatzes mit mir Kaffee trinken. Dazu gibt es einen Schnaps und Kuchen.

Zum Abschied drücke ich jedem von ihnen noch zwanzig Franken in die Hand. Sie lehnen das Geld zunächst ab, doch kann ich mich durchsetzen und sie schließlich nach einigem Hin und Her überreden, es anzunehmen. Vermutlich fürchteten sie, ich würde sonst noch einmal in Tränen ausbrechen. Nachmittags bringe ich das Holz in den Stall und staple es in mein Holzlager. Die Tannen waren schon seit Langem abgestorben und so ist ihr Holz bereits trocken genug, um es bei Bedarf verheizen zu können.

Am nächsten Tag wandere ich mit Flocke ins Tal um Obst und Gemüse einzukaufen und mir im Café einen Cappuccino samt Croissant zu gönnen.

Ein Abstecher zum Baumarkt steht auch auf meinem Plan, denn ich möchte mir das Waschbecken-Sortiment anschauen, um eventuell etwas Passendes für die neue Schweinestall-Toilette zu finden.

Beim Abstieg kommen mir die vier Waldarbeiter entgegen. Sie haben vor, noch weitere Sturmschäden vom Wanderweg zu räumen. Erstaunt blicken sie auf Flockes Rucksack und meine Lastenkraxe. Als ich ihnen erzähle, dass wir auf diese Weise unsere Vorräte und Materialien bergauf tragen, erkenne ich wieder diesen von Mitleid durchzogenen Gesichtsausdruck bei ihnen. „Warum um alles in der Welt, tut es sich diese Frau an, ein ganzes Jahr dort oben zu bleiben und dafür so zu schuften, während im Tal doch alles ganz einfach funktioniert?", mögen sie wohl denken.

Ich wünsche ihnen: „Bonne journée" und wandere talwärts. Als ich am späten Nachmittag mit einem Waschbecken, den erforderlichen Anschlüssen sowie einer Rolle Wasserschlauch im Lastenrucksack zur Hütte zurückkomme, traue ich fast meinen Augen nicht: Ein großer Haufen aus ofengerecht zersägtem Tannenholz liegt auf dem Vorplatz. An der Tür hängt ein handgeschriebener Zettel mit der Nachricht „salut & bonne soirée". Flocke schnüffelt interessiert am Holzhaufen und ich bin überglücklich! Die Waldarbeiter haben mir sehr viel Arbeit und Mühe erspart.

Wieder einmal lasse ich den Abend auf dem Ausguck ausklingen und bedanke mich in Gedanken bei den Holzspendern. Ich hoffe, mein Dank möge sie auf telepathischem Weg erreichen. Sobald ich ihnen begegne, werde ich mich sicherheitshalber noch persönlich bei ihnen bedanken, falls das mit der Telepathie nicht so recht funktionieren sollte.

Zwischenbilanz

Ich lebe bereits seit vier Monaten in der Berghütte und ziehe eine erste Bilanz. Im Gegensatz zu den, mir vom Arbeitsleben geläufigen, mit Zahlen angereicherten Bilanzen, handelt es sich nun um eine der Emotionen und Erfahrungen.

Ich lasse die vergangenen Monate Revue passieren: Im Einklang mit der Natur zu leben, sich auf die eigenen Fähigkeiten zu besinnen und die eigenen Grenzen zu erleben, waren die Hauptmotivatoren für mein Hüttenjahr. Ich überlege ob, und wenn ja, inwieweit sich diese ursprünglichen Triebfedern im Laufe der vergangenen vier Monate verändert haben. Die Zeit Revue passieren lassend, stelle ich zufrieden fest, dass sich an meiner ursprünglichen Motivation nichts geändert hat. Noch immer liebe ich es, im Einklang mit der Natur zu leben und sie auf mich wirken zu lassen.

Auch nach vier Monaten wasche ich mich gerne am Brunnen mit eiskaltem Bergwasser. Das ist gesund, stärkt das Immunsystem und tut einer gründlichen Körperhygiene keinen Abbruch. An sehr kalten Tagen im April und Mai hatte ich mir den Luxus gegönnt, herrlich warmes Wasser in eine große Waschschüssel zu schöpfen und mich drinnen warm zu waschen.

Jetzt im Sommer fülle ich kaltes Wasser in eine großvolumige Gießkanne, an deren Ausguss ein langes Seil festgebunden ist, und hänge sie an den hierfür angebrachten Haken unter dem Dachüberstand beim Vorplatz. Das ist seit eh und je unsere ganz besondere Hüttendusche.

Im Hinblick auf die eigenen Ressourcen bin ich mir während der vergangenen Monate bewusster den je geworden, wie sehr ich hier im Gebirge auf meine handwerklichen und körperlichen Fähigkeiten angewiesen bin. In vielen Problemlagen weiß ich mir selbst zu helfen und kann auftretende

Schwierigkeiten meist lösen. Für diese Gabe, die ich auf dem Berg dringend benötige, bin ich sehr dankbar.

Die eigenen Grenzen zu erleben und zu durchleben war ein weiterer Motivator für das Hüttenjahr.
Obwohl ich bezüglich der verschiedenen Jahreszeiten noch nicht mit der längsten und anstrengendsten, dem Winter, konfrontiert war, hatte ich mir die Sache mit den eigenen Grenzen einfacher vorgestellt. Man macht sich im Vorfeld so seine Gedanken, wie diese geartet und wie stark sie ausgeprägt sein mögen. Sie dann tatsächlich zu erleben, ist etwas ganz anderes.
Während der ersten Monate auf dem Berg bin ich sowohl physisch als auch psychisch an meine Grenzen gestoßen. Manchmal sind sogar beide Phänomene zugleich eingetreten, was dann besonders belastend war. Dennoch sind das enorm wichtige Erfahrungen, die ich nicht missen möchte. Ich bin mir darüber im Klaren, dass ich im Laufe der nächsten Monate immer wieder aufs Neue an meine Belastungsgrenzen stoßen werde. Dass sie stark von der momentanen Verfassung abhängig und daher schwankend sind, ist eine ganz neue Erfahrung für mich. Zu Hause war ich mir ihrer in dieser Weise nie bewusst. Vielleicht habe ich auch nicht auf sie geachtet, sie ignoriert und sowohl meinem Geist als auch dem Körper zu viel zugemutet. Ja. Dem ist tatsächlich so.
Ich hinterfrage viel mehr und überlege, wo die Zusammenhänge zwischen Ursache und Wirkung liegen, wenn es um die eigenen Grenzen, aber auch um ganz andere Themen geht.

Hier oben gehe ich achtsamer mit mir um, nehme mir Zeit, über verschiedenste Dinge und deren Bezug zueinander nachzudenken. Auch über die „Achtsamkeit" mache ich mir viele Gedanken. Sie gibt mir eine andere Perspektive auf so manches.

Wenn ich über die vergangenen Monate nachdenke, zaubert mir der Gedanke an Luxus, ohne den ich hier oben ganz bewusst leben wollte, ein Lächeln und zugleich Stirnfalten des Grübelns ins Gesicht.

Wir sprechen über Luxus, streben nach ihm, wollen ihn haben und leben. Luxus hier, Luxus da, Luxus überall. Dabei sind wir uns meist überhaupt nicht bewusst, was sich tatsächlich hinter ihm verbirgt.

Anstatt in unser tiefes inneres Verlangen hinein zu spüren, lassen wir uns von der Werbung aufoktroyieren, was uns vermeintlich guttut. Dabei ist das subjektiv und situationsabhängig. Manch einer setzt ein Schloss, die Segeljacht oder das eigene Flugzeug mit Luxus gleich. Für andere ist es ein Dach überm Kopf, ein Stück trockenes Brot oder Trinkwasser.

Und was bedeutet er für mich? Was zu Hause und was im Hüttenleben?

Mir wird klar, dass ich im bisherigen Leben wenige Gedanken an den Begriff Luxus verschwendet habe. Natürlich hatte ich, wie vermutlich alle Menschen, Wünsche und Bedürfnisse. Sie erfüllen zu können, erschien mir als Luxus. Doch sobald die Wünsche erfüllt worden waren, war das positive Gefühl rasch verflogen und neue Wünsche wurden wach. Die allgegenwärtige Werbung sorgt dafür, dass uns die vermeintlichen Bedürfnisse nie ausgehen werden.

Hier auf der Alm bekommt Luxus für mich eine ganz andere Dimension als bisher. Ich erkenne ihn in ganz banal erscheinenden, einfachen Dingen. Interessant ist, dass er lang anhaltend ist und nicht so rasch verpufft wie bisher so oft im Leben.

So freue ich mich beispielsweise jeden Tag aufs Neue, wenn ich morgens das Wasser in den Brunnen plätschern höre und weiß, dass ich dadurch mit dem Allernötigsten versorgt bin. Und noch immer freue ich mich über jeden herabgefallenen

Ast, den ich achtsam in mein Holzlager lege. Mir den allmorgendlichen Espresso zubereiten zu können, empfinde ich ebenfalls als Luxus.

Auch bin ich für den mir angeborenen oder angeeigneten Reichtum dankbar, lösungsorientiert denken und handeln zu können und mich dabei auf meine Fähigkeiten zu besinnen. Der größte Luxus im Kontext meines Hüttenprojektes ist der, sich überhaupt auf eine so herrliche Alm, einen derartigen Kraftort zurückziehen zu können.

Für die vergangenen vier Monate kann ich mit Überzeugung sagen: „Ich vermisse nichts Materielles."

Obwohl: So ganz ohne materielle Reichtümer lebe ich auf dem Berg ja nun nicht. Auf Handy, Mini-Solaranlage, Kettensäge und Akku-Schrauber möchte ich nicht mehr verzichten müssen. Aber immerhin betrachte ich diese technischen Errungenschaften tagtäglich als Luxus und nicht als Selbstverständlichkeit.

Auch das Thema „Alleinsein" beschäftigt mich die ganze Zeit hindurch. Nach den Jahrzehnten der Gemeinsamkeit mit meinem Mann ist es sehr ungewohnt, nun alleine zu sein. Dank der regelmäßigen Telefonate und seiner Besuche komme ich klar damit, denn ich habe mich darauf eingestellt. Dennoch vermisse ich ihn und, so seltsam es klingen mag, fehlen mir auch die Zwistigkeiten, die wir gelegentlich austragen.

Hätte ich Flocke nicht dabei, würde ich mich einsam und verlassen fühlen und wäre vermutlich nicht mehr hier oben auf dem Berg. Mein treuer Begleiter gibt mir so viel! Er gibt mir Leichtigkeit, Fröhlichkeit, Kraft, Freude, Liebe, Mut.

Manchmal frage ich mich, ob ich ihm all das, was er mir täglich entgegenbringt, überhaupt zurückgeben kann. Wie mag er wohl darüber denken?

Auch überlege ich ab und zu, ob es nicht egoistisch ist, ihn aus seinem gewohnten Leben gerissen und hierher gebracht zu haben.

Zugleich habe ich das Gefühl, dass er die Zeit im Gebirge genießt, die Freiheit der Berge toll findet.

Auf jeden Fall sind Flocke und ich zum perfekt aufeinander eingestimmten Berg-Duo geworden.

Sommerbesuch

Und schon ist es wieder so weit. Mitte Juli kommt mein Mann für eine Woche zu Besuch. Neben vielen Leckereien und Überraschungen hat er wieder bestes Wetter im Gepäck. Die gemeinsame Zeit, die wir miteinander verbringen, ist sehr schön und rundum wohltuend. Interessiert inspiziert er das enorm angewachsene Brennholzlager und die Ergebnisse meiner handwerklichen Arbeiten.

Die uns täglich lachende Sommersonne nehmen wir zum Anlass, herrliche Wanderungen zu machen und die wohltuende Bergfrische zu genießen. Im Tal steigt das Thermometer nun auf nahezu dreißig Grad, Temperaturen, die ich inzwischen nur schwer ertrage.
Seit die Sommer so heiß geworden sind, suchen immer mehr Touristen die Kühle der Berge auf. Schon früh morgens wandern größere und kleinere Wandergruppen bergauf und winken uns zu, wenn wir gerade draußen sind.
Die meisten von ihnen peilen den Bergsee als Wanderziel an. Dort kommen sie in der bewirteten Schutzhütte bei einer warmen oder kalten Mahlzeit und einem kühlen Getränk wieder zu Kräften für den Rückweg. Abends sehen wir sie, im Abstieg begriffen, zufrieden plaudernd am Chalet vorbeiwandern. Die Bergfrische scheint ihnen gutzutun.
Flocke hat jetzt viel zu tun. Schließlich muss er sein Menschenrudel vor den Wanderern beschützen. Vor und nach unseren Exkursionen verbringt er die ganze Zeit draußen und baut sich imposant am Zaun auf, um seine Verteidigungsbereitschaft zu demonstrieren.

Mein Mann schlägt vor, gemeinsam das Waschbecken in die Schweinestall-Toilette zu bauen und sie dadurch zum Badezimmer werden zu lassen. Das lehne ich ab, denn die knappe gemeinsame Zeit ist mir zu kostbar, um sie mit Arbeiten zu verbringen. Ich versichere ihm, dass ich genug Zeit haben werde, den bereits vorhandenen Waschbecken-Einbauplan in die Tat umzusetzen.

Außer einer Versorgungstour mit Einkehr im Café neben der Kirche verbringen wir die gemeinsame Woche arbeitsfrei.

Der Besuch im Café macht dieses Mal keine Freude, denn im Dorf ist nun Hochsaison und überall hasten Menschen durch die Gassen und Geschäfte und in „meinem" sonst so beschaulichen Café, in dem ich die Auszeit jedes Mal genieße, ist so ein Andrang, dass wartende Touristen wie Hyänen auf frei werdende Plätze lauern. An entspannten Kaffeegenuss ist nicht zu denken.

Wir wenden dem Dorf den Rücken zu und genießen den Aufstieg, bringt uns doch jeder Schritt ein Stück weiter weg vom Trubel und Lärm der Menschen, hin zur Ruhe, Abgeschiedenheit und Kühle der Berge. Am Abend grillen wir und genießen das faszinierende Alpenglühen. Flocke knabbert zufrieden an seinem Kauknochen. Wie herrlich doch das Leben in den Bergen ist!

Wieder einmal naht der Abschied. Die gemeinsame Woche ist in Windeseile verflogen. Am Vorabend der Abreise sitzen wir bei einem Glas Rotwein hinterm Haus und genießen die Stille. Als es bereits dämmert, wagt sich in rund hundert Metern Entfernung, ganz vorsichtig eine Hirschkuh aus dem Wald in Richtung Wiese hinunter. Ängstlich blickt sie in alle Richtungen, geht zwei Schritte tiefer ins satte Grün hinein und dreht sich dann um, als wolle sie jemanden rufen.

Und siehe da: Zwei, wenige Tage alte Kälbchen hüpfen aus dem Wald heraus zu ihrer Mutter und sättigen sich an ihrem Euter. Während sie ihre Jungen säugt, sucht sie die Umgebung nach Feinden ab.

Sie muss besonders vorsichtig sein, denn zwei Junge im Auge zu behalten ist schwierig.

Mucksmäuschenstill beobachten wir die kleine Hirschfamilie. Flocke schaut gelassen zu. Da er nicht den geringsten Jagdinstinkt besitzt, zeigt er kein Interesse an ihnen. Er weiß, dass sie keine Gefahr für seine Herde, also uns, darstellen. Außerdem würde der Zaun ein Ausbüchsen verhindern.

Schritt für Schritt bewegt sich die Hirschmama grasend und zugleich vorsichtig um sich blickend, die Bergwiese hinab. Die Kälber hüpfen umher und rupfen hier und da einen Grashalm ab, wissen aber noch nicht so recht, was sie damit anfangen sollen. Ihre Hauptnahrung besteht noch aus der energiereichen Milch der Mutter. Eines der beiden ist kleiner und schwächer auf den Beinen als das andere. Hoffentlich wird es überleben. Meist bekommen Hirschkühe nur ein Kalb. Zwillingsgeburten sind sehr selten. Ein zweites hat hier in der rauen Bergwelt wenig Überlebenschancen, denn neben dem Wolf ist auch der Luchs kein Kostverächter, wenn es um ein wenige Tage altes Hirschkalb geht. Das sind die Gesetze der Natur.

Es geht ums Überleben jeder Spezies, auch wenn das uns Menschen bisweilen grausam anmuten mag.

Langsam entschwindet die Hirschkuh unseren Blicken, als sie mit ihren Jungen über den Wiesenrücken hinweg grast. Mittlerweile hüllt uns die Dunkelheit ein und wir beschließen, uns noch für eine Weile auf den Ausguck zu setzen, wo die Hüttenwand ihre tagsüber gespeicherte Wärme an uns abgibt.

Entgegen meiner Angewohnheit, morgens nichts zu essen, beginnt der nächste Tag mit einem genussvollen und ausgiebigen Frühstück. Schließlich reist mein Mann heute ab und eine Stärkung vor der langen Heimfahrt ist sinnvoll.

Gegen Mittag wandern wir gemeinsam ins Tal und verabschieden uns. In wenigen Wochen wird er mich erneut besuchen kommen und die Sommerfrische auf dem Berg genießen.

Flocke ist wieder einmal untröstlich, dass Herrchen einfach wegfährt und uns sitzen lässt. Er versteht nicht, dass die Entscheidung, ein Jahr auf der Hütte zu verbringen, Frauchens Idee war. Nur mit Mühe gelingt es mir, ihn angeleint zum Aufstieg zur Alm zu bewegen.

Nach einer Woche Zweisamkeit muss ich mich nun erst wieder auf das Einsiedlerleben einstellen. Ein herrlicher Abend hinterm Haus mit Flocke, der seine Schnauze auf meine Oberschenkel legt, um sich über Herrchens Weggang hinwegtrösten zu lassen, bestätigt mir, dass ich hier genau am richtigen Ort bin.

Fast zur selben Uhrzeit wie am Vorabend, kommt die Hirschkuh mit ihren zwei Kälbern wieder auf die Wiese, um sich an den frischen Bergkräutern gütlich zu tun. Sie zu beobachten, wie sie anmutig und vorsichtig äst und dabei ihre Jungen keine Sekunde aus den Augen verliert, ist faszinierend.

Ich komme mir vor, als säße ich inmitten eines Märchens.

Die nächsten Abende verbringe ich bei herrlich lauen Temperaturen hinter der Hütte und beobachte die kleine Hirschfamilie, die inzwischen zu lieb gewonnenem Dauerbesuch geworden ist.

Luxus

Ende Juli schiebt sich ein Zwischentief ins Gebirgstal und beschert mir mehrere, regnerische und wolkenverhangene Tage. Nach dem herrlichen, lang anhaltenden Hoch ist das ganz in Ordnung. Die Natur hat schließlich Durst.

Zum Wandern habe ich bei Regen im Moment keine große Lust. Flocke scheint auch nicht besonders motiviert, sich die Pfoten vertreten zu wollen.

Ich werde das schlechte Wetter nutzen, um das Waschbecken-Vorhaben anzugehen. Die Materialien liegen im Stall, um jederzeit mit den Arbeiten beginnen zu können.

Den entsprechenden Bauplan habe ich im Kopf. Es kann also losgehen.

Auf das Zulaufrohr des Brunnens setze ich ein Anschlussstück, um bei Bedarf einen Zweierverteiler aufstecken zu können und dadurch sowohl den Brunnen als auch einen Gartenschlauch gleichzeitig mit Wasser zu versorgen. In der Schweinestall-Toilette montiere ich an der Stelle, an der wir das Abwasserrohr für den Waschbeckeneinbau verlegt hatten, einen rustikalen Spaltklotz aus Holz auf den Dielenboden. Zuvor habe ich Aussparungen für den Siphon und das Abflussrohr ausgesägt. Das Aufsatzwaschbecken platziere ich mittig darauf. Es ist rund, sieht aus wie eine antike Waschschüssel und passt hervorragend ins Gesamtbild. Nun muss ich nur noch den Siphon und das Abwasserrohr sowie den Ablauf montieren. Das ist schnell geschehen. Nachdem alles miteinander verbunden ist, ist das Indoor-Waschbecken fast fertig.

Jetzt fehlt nur noch der Gartenschlauch, der sowohl das Waschbecken als auch den WC-Spülkasten mit Wasser versorgen soll. Den Schlauch verlege ich durch eine Ritze in der Außenwand ins Innere des Stalls und hänge ihn mit Haken von der Decke ab. So verfahre ich bis zur Stall-Toilette, die ohnehin nach oben offen ist.

Oberhalb des Spülkastens setze ich ein T-Stück samt Absperrventil in den Schlauch und schließe den Zulauf zum Spülkasten an. Das andere Ende versehe ich mit einem Wasserhahn
und fixiere ihn mit einer Rohrhalterung an der Holzwand.
Zum Abschluss stecke ich draußen am Brunnenausguss den
Schlauch auf das Verteilerstück. Jetzt müsste alles funktionieren. Der Spülkasten füllt sich mit Wasser und aus dem Wasserhahn läuft das kühle Nass. Juhu! Es funktioniert!
Nach fünf Stunden bin ich fertig mit dem Einbau und mächtig
stolz auf das Ergebnis. Welch einen Luxus habe ich mir geschaffen. Ich kann es selbst kaum fassen und frage mich, warum ich nicht schon vor Jahren auf diese Idee gekommen bin.
Das Wasser kommt hier zwar so kalt aus dem Hahn wie draußen am Brunnen, aber bei kaltem Wind fühlt es sich im
Schutz des Hauses wärmer an.
Allerdings muss ich sehr darauf bedacht sein, bei Minustemperaturen dafür zu sorgen, dass der Wasserhahn durchgehend geöffnet ist, denn sonst würde das Leitungssystem einfrieren. Der Spülkasten darf bei Frost nicht genutzt werden.
Auch er könnte der Ausdehnung des Wassers beim Gefrieren
zum Opfer fallen. Deshalb muss, wenn im Stall die Temperaturen unter null Grad sinken, das Absperrventil geschlossen
und der Spülkasten entleert werden. Dann muss eben mit einem Eimer Wasser gespült werden.

Im Moment ist mir jedoch überhaupt nicht danach, an den
Winter zu denken. Ich lasse ihn kommen und werde dann beobachten, wie sich die Sache mit dem Wasserzulauf verhält.
Den neu generierten Luxus möchte und werde ich nun erst
einmal genießen.
Immer wieder bastle ich am Stall-Bad weiter und verbessere
es. Da seine Wände nur halbhoch sind, und deshalb nicht genügend Schutz vor Zugluft bieten, erhöhe ich sie bis hin zur
Stalldecke, sodass ein geschlossener Raum entsteht.

Im Holzlager sind hierfür leider nicht genügend Bretter vorhanden. Also verteile ich die vorhandenen Hölzer und setze antike Tücher aus grober Leine, die ich in einer alten Holztruhe entdeckt habe, als Ersatzwand in die Freiräume. Das sieht originell und rustikal aus. In Richtung der Stallfenster lasse ich Öffnungen, um den Lichteinfall nutzen zu können.

So ist der ehemalige Schweinestall zunächst zur Toilette und nun zum Badezimmer geworden. Was wohl die Senner, die die Hütte vor über hundert Jahren bewirtschaftet haben, dazu sagen würden?

Inzwischen hängt ein Spiegel an der Wand und eine schön geformte Baumwurzel, die ich beim Holzsammeln gefunden habe, dient als Handtuchhalter. Einen, vom Gletschereis vergangener Zeiten ausgespülten Stein, nutze ich als Seifenschale. An der Holzdecke habe ich ein Stück Eisenkette mit einem Haken befestigt. Daran hänge ich eine Akku-Lampe auf, um zu jeder Tages- und Nachtzeit Licht im Bad anknipsen zu können.

Tags darauf hängen noch immer dichte Regenwolken zwischen den Bergen fest. Zum Wandern lädt das Wetter nun wirklich nicht ein und so mache ich mit Flocke nur einen kurzen Spaziergang.

Am Nachmittag widme ich mich mit Inbrunst der Verzierung des Badezimmers. Voller Stolz nagle ich am Abend eine Holztafel, in die ich zuvor mit glühendem Eisendraht „Bad im Schweinestall" eingebrannt habe, an die Schwenktür.

Den neu geschaffenen Luxus schätze ich sehr, vor allem, was die Toilette anbelangt. Jeden Tag bin ich dankbar für diese Innovation der Hüttenausstattung. Neben dem WC ist das Waschbecken natürlich auch unglaublich praktisch, obwohl ich momentan, in der warmen Jahreszeit, Gottes großes

Freiluft-Badezimmer draußen am Brunnen für die tägliche Körperpflege vorziehe.

Dort genieße ich nach den ausgedehnten Wanderungen vor allem die eiskalte Gießkannen-Dusche.

Hochsommer

Ende Juli weicht das kurze Regenintermezzo einem erneuten
Hoch und so wartet der August mit traumhaftem Sommer-
wetter auf. Den ganzen Tag über lacht mir die Sonne zu.
Milde Abende und Nächte laden dazu ein, bis in die Dunkelheit draußen auf dem Ausguck zu sitzen und Sternschnuppen
zu erhaschen. Bei ihrem Anblick vergesse ich vor lauter Begeisterung jedes Mal, mir etwas zu wünschen.
Da ich im Moment überaus glücklich bin, wüsste ich aber ohnehin nicht, was ich mir wünschen sollte.
Die Essenszubereitung habe ich bereits seit Mitte Juni in die
Freiluftküche, also an die Feuerstelle hinterm Haus verlegt,
wo ich, wenn es nicht regnet, auf dem Dreibein koche.
Es gibt keine schönere Küche als diese hier, unter blauem
Himmel, flankiert von erhabenen Dreitausendern und dem
ganz besonderen Duft der Bergwiesen.

Flocke und ich genießen die Nachmittage und lauen Sommerabende hinter der Hütte. Wir atmen den intensiven Duft ein, den der Sonnenuntergang mit sich bringt. Die Kräuter, Blüten und Tannen riechen kurz vor und nach Sonnenuntergang wesentlich stärker als in der Mittagssonne.

Sobald es zu dämmern beginnt, bewundern wir die akrobatisch anmutenden Flugkünste der Fledermäuse, die tagsüber, kopfüber dösend, am Heubodendach hängen.

Jeden Abend kommt die Hirschkuh mit ihren beiden Kälbern, von denen eines noch immer deutlich kleiner ist als das andere, zum Äsen auf unsere Wiese. Die drei sind mir ans Herz gewachsen und sie zu beobachten löst jedes Mal ein Glücksgefühl in mir aus.

Anfang August bricht eine unbeschreiblich schöne und laue Vollmondnacht an. Der wie eine große, goldene Scheibe aussehende Mond, der gerade zwischen die Berggipfel hineinzupassen scheint, wandert gemächlich zum Firmament empor. Mit seinem dunkelgoldenen Schein verbreitet er eine nahezu mystische Märchenstimmung. Kurzerhand breche ich mit Flocke zu einer Nachtwanderung auf.

Wir lauschen den Geräuschen der Natur, und gelangen zu einem leise vor sich hinmurmelnden Gebirgsbach. An seinem Ufer legen wir uns ins Gras, lauschen dem Wasser, das sich zielstrebig blubbernd talwärts bewegt, und bewundern die goldene Mondscheibe.

Eine Eule fliegt lautlos über uns hinweg. Sie ist auf Nahrungssuche. Ob sie noch Junge zu füttern hat? Kann eine Eule das Leben hier oben genauso genießen wie ich oder lebt sie nur, ohne sich Gedanken über ihr Dasein zu machen?

Im Schein des Vollmondes fange ich wieder einmal an, mit mir selbst zu philosophieren.

Wie Musik begleitet das murmelnde Plätschern des Bächleins meine Gedanken. Flocke lauscht aufmerksam den nächtlichen Geräuschen und wacht über mich, die ich eingeschlafen bin.

Eine große schwarze Spinne, die geradewegs über mein Gesicht marschiert, reißt mich aus meinen Träumen. Ich muss eine ganze Weile geschlafen haben, denn der Mond ist ein ordentliches Stück weitergewandert. Zeit für uns, den Heimweg anzutreten. Glücklich und zufrieden gehen wir zurück zur Hütte. Auf der Wiese hinterm Haus grast eine Herde Rehe. Ganz leise beobachten wir sie noch eine Weile und geben uns dann der Müdigkeit geschlagen. Ein erfüllter und außergewöhnlich schöner Bergsommertag geht zu Ende.

Nicht zu vergessen ist natürlich der Schweizer Bundesfeiertag am 1. August. An diesem Tag wird der Gründung der Eidgenossenschaft gedacht. Bei Anbruch der Dunkelheit werden auf den Berggipfeln und Anhöhen Feuer entzündet, über deren Bedeutung verschiedene Theorien kursieren.
Ich finde die Bergfeuer sehr beeindruckend und beteilige mich daran, indem ich einen Teil der gesammelten Äste opfere und in der Grillstelle hinterm Haus ein Feuer entzünde. An diesem Tag wird in der gesamten Schweiz und natürlich auch unten im Tal gefeiert. Die Häuser und Straßenzüge sind mit Schweizer Flaggen und Fähnchen verziert.
Die Tourismusbehörde des Dorfes hat ein buntes Musikprogramm organisiert: Es beginnt mit den Alphörnern, deren durchdringender Klang zu mir herauftönt und als Echo vom gegenüberliegenden Bergmassiv zurückhallt.
Danach halten verschiedene Redner Festtagsreden. Vermutlich handelt es sich um den Bürgermeister und weitere wichtige Dorfpersönlichkeiten. Dann wartet die örtliche Musikapelle voller Elan mit ihrem, das ganze Jahr über eingeübten Repertoire traditioneller Marschmusik auf.
Überall sehe ich bunte Punkte. Das Dorf ist prall gefüllt mit Menschen und scheint aus allen Nähten zu platzen. Sämtliche Parkplätze sind belegt. Sogar in den Wiesen sind bereits Autos abgestellt. Was bin ich froh, mich nicht im Trubel dort

unten zu befinden, sondern das bunte Treiben ungestört und in aller Ruhe von meinem Logenplatz auf dem Ausguck beobachten zu können.

Eine Gruppe junger Männer wandert schwer bepackt an der Hütte vorbei, um noch vor Einbruch der Dunkelheit zu den Berggipfeln zu gelangen und das Höhenfeuer zu entzünden. Sie verbringen dort die Nacht in Zelten oder sogar im Freien. Feierliche und geschäftige Stimmung liegt in der Luft. Höhepunkt des Nationalfeiertags sind neben den Bergfeuern die Feuerwerke, die allerorts in der Nacht gezündet werden.

Bis spät in die Nacht wird drunten noch gefeiert, während ich bereits tief schlafe. Petrus meint es gut mit den Feiernden: Tagsüber lacht die Sonne, nachts die Sterne und ein fast runder Vollmond.

Schade, dass mein Mann am diesjährigen Nationalfeiertag nicht hier ist. Anderweitige Verpflichtungen durchkreuzten seinen Plan, den ersten August mit Flocke und mir zu verbringen. Dafür wird er Mitte August für zwei bis drei Wochen zu uns kommen.

Nach dem Bundesfeiertag setzen nächtliche Sommergewitter ein. Es ist atemberaubend, vom Ausguck zunächst das Wetterleuchten zwischen den Gipfeln zu beobachten, die Blitze immer näher kommen zu sehen und das lauter werdende Grollen des Donners zu hören.

Wenn den heftig zuckenden Blitzen unmittelbar der Donner folgt und warme Fallwinde durch die Tannen peitschen, weiß ich, dass das Gewitter direkt über uns ist. Sobald der starke Gewitterregen wie aus Kübeln geschüttet vom Himmel prasselt, ist es Zeit, das Spektakel von drinnen zu beobachten, um nicht nass zu werden.

Am ersten Samstag im August kommen Louis, Claire und Coco wieder einmal zu Besuch. Sie haben Urlaub bei ihrer Tochter in Südfrankreich gemacht und waren deshalb einen Monat lang nicht mehr in ihrem Ferienhaus.

Bei Espresso und frischen Schoko-Croissants, die Claire vom Dorf mitgebracht hat, sitzen wir auf dem Balkon, der noch im Schatten liegt. Im Sommer lässt es sich hier äußerst angenehm verweilen. Wir haben uns viel zu erzählen. Nach der mediterranen Hitze, die sie während ihres Urlaubs erlebt haben, sind Louis und Claire froh, endlich wieder die Bergfrische zu genießen.

Coco und Flocke sind selig. Ob sie sich gegenseitig auch von den Vorkommnissen der vergangenen Wochen berichten? Erzählt Flocke seiner Freundin von der Hirschfamilie und unseren Wanderungen?

Wolf

Am nächsten Morgen ist Flocke entgegen seiner sonstigen, ruhigen und gelassenen Art, sehr unruhig. Wie üblich lasse ich ihn hinaus ins Freie. Unentwegt patrouilliert er am Zaun entlang. Die vielen Wanderer, die derzeit auf dem Weg zum Bergsee den Wanderweg in der Nähe der Hütte passieren, scheinen ihn nicht zu beunruhigen. Daran ist er schon gewohnt. Am Abend steigert sich seine Nervosität. Wir sitzen hinterm Haus und warten auf „unsere kleine Hirschfamilie", deren Besuch erstmals ausbleibt.

Es dämmert bereits, als Flocke immer nervöser wird und sich von mir nicht mehr beruhigen lässt. So habe ich ihn all die Jahre noch nie erlebt. Ich kann mir seine Unruhe beim besten Willen nicht erklären. Als er seine weißen Zähne fletscht und bedrohlich knurrt, binde ich ihn trotz des Zauns, der die Hütte umgibt, an einer langen Leine am Treppengeländer fest.

Beim Blick auf die Wiese erkenne ich den Auslöser seiner Aggression: Ich traue fast meinen Augen nicht, als ich einen ausgewachsenen Wolf in rund fünfzig Metern Entfernung, gelassen über die Wiese in Richtung Waldrand traben sehe.

Mir stockt der Atem. Noch nie habe ich einen Wolf in freier Wildbahn gesehen, obwohl diese scheuen Jäger hier wieder heimisch geworden sind.

Flocke ist außer sich und bellt wie verrückt, als er den Wolf erblickt, den er offenbar seit geraumer Zeit wahrgenommen hat. Bereits am Morgen hatte er seine Spur gewittert und war deshalb so aufgeregt.

Der Wolf indes, legt angesichts Flockes Gebell einen Zahn zu und verschwindet im Dunkel des Waldes.

Die Wolfsbegegnung beschäftigt mich nachhaltig. Mir stellen sich viele Fragen, aber ich finde keine Antworten: War es eine Wölfin, die Nahrung für ihren Nachwuchs suchte? War es ein Rüde auf der Suche nach einem eigenen Revier? Ist er der Grund, warum „unsere kleine Hirschfamilie" nicht da war? Werde ich ihn wiedersehen?

Mein Blick wandert zu meinem Hund und ich bin überrascht, wie aus Wölfen so viele verschiedene Hunderassen gezüchtet werden konnten.

Flocke bleibt selbst dann noch angespannt und unruhig, als ich mich mit ihm auf den Ausguck setze, um Sternschnuppen zu beobachten. In der Nacht weckt er mich ein paar Mal mit lautem Gebell. Im Bestreben, mich vor dem Wolf zu beschützen, ist er extrem wachsam geworden.

Am nächsten Morgen lasse ich ihn entgegen der üblichen Gewohnheit, nicht alleine seine Gassi-Runde drehen. Wer weiß, ob er womöglich die Fährte des Wolfs aufnimmt, ihn aufstöbert und in einen Kampf verwickelt wird. Dessen Ausgang möchte ich mir nicht ausmalen. Ich drehe mit ihm eine kurze Runde, während der er angeleint bleiben muss.

Mit einer Versorgungstour lenke ich Flocke von seinem Job als Herdenschützer ab. François und Natalie verweilen zu einem kurzen Schwätzchen, als ich am Auto meinen Rucksack belade. Von der Wolfsbegegnung erzähle ich nichts.

Die Bergbauern sind nicht gut auf Wölfe zu sprechen und schon so mancher Wolf soll entgegen den gesetzlichen Vorgaben erschossen und beseitigt worden sein. Hier herrscht die 3-S-Regel vor: Schießen - Schaufeln - Schweigen.

Flocke bleibt noch sehr nervös und in Hab-Acht-Stellung. Erst nachdem der Wolf mehrere Tage lang nicht mehr aufgetaucht ist, beruhigt er sich wieder. Obwohl ich weiß, dass der Mensch nicht auf seinem Speiseplan steht, ist es nun, nachdem ich den Wolf in unmittelbarer Nähe der Hütte gesehen habe, ein seltsames Gefühl, ihn in der Gegend zu wissen. Ohne Flocke wäre mir ehrlich gesagt doch etwas mulmig zumute.

Immerhin kommt zwei Tage später die Hirschkuh zur üblichen Zeit wieder zu Besuch auf unsere Wiese. Ich bin erleichtert, als ich sie langsam und vorsichtig aus dem Wald kommen und das satte Grün betreten sehe. Mein Blick wandert über das Gras. In unmittelbarer Nähe der Mutter sehe ich das größere der beiden Hirschkälber. Es ist ordentlich gewachsen und ernährt sich nun schon zu großen Teilen von Gras und Kräutern. Ängstlich und vorsichtig bleibt es in der Nähe der Mutter, die regelmäßig nach allen Richtungen äugt.
Wo ist sein Geschwisterchen geblieben? Ist es noch im Wald? Das kann nicht sein, denn es würde die Nähe der Mutter suchen. Wieder und wieder suche ich die Wiese mit den Augen von oben bis unten ab, doch ich sehe das kleine Hirschkalb nicht. Als die Hirschkuh auch am nächsten Abend nur mit einem Jungen zum Äsen kommt, ist mir klar, dass das zweite Kalb nicht mehr am Leben sein kann. Trauer erfüllt mich. Ich empfinde Mitleid mit der Hirschmutter, die das Kleine ausgetragen, geboren und gesäugt hat. Was sie wohl beim Verlust des Jungen empfunden haben mag?

Obwohl mir bewusst ist, dass die Gesetze der Natur hart und erbarmungslos sind und ich weiß, dass es für alle Arten ums Überleben geht, komme ich mit deren Auswirkungen nur schwer klar. Ich frage mich, wie das Hirschkalb wohl ums Leben gekommen sein mag, ob es dem Wolf oder einem hungrigen Luchs anheimgefallen ist. Hat es sehr leiden müssen? Musste die Mutter hilflos zusehen? Hat sie versucht, ihr Junges zu verteidigen?
Deprimiert sitze ich hinterm Chalet und nicht einmal das faszinierende Abendrot, das meinen Dreitausender umhüllt und erglühen lässt, kann mich trösten.
Flocke, der mir vorsichtig über die Hand leckt, reißt mich aus der Niedergeschlagenheit. Er schaut mich an, als wolle er sagen: „Trauer macht das Hirschkalb auch nicht mehr lebendig.

Sein Fleisch gibt einem anderen Tier die nötige Energie, weiterzuleben. Das ist das Gesetz der Natur."

Im alltäglichen Stadtleben nehmen wir diese Gesetze selten bis gar nicht wahr, denn wir haben die Natur aus den Städten verbannt. Über die Leidenswege der Tiere, die als Fleischprodukte in unseren Kühltheken landen, sind wir uns nicht im Klaren oder verdrängen sie ganz einfach. Das spielt sich alles hinter Mauern und verschlossenen Toren ab.

Das Hirschkalb hat ein artgerechteres Leben und Sterben hinter sich, als die Tierkinder unserer intensiven Fleischproduktion.

Flocke sieht das anders: Ihm ist es egal, wie das Fleisch in seine Futterdose kommt. Hauptsache, ich erfülle meine Aufgabe als Dosenöffner.

Sommerende

Die erste Augusthälfte fliegt nur so dahin. Herrliches Hoch-sommerwetter am Tag, in der Nacht hin und wieder ein Wär-megewitter, von dem am nächsten Morgen nur noch dampf-ende Wiesen und Tannen zeugen.

Inzwischen wandere ich nur noch ein Mal pro Woche ins Tal, um mich aus dem Auto heraus zu bevorraten.

Derzeit meide ich das Dorf wegen der urlaubsbedingten Men-schenmengen. All die aufgetakelten und geschäftig umherir-renden Touristen ertrage ich nicht mehr. Mir kommt es vor, als raubten sie mir meine kostbare Energie. In den Cafés und Restaurants stehen die Menschen geduldig Schlange, um ei-nen Sitzplatz zu ergattern.

Auch auf den Bergen ist derzeit enorm viel los. Unzählige Wanderer kämpfen sich bergauf. Zum Glück führt der Wan-derweg nicht unmittelbar, sondern in hundert Metern Entfer-nung an der Hütte vorbei. Dadurch bin ich größtenteils vor Blicken geschützt und dank des wachsamen Flocke trauen sich die Wanderer nicht bis zum Chalet.

Das war nicht immer so. Als wir zwei Jahre lang ohne Hund waren, kam es regelmäßig vor, dass wir beim Gang zum Brunnen von Wanderern überrascht wurden, die sich am kal-ten Bergwasser erfrischten und unter dem Vordach Rast machten, obwohl anhand der zum Trocknen aufgehängten Wäsche klar ersichtlich war, dass die Hütte bewohnt ist. Hat nur noch gefehlt, dass sich die Eindringlinge an unseren Vor-räten gütlich taten, die in der Kühle des Brunnens lagerten. Mich hat das jedes Mal sehr geärgert, vor allem dann, wenn sie selbst bei unserem Erscheinen unseren Tisch nicht verlie-ßen, sondern ihre Pause dort fortsetzten. Mir fehlte jedoch der Mut, sie wegzuschicken, und so beließ ich es bei einem mürrischen Blick.

Jetzt, während der Hauptsaison, gehe ich Wanderwege, die nicht als solche ausgewiesen sind. Meist sind das alte Pfade, die die Senner früher nutzten, um von einer Alm zur anderen zu gelangen. Einige dieser Wege sind mir von der Kindheit her bekannt. Da sie weder ausgeschildert sind, noch in den aktuellen Wanderkarten auftauchen, werden sie so gut wie nie benutzt. Dennoch sind sie noch immer gut begehbar. Ältere Einheimische und ich sind die einzigen, die sie noch nutzen. Mancherorts sind sie verwachsen, aber ich habe stets eine kleine Astschere dabei, um mir bei Bedarf Durchgang zu verschaffen.

Zwei Tage bevor mein Mann kommt, wandere ich zur Wasserentnahmestelle, um alles zu kontrollieren und zu säubern. Seit der letzten Reinigung des Fasses sind immerhin mehrere Gewitter über uns hinweggezogen, und da ist es wieder einmal angebracht, nach dem Rechten zu schauen.
In der Tat haben die nächtlichen Sommergewitter viel Schlick in den Wasserbehälter gespült. Ich reinige ihn sorgfältig.
Auch dem Sieb und der Zulaufrinne tut die Reinigung ganz gut, denn es haben sich bereits einige Steine und Blätter darin verkantet und verengen den Zulauf. Damit sollte das Thema Wasser für die nächsten Wochen erledigt sein, denn im Sommer bereitet die Wasserentnahme in der Regel keine großen Probleme.

Endlich ist es so weit: Mitte August kommt mein Mann zu Besuch. Flocke ist wieder einmal überglücklich, dass Herrchen zu seiner kleinen Ein-Frau-Herde gestoßen ist. Wir verbringen zwei sehr angenehme Wochen zusammen. Jeden Abend kurz vor der Dämmerung kommt die Hirschmama mit ihrem mittlerweile recht groß gewordenen Kalb zum Äsen auf die Wiese. Inzwischen hat sie Verstärkung dabei: Vier weitere Hirschkühe mit ihren Kälbern machen sich freudig über das satte

Grün her. Obwohl die Mütter äußerst vorsichtig sind und unablässig die Gegend nach Raubtieren absuchen, strahlt die Herde eine friedvolle Ruhe aus. Wie verzaubert sitzen wir hinterm Chalet und beobachten sie. Dieses wunderbare, allabendliche Schauspiel übertrifft jeglichen Kinobesuch.

Das Wetter ist genial. Wie die Wochen zuvor lacht täglich die Sonne. Abends sammeln sich hin und wieder dunkle Wolken am Bergmassiv und entladen sich des Nachts in heftigen Gewittern.

Morgens ist der Spuk vorbei und die Wälder dampfen in der Augustsonne, die die Regennässe aufsaugt.

Ab und zu machen wir eine Wanderung auf den nicht offiziellen Pfaden, um nicht ständig Wanderern zu begegnen. Auf dem Rückweg sammeln wir Holz und bringen es zur Hütte. Die meiste Zeit faulenzen wir aber nur und lassen die Seele baumeln. Die Vorräte, die mein Mann mitgebracht hat, holen wir mit zwei Versorgungstouren vom Tal herauf.

Claire, Louis und Coco kommen zu Espresso und Kuchen vorbei. Ich hatte sie eingeladen, denn bisher hat sich für sie noch nicht die Gelegenheit ergeben, meinen Mann kennenzulernen. Am Tag ihres Besuchs wandern wir sehr früh morgens, als der Berg noch im Schatten liegt und die Touristen noch am Frühstücksbuffet schlemmen, zum Auto, fahren ins Dorf und kaufen beim Konditor frischen Kuchen für den Nachmittag. Den Aufstieg zur Hütte schaffen wir gerade noch, bevor die Sonnenstrahlen auf den Wanderweg treffen. Das erspart uns eine schweißgebadete Ankunft.

Der Nachmittag mit unseren Gästen ist unterhaltsam und kurzweilig. Bis in den späten Abend hinein sitzen wir am Lagerfeuer. Dann wird es für unsere Freunde Zeit, ins Tal zu wandern, bevor sich die Dunkelheit über den Berg legt und den Abstieg erschwert. Flocke jault seiner Coco herzzerreißend hinterher, aber sie weiß, was sie zu tun hat und begleitet ihre Herde pflichtbewusst ins Tal.

Von meiner Wolfssichtung habe ich den beiden nichts erzählt. Zu heilig ist mir dieses ganz besondere Ereignis und zu groß die Angst, es könne sich im Dorf herumsprechen und man würde dem Wolf an den Pelz gehen.

Ende August reist mit meinem Mann auch der Hochsommer ab. Die Sonne legt sich zwar noch mal so richtig ins Zeug und wärmt prächtig, doch ziehen morgens und abends immer häufiger Nebelschwaden auf. Die Tage sind schon kürzer, die Nächte länger und spürbar kühler geworden.
Ich beobachte, wie die Natur sich langsam aber sicher verändert, und auf den Herbst vorbereitet. Der Duft der Wiesen und Wälder ist jetzt ein anderer als im Sommer, und die Vögel haben schon lange aufgehört, sich ihren Balzgesängen hinzugeben. Den kurzen Bergsommer über haben sie ihre Jungen großgezogen.
Die Zugvögel bereiten ihren Nachwuchs nun auf den langen Flug in Richtung Süden vor. Ich beobachte, wie sie immer häufiger in Gruppen am Himmel umherflattern und mit jedem Tag, den sie sicherer und geübter im Umgang mit ihren Flügeln werden, verändern sich ihre Flugformationen, und sie schließen sich zu Schwärmen zusammen. In zwei Wochen werden viele von ihnen bereits die Reise ins südliche Winterdomizil angetreten haben.
Früher hat es mich alljährlich sehr traurig gemacht, sie wegfliegen und den Herbst kommen zu sehen. In manchen Jahren hat es mich regelrecht deprimiert, ihnen beim Vogelzug zuzuschauen. Heute komme ich gut damit klar, denn ich habe verstanden, dass das der Lauf der Dinge ist. So ist das Leben. Alles ist ein Kommen und ein Gehen.
Ich habe gelernt, zu akzeptieren, was ich nicht ändern kann. Das funktioniert ganz gut, sodass ich inzwischen jeder Jahreszeit etwas Positives abgewinnen kann.

Ohne Wandel in allem wäre das Leben monoton und nicht vorstellbar. Es bedarf des Lichts, um die Dunkelheit zu erkennen und umgekehrt. Ohne Laut gäbe es kein Leise, ohne Wärme keine Kälte.

Der September beschert mir noch einmal nahezu hochsommerliche Temperaturen und ich genieße es, draußen zu sein, Holz zu sammeln, auf dem Dreibein zu kochen, kleine und größere Wanderungen zu unternehmen oder ins Dorf zu gehen, um einzukaufen. Die Hochsaison im Tal ist vorbei und das gemächliche, überwiegend von Einheimischen geprägte Treiben ist zurückgekehrt. Überall ist es ruhiger geworden, nur noch wenige Wanderer sind unterwegs.

Der Herbst strahlt eine friedvolle Ruhe auf mich aus, die ich nicht so recht erklären kann. Fast habe ich das Gefühl, die Natur und all das Leben in ihr, ruhe sich nach den Zeiten des Wachstums aus, um eine Verschnaufpause einzulegen und Kraft für den bevorstehenden Winter zu sammeln.

Einzig die zweiwöchige Jagdsaison im September stört die Ruhe und trübt mein Gemüt. Die Jäger, die das ganze Jahr über darauf gewartet haben, nun endlich wieder Gams- und Rotwild erlegen zu dürfen, streifen jagdhungrig durch die Wälder. Des Öfteren höre ich einen Schuss durch die Stille der Bergwelt peitschen und hoffe, er möge sein Ziel verfehlt haben.

Die Hirschkühe und ihre Jungen erscheinen inzwischen nicht mehr zum allabendlichen Besuch. Nun, da die Kälber herangewachsen sind und die Paarungszeit naht, schließen sie sich größeren Herden und einem Platzhirsch an. Sie halten sich dann andernorts auf. Hoffentlich haben „meine" Hirschmama und ihr Kalb die Jagdsaison überlebt.

Mitte September zieht eine mehrtägige Gewitterfront mit extrem starkem Regen über die Hütte hinweg. Obwohl ich das

Wasserfass erst vor vier Wochen gründlich gereinigt habe, sitze ich plötzlich auf dem Trockenen.

Mein Weg führt mich also wieder zur Wasserentnahmestelle, um für das kühle Nass im Brunnen und inzwischen auch im Stall-Bad zu sorgen. Ich habe Glück. Nur der Wasserbehälter samt Zulauf sind zu säubern. Das ist inzwischen zur Routineaufgabe für mich geworden.

Flocke schaut interessiert zu, als wolle er meine Abläufe, die auch ihm inzwischen bestens bekannt sein dürften, auf Richtigkeit hin überprüfen. Nach zwei Stunden kehren wir zur Hütte zurück. Beim Abstieg zum Haus hören wir bereits das Plätschern des Brunnens. Ein herrliches Geräusch, insbesondere dann, wenn man weiß, wie es sich ohne Wasser anfühlt.

Nach der Gewitterfront hat sich das Wetter wechselhaft entwickelt. Immer wieder ziehen Regenschauer zwischen den Bergketten hindurch. Es ist zwar kühler geworden, aber die Temperaturen sind noch immer angenehm, sodass ich nahezu den ganzen Tag im Freien verweilen kann, sofern es nicht regnet. Das Wohnzimmer muss noch nicht beheizt werden, denn das Haus hat noch genügend Sommerwärme gespeichert.

Schnee ziert bereits die Gipfel der Dreitausender und wenn sich ein Sonnenstrahl mal kurz zwischen den dichten Wolken hervortraut, lässt er sie in einem so hellen Weiß erleuchten, als hätte Petrus feinsten Puderzucker über sie gestreut.

Bei einer meiner Wanderungen mit Flocke entdecke ich unterwegs jede Menge Pfifferlinge, die ich umgehend sammle und mitnehme. Da ich keine Tasche dabeihabe, wickle ich sie in meine Regenjacke.

Wer kann schon solch einem Leckerbissen widerstehen!

Am Abend bereite ich Pfifferlinge mit Pellkartoffeln und frischem Wildkräutersalat zu. Lecker!

Naturgeschenke

Die Pilzsaison hat begonnen. Mein geübtes Sammlerauge sucht nun die Wälder täglich nach Steinpilzen und Pfifferlingen ab. Die schmecken mir am besten.

Jetzt streifen regelmäßig Pilzsammler durch die Bergwälder. Einige von ihnen sind mir von den alljährlichen Begegnungen bei der Jagd auf die Früchte des Waldes bereits bekannt. Wenn ich ihnen begegne, grüßen sie nur sehr spärlich, fast schon mürrisch, denn ich bin ihre Sammelkonkurrentin und dazu auch noch Ausländerin. Obwohl sie wissen, dass ich „die Deutsche von der Hütte da oben" bin, betrachten sie mich als Eindringling in ihren Pilzsammelgründen.

Am frühen Morgen, sobald das Tageslicht ausreicht, breche ich mit Flocke auf und durchstreife die Wälder, während die Sammler des Dorfes noch im Begriff sind, den beschwerlichen Aufstieg hinter sich zu bringen. So zeitig am Tag bin ich völlig ungestört, und frische, junge Pilze warten auf mich. Es bedarf keiner langen Suche, denn die Plätze, an denen die Schwammerln alljährlich aus dem feuchten Waldboden sprießen, sind mir bestens bekannt. Pilz um Pilz packe ich in meine beiden Stofftaschen, die sich in kürzester Zeit füllen. So komme ich jedes Mal mit reicher Beute zurück.

Treffe ich auf dem Rückweg die vom Aufstieg verschwitzten Sammlerkollegen, ernte ich böse Blicke, die ich freundlich grüßend und gut gelaunt von mir abprallen lasse.

Im Morgentau duftet es im herbstlichen Wald außergewöhnlich gut. Der Geruch nach nächtlichem Tau, Tannennadeln, Pilzen, Moos und dem ersten herabfallenden Laub vermischt sich zu einem unverwechselbaren Gebirgswald-Herbstduft. Den Großteil der Pilze koche ich am selben und dem darauffolgenden Tag. Der Rest wird in Scheiben geschnitten, auf

Nähseide aufgezogen und zum Trocknen an einen warmen schattigen Platz gehängt.

Danach werden sie in luftdichten Gläsern für den Winter aufbewahrt. Wenn ich während der kalten Jahreszeit leckere Risottos oder sonstige kulinarische Köstlichkeiten aus ihnen zubereite, werde ich mich an den Duft des Herbstwaldes erinnern.

Außer Schwammerln stehen noch zahlreiche andere Schätze der Natur auf meinem Speiseplan. Im Prinzip sammle ich alles, was ich als essbar erkenne und mag. Die Früchte, die die Natur uns schenkt, erfüllen mich mit Freude, Demut und Dankbarkeit.

Im Juli habe ich wilde Erdbeeren gesammelt. Das ist recht mühsam, denn sie sind winzig klein und wachsen direkt über dem Boden. Doch sie zu pflücken ist der Mühe wert, denn sie schmecken unbeschreiblich gut und sind mit den üblichen Freiland-Erdbeeren nicht zu vergleichen. Ihr Aroma ist derart intensiv im Geschmack, dass es mir vorkommt, als steckten zwanzig große Zucht-Erdbeeren in einer einzigen Wildbeere.

Der August wartet mit leckeren Waldhimbeeren auf. Auch sie übertreffen ihre gezüchteten Geschwister geschmacklich bei Weitem.

Wilde Brombeeren wachsen auf Höhe der Hütte leider keine, aber im Tal reifen sie im September zuhauf. Manchmal sammle ich welche, wenn ich auf Versorgungstour bin.

Die Beeren, die ich nicht vor Ort oder am selben Tag verspeise, verarbeite ich zu Marmelade. Deshalb darf Gelierzucker in meinem Vorratsschrank nie fehlen und die Schraubgläser von eingelegten Lebensmitteln werfe ich nicht weg, sondern sammle sie für die Aufbewahrung der Marmelade oder der getrockneten Pilze.

Von Mai bis zum ersten Schneefall pflücke ich nahezu täglich Wildkräuter. Auch sie stellen einen wichtigen und gesunden Bestandteil meiner Hütten-Ernährung dar.

Löwenzahnblätter, Gänseblümchen, Pimpernelle, Spitzwegerich, Schnittlauch, wilde Rauke und andere essbare Wildkräuter sind als bunter Salat eine echte Delikatesse. Aus Brennnesseln bereite ich Spinat zu. Mit wildem Thymian, der direkt hinter der Hütte wächst, würze ich so ziemlich alle Gerichte, die ich zubereite. Seine kleinen, zartvioletten Blüten duften am späten Nachmittag besonders intensiv.

So landen während der gesamten Vegetationsperiode täglich frische Gaben aus Wald und Flur auf meinem Teller.

Ich bin jeden Tag aufs Neue dankbar, von der Natur so reich beschenkt zu werden. Leider wird das heutzutage häufig verkannt. Hier auf den natürlichen Bergwiesen blühen und gedeihen noch Pflanzen, die in Deutschland und andernorts der intensiven Landwirtschaft zum Opfer gefallen sind. Schade, denn mit ihnen sind auch zahlreiche Insekten- und Vogelarten am Verschwinden.

Wintergedanken

Der Sommer hat dem Herbst Platz gemacht. Die Tatsache, dass der Winter im Anmarsch ist, beschäftigt mich. Ich frage mich, warum er wie ein Damoklesschwert über den Menschen und auch mir zu hängen scheint. Was ist so schlimm am Winter? Warum sind die meisten Menschen in Sorge vor ihm? Genauer betrachtet, bringt er viel Angenehmes in unser Leben. Schnee taucht die Landschaft in unschuldiges, reines Weiß, dämpft die Geräusche und verbreitet eine friedliche Stimmung. Die Tage sind kurz und zwingen uns dadurch, einen oder mehrere Gänge zurückzuschalten, zu entschleunigen und unsere Betriebsamkeit zu reduzieren.
Dadurch können wir Kräfte für den anstehenden Frühling sammeln, der uns wieder ein Plus an Aktivitäten abverlangt. Die Natur macht das schließlich auch so. Wir sollten sie uns als Vorbild nehmen.
Angesichts der kurzen Tage müssten wir im Winter mehr Zeit für uns selbst, zum Lesen, Zeichnen, Sinnieren und sonstigen entspannenden Beschäftigungen haben. Leider ist dem nicht so, denn die langen Winternächte verkürzen wir durch helles Licht verschiedenster Art. Schade, dass wir uns der Vorzüge des Winters mit seinem sinnvollen Rhythmus von Hell und Dunkel so wenig bewusst sind.

Flocke freut sich alljährlich ganz besonders auf die kalte Jahreszeit. Er bekommt dann einen dichten Winterpelz, den er sichtlich genießt. Der schützt ihn vor Kälte und isoliert so hervorragend, dass die dicke Schneedecke, die ihn bedeckt, wenn er den halben Tag lang draußen im Schneegestöber liegt, nicht schmilzt. Im Winter muss er sich auch nicht über die lästigen Zecken ärgern, die ihn vom Frühjahr bis in den Herbst hinein piesacken.

Was machen die Gedanken an den bevorstehenden Winter mit mir, die ich ihn auf 1500 Metern in einer Berghütte verbringen werde?

Nun, ich gebe zu, mich nicht unbedingt auf ihn zu freuen. "Warum eigentlich nicht?", frage ich mich. Ich habe genügend Brennholz, um zumindest das Wohnzimmer auf eine angenehme Temperatur zu heizen, und beim Anblick meiner Vorratsschränke ist zweifelsfrei klar, dass Flocke und ich den Winter über nicht hungern werden.

Je länger ich mir Gedanken über die kalte Jahreszeit mache, tauchen plötzlich positive Bilder in mir auf. Denke ich an die herrlichen Sonnentage im Winter, an denen der Himmel tiefblau und die Landschaft in reinstes Weiß getaucht ist, wird mir richtig warm ums Herz und ich freue mich auf diese Jahreszeit. Die Sonne steht dann sehr flach am Himmel und malt außergewöhnliche Lichteffekte ins Wohnzimmer hinein.

Doch trotz dieser positiven Wintergedanken merke ich, dass da doch noch etwas ist, das mir Sorgen bereitet. Was steckt dahinter? Ich denke lange darüber nach und plötzlich kann ich es auf den Punkt bringen: Der Winter ist, zumindest hier im Gebirge, mühevoller und anstrengender als der Sommer. Er ist schlichtweg unbequemer.

Der Bewegungsradius ist mit zunehmender Schneehöhe und steigender Lawinengefahr stark eingeschränkt. Man kann sich nur noch mit Schneeschuhen fortbewegen, will man nicht bis über die Hüften ins kalte Weiß einsinken. Als freiheitsliebender Mensch fällt es mir schwer, mich nicht uneingeschränkt bewegen zu können.

In der Küche werde ich gegen Kälte und Frostgrenze ankämpfen müssen und das WC droht einzufrieren. Das Hüttenleben wird komplizierter sein, als es im Sommer der Fall ist. Es sind also die Unbequemlichkeiten, die den Winter unangenehmer erscheinen lassen als die anderen Jahreszeiten.

Ich stelle fest, dass es ganz gut und sogar wichtig ist, mir über die kalte Jahreszeit Gedanken zu machen, bevor sie da ist.

Insbesondere was das Thema Wasser anbelangt, ist es hilfreich, auf alle Eventualitäten gefasst und vorbereitet zu sein.

Ich mache mir umfassende Notizen und sogar Skizzen zu unterschiedlichen, möglicherweise eintretenden Winter-Szenarien und lege sie in der Wohnzimmerschublade ab. Vielleicht werde ich demnächst auf sie zurückgreifen müssen.

Bis dahin möchte ich aber noch den herrlichen Gebirgsherbst genießen.

Hüttenherbst

Der September ist vorüber und damit bereits die Hälfte meines Hüttenjahres. Halbzeit sozusagen. Unglaublich!
Die Monate vergingen wie im Flug. Das stimmt mich ein wenig traurig, denn ich fühle mich richtig wohl in der Hütte, auf dem Berg, der Ruhe, der Abgeschiedenheit, der Einsamkeit. Es ist an der Zeit, vor dem unweigerlich näher rückenden Winter, die Brennholz- und Nahrungsvorräte auf Vollständigkeit zu prüfen. Das Vorratslager in Gestalt meines Autos ist bereits seit zwei Wochen leer geräumt. Sollten wichtige Dinge für den Winter fehlen, wäre es nun, da noch kein Schnee liegt, ein Leichtes, sie zu beschaffen.
Bei Durchsicht der Lagerbestände stelle ich zufrieden fest, dass sowohl Holz als auch Lebensmittel in ausreichender, ja sogar überschüssiger Menge eingelagert sind.
Auch für Flockes leibliches Wohl ist im Überfluss vorgesorgt. Mit den vorhandenen Beständen könnten wir uns mindestens fünf Monate lang in der Hütte einschneien lassen, ohne am Hungertuch nagen zu müssen.
Ein angenehmes Gefühl durchströmt mich. Zugleich frage ich mich, ob ich mir bisher zu viel Druck in Sachen Versorgungstouren gemacht habe. Wenn ich dann aber die zahlreichen Talgänge des Sommers und Herbstes, die oftmals damit verbundenen Besuche im Café und die Schwätzchen mit François und Natalie vor meinem geistigen Auge Revue passieren lasse, möchte ich keinen davon missen.

In der Zeit bis zum Winter bedarf es also weder zusätzlichen Holzsammelns noch der weiteren Bevorratung an Essbarem. Lediglich für frische Lebensmittel und besondere Leckereien, die ich mir und Flocke hin und wieder gönne, wandere ich ins Tal. Dabei sind der Cappuccino und das Croissant im Café neben der Kirche schon zum Ritual für mich geworden.

Ich habe Wetter-Glück: Abgesehen von den ersten, etwas wechselhaften Tagen, schenkt mir der Oktober zwei Wochen lang ein stabiles Hoch vom Feinsten. Immerhin könnte jetzt bereits tiefster Winter Einzug halten. Das haben wir alles schon erlebt. Umso mehr genieße ich das tolle Wetter. Tagsüber ist es so warm, dass ich noch ohne Jacke durch die Gegend wandern kann. Das Thermometer klettert auf sechzehn Grad, die Sonne wärmt noch gewaltig. Die Nächte sind deutlich frischer, aber nicht allzu kalt. Das Wohnzimmer erwärmt sich im Laufe des Tages durch die Sonneneinstrahlung. Daher entzünde ich erst am späten Nachmittag ein Feuer im Ofen, um nach Einbruch der nun schon recht früh eintretenden Dunkelheit, noch eine Weile im Warmen verweilen zu können.

Das fantastische Herbstwetter lädt Flocke und mich zu ausgedehnten Wanderungen ein. Ich entdecke neue Wege, aber auch Pfade, die ich in der Kindheit ging, die mir jedoch in Vergessenheit geraten waren. In dieser Jahreszeit sind die Dreitausender besonders schön, denn ihre bereits weiß gepuderten Gipfel glänzen in der flach stehenden Herbstsonne. Vor dem Hintergrund des blauen Himmels erscheinen sie mir noch majestätischer als sonst.
Das Laub der Bäume verfärbt sich täglich etwas mehr. Zusehends wird es bunter. Als Kind dachte ich, die Bäume zögen im Herbst ihre schönsten Kleider an, um uns Menschen zu gefallen. Betrachte ich heute die Bergwälder, erscheint mir diese Kindheitsfantasie absolut zutreffend.
Die Lärchen wechseln von zartem Grün in leuchtendes Gelb und im Sonnenlicht wirken sie, als hätte jemand ein Licht in ihnen angeknipst.
Dank der angenehmen Temperaturen strengt das Wandern nicht an und doch friert man nicht beim Pausieren.
Bei diesem Wetter könnte ich den ganzen Tag lang zu Fuß umherstreifen.

Ende Oktober spaziere ich mit Flocke ins Dorf. Ich habe mich mit Claire und Louis zur gemeinsamen Wanderung samt Einkehr verabredet, um mit ihnen die Halbzeit meines Hüttenjahres zu feiern. Unser Ziel ist eine bewirtschaftete Alm auf der gegenüberliegenden Seite des Tals. Sie liegt auf 1400 Metern und wartet mit leckerem Fondue, Raclette und weiteren Spezialitäten aus der hauseigenen Berg-Käserei auf.

Flocke ist hocherfreut, den Tag mit Coco verbringen zu dürfen, und weicht nicht von ihrer Seite.

Nach zwei Stunden Fußmarsch über herrliche Pfade, vorbei an duftenden Herbstwiesen und Kuhherden, die vor dem Almabtrieb noch die letzten Kräuter aus den Bergweiden zupfen, erreichen wir die Einkehr.

Claire hatte einen Tisch reserviert, denn sie wusste, dass das Lokal stark frequentiert ist. In der Tat hätten wir sonst keinen Platz mehr bekommen.

Nach dem außerordentlich leckeren Raclette genehmigen wir uns noch einen Verdauungsschnaps und einen Espresso.

Für Coco und Flocke gibt es Hundekekse, die sie genüsslich unterm Tisch verspeisen.

Angeregt unterhalten wir uns über unsere Bekanntschaft, die gemeinsamen Nachmittage auf dem Ausguck, die Wanderungen, mein Hüttenjahr und wie schnell die Monate doch verflogen sind. Dabei wird mir wieder einmal klar, dass Zeit eben doch relativ ist. Manchmal scheint sie nicht vergehen zu wollen und dann wieder huscht sie in Windeseile vorbei.

Satt und zufrieden wandern wir hinab ins Tal, wo ich mich von meinen Freunden verabschiede.

Eineinhalb Stunden später erreichen Flocke und ich gut gelaunt und müde unsere Alm. Ich nehme eine lauwarme Gießkannen-Dusche im Freien und setze mich dann noch eine Weile auf den Ausguck. Mit der Dämmerung und der aufziehenden Nachtkühle gehe ich ins Haus und lasse diesen herrlichen Tag am Wohnzimmerofen ausklingen.

Ich war mir nicht bewusst, dass es der letzte, angenehme und milde Herbsttag des Jahres sein würde. Der neue Tag zeigt sich bereits im Wolkenkleid. In der Nacht ist Wind aufgekommen, der zum Morgen hin immer heftiger wurde und nun graue Wolken in Richtung meines Dreitausenders schiebt. Wenn sie sich dort aufstauen, ist das ein untrügliches Zeichen für eine Verschlechterung der Wetterlage. Das habe ich inzwischen gelernt. Dazu bedarf es keiner Wetter-App. Immer mehr Wolken schieben sich ins Tal hinein und hängen an der, es umschließenden Bergkette fest. Sie schaffen es nicht, das Gebirge zu überwinden, und so vereinen sie sich zu einer dunkelgrauen Wand, die darauf wartet, ihre Schleusen zu öffnen, um über die Gipfel hinwegziehen zu können.

Da nun definitiv mit einer längeren Regenperiode zu rechnen ist, mache ich gleich morgens eine Wanderung zur Wasserentnahmestelle, um Zufluss und Behälter noch einmal zu reinigen. Herabgefallenes Laub hat bereits die Zulaufrinne und das Abdecksieb so stark verstopft, dass sich das Wasser teilweise schon seitlich am Behälter vorbei den Weg talwärts sucht. Gut, dass ich hergekommen bin, denn spätestens drei bis vier Tage später wäre im Brunnen wieder einmal kein Wasser mehr angekommen.

Am Abend setzt Regen ein, der im Laufe der Nacht immer stärker wird. Ich höre ihn aufs Dach prasseln. Der darauffolgende Tag steht ebenfalls im Zeichen starken Niederschlags. Wie bereits zu Beginn meines Hüttenjahres, erlebe ich eine unendlich scheinende Regenperiode. Die Tropfen sind längst zu den mir bekannten Wasserschnüren geworden, die unablässig vom dunkelgrauen Himmel zu hängen scheinen.

Die Redewendung, es schütte wie aus Kübeln, wird mir wieder einmal anschaulich vor Augen geführt. Als ich mir vorstelle, wie Berggötter riesige Kübel voller Wasser von den Gipfeln ins Tal schütten, muss ich lächeln. Ob ihnen das wohl Spaß macht?

Mit dem Regen fallen auch die Temperaturen. Den Wohnzimmerofen muss ich nun selbst tagsüber regelmäßig heizen. Bevor ich ins Schlafzimmer gehe, lasse ich ihn erlöschen. Im Moment reicht seine Speicherwärme noch aus, um der Kälte der Nacht einigermaßen entgegenzuwirken.

Flocke liegt draußen vor der Tür im überdachten Bereich. Er scheint auf ein Ende des Dauerregens zu warten, doch er wartet vergebens. Seine morgendlichen und abendlichen Erkundungstouren kürzt er auf ein Minimum ab, hasst er doch starken Regen. Ich ziehe meine wasserdichten Regenklamotten über und überrede Flocke zu einem Spaziergang. Ein wenig Bewegung tut schließlich gut. Es heißt, es gebe kein schlechtes Wetter, sondern lediglich schlechte Kleidung. Na ja. Nachdem es nun schon seit vier Tagen ununterbrochen regnet, zweifle ich zunehmend an dieser Aussage.

Am fünften Regentag in Folge, an denen die Götter nach wie vor emsig die Wasserkübel von den Gipfeln herabschütten, sitze ich plötzlich auf dem Trockenen.

Im Brunnen kommt kein Wasser an. Ich bin sprachlos. Damit habe ich nun wirklich nicht gerechnet, war ich doch erst vor wenigen Tagen, vor Einsetzen des Dauerregens, an der Wasserentnahmestelle und habe alles gesäubert. Schon wieder sehe ich mich gezwungen, für Wasser zu sorgen. Das Wasserproblem nervt gewaltig!

Es gießt in Strömen. Wenig begeistert ziehe ich die Regenklamotten über, packe die üblichen Reparaturutensilien in meinen Rucksack und breche in Richtung Wasserbehälter auf. Dieses Mal habe ich genügend Schlauchverbinder dabei. Man kann ja nie wissen.

Flocke weigert sich, mitzugehen. Ich lasse ihn in der Hütte. Aus seiner Sicht reicht es, wenn sich einer von uns dem starken Regen aussetzt. Das bin dann wohl ich.

An der Wasserentnahmestelle angekommen, bin ich überrascht, sowohl den Zulauf als auch den Behälter sauber vorzufinden und das Wasser ganz normal aus dem Inneren des Fasses abfließen zu sehen. Es müsste eigentlich am Brunnen ankommen. Ich erinnere mich an das unlösbar scheinende Wasserproblem im Juni: Gleiches Wetter, gleiche Temperatur, gleicher Frust. Nun weiß ich definitiv, was ein Déjà-vu-Erlebnis ist.

Ratlosigkeit befällt mich, denn mir ist klar, dass die Wasserleitung nicht verstopft, sondern irgendwo auf ihrem langen über- und unterirdischen Weg unterbrochen sein muss.

Na prima. Das kann ja heiter werden. Die Suche nach der Bruchstelle kann beginnen. Ich überlege, wie ich am klügsten vorgehe, um mir unnötige Mühen zu sparen, denn es regnet noch immer in Strömen bei unangenehm niedrigen Temperaturen. Wo sind die Schwachstellen, an denen die Leitung am ehesten bricht? Das könnte an einem der Schlauchverbinder in den Kontrollschächten der Fall sein. Also prüfe ich diese zuerst. Eine Stunde später habe ich sie alle durchgecheckt: Sie waren dicht und Wasser floss.

Jetzt steht fest, dass die Leitung irgendwo auf den letzten zweihundert Metern zwischen dem untersten Kontrollschacht und der Hütte unterbrochen sein muss. Bei Trockenheit entdeckt das geübte Auge Derartiges anhand auffälliger Nässe am Boden. Da von Trockenheit momentan jedoch beim besten Willen nicht die Rede sein kann, fällt diese Methode flach. Wieder überlege ich, wie ich vorgehen muss, doch der Frust schiebt sich zwischen meine Gedanken und verhindert klares Nachdenken. „Annette, reiß dich zusammen und überlege, was zu tun ist", ermahne ich mich.

Die Kälte ergreift langsam aber sicher Besitz von meinem Körper. Fast schon zitternd beschließe ich, den oberirdischen Teil des Leitungsverlaufs abzutasten, um zu spüren, ob das Wasser pulsiert, denn bis zum Leck müsste der Durchfluss auf diese Weise festzustellen sein. Meter um Meter gehe ich bergab und achte selbst dort, wo der Wasserschlauch unterirdisch verläuft, auf Auffälligkeiten, sofern das bei dem starken Regen möglich ist.

Die Konzentration auf die Leitung lenkt mich von der quälenden Kälte und der Nässe ab, der meine Regenkleidung inzwischen nicht mehr standzuhalten vermag. Stück für Stück arbeite ich mich langsam und frierend der Hütte entgegen, finde aber nichts.

„Was mache ich nur, wenn ich die Bruchstelle nicht ausfindig mache?", schießt es mir durch den Kopf. Nun weine ich mit dem Himmel um die Wette. „Wenn doch endlich dieser verdammte Regen aufhören würde!"

In einem Waldstück, rund fünfzig Meter oberhalb der Hütte, ist die Wasserleitung hinter einem flachen, lang gezogenen Felsvorsprung nur wenige Zentimeter tief im Waldboden verlegt. Endlich werde ich fündig: Neben einer mächtigen Fichte entdecke ich trotz des regennassen Waldbodens eine riesengroße Pfütze. Verdeckt vom Felsen, war sie mir beim Aufstieg nicht aufgefallen.

Mit der Spitzhacke lege ich die Wasserleitung frei und entdecke das Leck: Eine Wurzel hatte sich in ihrem Wachstum regelrecht um die Leitung geschlungen und diese gezwungen, ihrer Entwicklung zu folgen. Es muss ein langsamer, aber stetiger Prozess gewesen sein, bis die Wasserleitung schließlich am schwächsten Punkt, dem eines unter dem Boden liegenden Schlauchverbinders, nachgegeben und sich aus der Verschraubung gelöst hat.

Meine Verzweiflungstränen weichen jetzt denen der Freude, endlich die Bruchstelle gefunden zu haben. Das von der Wurzel vergewaltigte Stück Leitung ersetze ich durch ein neues und montiere einen Schlauchverbinder.

Ich weiß nicht, ob es an der Kälte, Nässe, Frustration oder einer Mixtur von allem liegt, aber anstatt mich zu freuen, das Problem gelöst zu haben, sitze ich völlig erschöpft und laut heulend auf dem nassen Waldboden. Ich erleide einen regelrechten Nervenzusammenbruch, der mich lähmt. Unfähig aufzustehen und das letzte Stück zur trockenen Behausung zu gehen, sitze ich da und schaue durch den Regen hindurch ins Leere. So etwas habe ich wirklich noch nie erlebt. Wie es scheint, habe ich nun meine Grenzen nicht nur erreicht, sondern deutlich überschritten.

Wie lange ich in diesem Zustand der Reglosigkeit verharrte, vermag ich nicht einzuschätzen. Irgendwann stehe ich auf und gehe wie in Trance zur Hütte. Jede Bewegung erscheint mir surreal.

Dass der Brunnen wieder plätschert, nehme ich emotionslos, wie durch einen dumpfen Geräuschfilter wahr.

Flocke freut sich über meine Ankunft, sieht mich lange an und leckt an meiner rechten Hand. Das tut er normalerweise

nicht. Er befreit mich damit aus der Lethargie, holt mich zurück in die Hütte und zu sich. „Ach Flocke, wenn ich dich
nicht hätte!"

Ich bin nass bis auf die Haut und friere wahnsinnig. Mit dem
Campingkocher bereite ich heißes Wasser zu, gieße eine
große Kanne Tee auf, wasche mich und lege mich ins Bett,
obwohl es erst früh am Nachmittag ist.

Zuvor versorge ich Flocke mit Futter und entfache erneut das
Feuer im Wohnzimmerofen, das inzwischen erloschen war.

Drei Stunden später wache ich auf und friere. Notgedrungen
stehe ich nochmals auf, bereite zwei heiße Bettflaschen zu
und ziehe Skiunterwäsche unter meinen Schlafanzug an.

Flocke schicke ich nach draußen zu seiner Gassi-Runde, die er
angesichts des noch immer heftigen Regens auf ein Minimum
reduziert.

Im Wohnzimmerofen, in dem das Feuer fast erloschen war,
lege ich noch mal ordentlich Holz nach, gehe zurück ins Bett
und falle in einen regelrechten Tiefschlaf.

Krankheit

Nach einer sehr unruhigen Nacht, in der ich wild fantasiere, schlecht schlafe und bei jedem Erwachen kalten Schweiß auf der Stirn spüre, wache ich völlig erschöpft auf.

Ich bin benommen, kraftlos und todmüde. Ich bin krank!

Nässe, Kälte, psychische und physische Belastungen des Vortages haben meinem Körper offensichtlich mehr zugesetzt, als ich vermutet hatte.

Irgendwie schaffe ich es, aufzustehen, Flocke zu füttern und ihn nach draußen zu lassen. Erst jetzt bemerke ich, dass die Landschaft über Nacht hell geworden ist. Der Frost hat sie angehaucht und in einen transparenten weißen Schleier eingehüllt.

Der Niederschlag hat sich verzogen und ist eisiger Kälte gewichen, die sich mittlerweile auch in die Hütte hineingeschlichen hat. Das Thermometer im unbeheizten Schlafzimmer zeigt gerade einmal fünf Grad an. Schweißgebadet und total erschöpft begebe ich mich wieder ins warme Bett und schlafe umgehend ein.

Flockes Bellen reißt mich aus dem Fieberschlaf. Er sitzt draußen unter dem überdachten Vorraum und gibt einem Wanderer, der trotz der Kälte bergauf marschiert, unmissverständlich zu verstehen, dass er sich besser nicht der Hütte nähert, in der sein krankes Frauchen liegt.

Kraftlos stehe ich auf, ziehe meinen dicken Winteranorak über und lasse Flocke ins Haus. Schon wieder bin ich nassgeschwitzt vom Fieber. Ich weiß, dass ich mich nun warmhalten und viel trinken muss. Die Kälte des Schlafzimmers ist meinem schlechten Zustand nicht zuträglich. In der Nacht wird die Temperatur deutlich sinken und das Zimmer weiter abkühlen. Mit letzter Kraft schaffe ich es, das Bettzeug ins Wohnzimmer zu tragen und dort meine Schlafstätte einzurichten. Auch hier ist es mit zwölf Grad nicht gerade warm.

Der Wohnzimmerofen ist über Nacht erloschen, da ich nicht in der Lage gewesen war, Brennholz nachzulegen. Zum Glück haben seine Kacheln noch eine Weile nachgewärmt. Mir ist trotz des Fiebers klar, dass ich den Ofen anfeuern und einen Korb Holz aus dem Stall holen muss.

Alles um mich herum nehme ich nur schemenhaft wahr. Obwohl mir schwindelig ist, mache ich auch noch Feuer im Küchenherd, damit die großen, mit Wasser gefüllten Töpfe sich erhitzen und die Küche frostfrei halten. Mit dem, vor sich hin köchelnden Wasser, kann ich jederzeit Tee aufgießen, den ich nun dringend benötige.

Entkräftet und schweißnass falle ich wieder ins Bett, schlafe kurz ein, friere und fange an zu zittern. Fiebrig und der Ohnmacht nahe schleppe ich mich aus dem Bett, um die nassgeschwitzten Klamotten zu wechseln, die wie schwere Lumpen an meinem Körper kleben. Ich ersetze sie gegen Skiunterwäsche und einen dicken Jogginganzug, verkrieche mich wieder ins Bett und falle einem unruhigen Fieberschlaf anheim.

Das Klappern der Topfdeckel auf dem Küchenherd reißt mich aus einem schrecklichen Traum, in dem mich eine meterlange Wasserleitung wie eine Anakonda umschlingt und zu erwürgen droht. Eine Klapperschlange assistiert ihr dabei.

Langsam komme ich zu mir, vergewissere mich, dass ich nicht von Leitungen umwickelt bin und höre, dass das Klappern nicht von einer Schlange, sondern vom Dampf des kochenden Wassers herrührt, der die Deckel der Töpfe anhebt, um entweichen zu können.

Mühsam quäle ich mich in die Küche, gieße eine große Kanne Lindenblütentee auf, fülle den Kochtopf wieder mit Wasser, füttere Herd und Wohnzimmerofen mit Holz. Dann schwanke ich wie im Delirium zu meinem Krankenlager zurück.

Flocke, der sich angesichts der Wärme für gewöhnlich nicht im Wohnzimmer aufhält, begleitet mich und legt sich, hechelnd vor Hitze, dicht neben mein Bett, um über mich zu wachen.

Mehrere Stupser seiner feuchten Schnauze wecken mich. Beim Blick auf die Uhr stelle ich fest, dass ich zwei Stunden lang geschlafen habe. Wieder bin ich schweißgebadet und wechsle erst einmal die nasse Skiunterwäsche gegen trockene aus. Dann lege ich wieder Holz nach, denn beide Feuer sind am Erlöschen.

Flocke muss mal und will nach draußen. Ich lasse ihn ins Freie. Er kann ja schließlich nicht den ganzen Tag über neben mir, im für ihn viel zu warmen Wohnzimmer ausharren.

Armer Hund!

Aus der Wäschetruhe hole ich die Bettdecke meines Mannes und lege sie zusätzlich auf die meine. Dann begebe ich mich unter beide Decken und schlafe wieder ein. Es ist bereits dunkel, als ich wieder aufwache. Wo ist Flocke? Ich erinnere mich vage, ihn nachmittags nach draußen gelassen zu haben. Völlig geschwächt verlasse ich das warme Bett und gehe, in den dicken Anorak gehüllt, nach draußen.

Flocke hat es sich auf seiner Decke im überdachten Vorplatz gemütlich gemacht. Freudig begrüßt er mich und lenkt meinen Blick zu seinem Futternapf. Der Arme hat seine Nachmittagsration noch nicht bekommen. Ich füttere ihn und entzünde erneut beide Feuer, die während meines langen Fieberschlafs erloschen waren. Mit letzter Anstrengung hole ich im Stall jeweils einen Korb Holz für die Küche und das Wohnzimmer.

Entkräftet lege ich mich ins Bett, aber bevor ich wieder in einen, weiß Gott wie langen Schlaf verfalle, stelle ich den Wecker des Handys auf zwei Stunden, damit ich rechtzeitig Holz nachlegen kann.

Meinem Mann schreibe ich eine Nachricht, wonach ich müde sei, schon im Bett liege und im Begriff sei, einzuschlafen. Daher würde ich ihn erst am darauffolgenden Abend anrufen.

Ich bin schlichtweg zu krank für ein Gespräch. Die Wahrheit über meinen schlechten Gesundheitszustand verheimliche ich ihm, denn ich möchte nicht, dass er sich Sorgen macht.

Wieder holt mich fiebriger Tiefschlaf ins Reich furchterregender Träume.

Der nächste Tag verläuft wie der vorherige. Außer daran, regelmäßig Brennholz nachgelegt, Flocke gefüttert und nach draußen gelassen sowie Tee aufgegossen zu haben, kann ich mich an nichts mehr erinnern.

Am dritten Tag muss ich dringend die verschwitzten Kleidungsstücke waschen, sonst gehen mir warme Skiunterwäsche, Schlafanzüge und Jogginganzüge aus. Während der vergangenen Tage sah ich mich wegen des Fiebers gezwungen, täglich zwei- bis dreimal die schweißnassen Klamotten gegen trockene zu wechseln.

Wie ich es geschafft habe, sie zu waschen, weiß ich beim besten Willen nicht mehr. Das Fieber hat jegliche Erinnerung daran verschluckt. Da es in der Hütte keine Heinzelmännchen gibt und Flocke als solches nicht infrage kommt, muss ich es wohl gewesen sein, die die Wäsche gewaschen hat. Jedenfalls hängt sie, trocknend und nach Waschmittel duftend, auf dem Gestänge über dem Wohnzimmerofen.

Die Tage vergehen und mein Zustand verbessert sich nur geringfügig. Fast eine Woche lang liege ich fiebrig im Bett und nehme nur wenig von dem wahr, was tagtäglich um mich herum geschieht.

Lediglich meinen treuen Gefährten Flocke nehme ich zur Kenntnis, denn er fordert regelmäßig sein Fressen und seine Runden im Freien. Tagsüber darf er draußen unterm Dach liegen und das Revier bewachen. Er spürt, dass es mir nicht gut geht, und sieht sich mehr denn je in der Pflicht, auf mich aufzupassen. Es tut unglaublich gut, ihn in meiner Nähe zu wissen.

Auf ausgiebige Streicheleinheiten muss er im Moment leider verzichten, denn ich schaffe es gerade mal, regelmäßig die beiden Feuer am Brennen zu halten, Tee zu kochen und die schweißnasse Wäsche zu waschen. Ich glaube, er hat Verständnis dafür. Wenn es mir wieder besser geht, werde ich ihn dafür umso mehr knuddeln. Auch nach Essen ist mir nicht zumute, doch um nicht zu sehr zu entkräften, nehme ich ab dem fünften Tag etwas Zwieback und Obst zu mir.

Die Telefonate mit meinem Mann sind äußerst kurz. Ich vermag noch keine langen Gespräche zu führen. Außerdem ist das Mini-Kraftwerk fast leer. Offenbar haben sich während der letzten Tage nur wenige Sonnenstrahlen in Richtung Hütte verirrt. Er ist sehr besorgt und schlägt vor, mich abzuholen. Ich versichere ihm, dass es sich um eine Grippe handle, die es auszukurieren gelte. Das könne ich hier oben genauso gut durchstehen wie zu Hause. In meinem schlechten Zustand wäre der steile Abstieg ohnehin eine zu große Belastung für mich.

Mit jedem Tag schleicht sich das Fieber etwas mehr aus meinem Körper. Schwäche und Erschöpfung erlauben es mir aber noch nicht, tagsüber auf den Beinen zu bleiben. Also erledige ich immer nur das Allernötigste und lege mich dann wieder ins Bett. Während der Tage der Genesung hänge ich meinen Gedanken nach, philosophiere mit mir selbst und lasse die bisherige Hüttenzeit Revue passieren. Ich fühle in mich hinein, frage meinen Geist und Körper, wie es ihnen geht. Gespannt lausche ich auf die Antwort: „Ja, es geht mir gut. Körperlich bin ich noch sehr geschwächt aber meine Seele sagt mir, dass sie sich trotz mancher Widrigkeiten hier in der Berghütte wohlfühlt."

Mit drei Litern Tee pro Tag schwemme ich die Reste des Fiebers vollends aus mir heraus und komme langsam wieder zu Kräften. Draußen regnet es wieder, oder noch immer?

Ich kann mich nicht einmal mehr an die Wetterlage der letzten Tage erinnern.

In Anbetracht meines geschwächten Zustands, der Kälte und des Regens, bin ich dankbar für mein bescheidenes Stall-Badezimmer. Mittlerweile ist es für mich unvorstellbar, die Notdurft draußen verrichten zu müssen. Auch möchte ich mir gar nicht erst vorstellen, wie ich die Fiebertage ohne Wasser überlebt hätte. Ich wäre nicht in der Lage gewesen, zur Wasserentnahmestelle zu gehen. Selbst den Gang zum nahe gelegenen Gebirgsbach, um Wasser zu holen, wie es mein Notfallplan vorsieht, hätte ich nicht geschafft.

Es mag verrückt klingen, doch im Nachhinein betrachtet, waren die Erfahrungen des Nervenzusammenbruchs und der anschließenden Krankenzeit sehr wichtig für mich. Ich bekam dadurch ein besseres Gefühl für meine Fähigkeiten und deren Grenzen.

Anfang November verschwindet mit den allerletzten Fieberresten auch der Regen und die Sonne wagt sich hinter vereinzelten, noch zurückgebliebenen Wolken hervor.

Langsam aber sicher verschafft sie sich Platz am Himmel. Wohlig warm in eine dicke Wolldecke eingehüllt, setze ich mich hinters Haus in die Spätherbstsonne und sauge ihre Wärme regelrecht in mich auf. Die Luft ist klar, es riecht nach vermoderndem Laub, Herbstwiese und dem Thymian, der sich der Kälte und Nässe der vergangenen Tage nicht ergeben hat. Die mächtigen dunklen Tannen dampfen die letzten Regenreste der Sonne entgegen.

Mein Schlaflager verlege ich jetzt wieder ins kalte Schlafzimmer. Das bin ich so gewohnt. Nach weiteren zwei Tagen der Genesung fühle ich mich ausreichend gestärkt, um ins Tal zu wandern, Einkäufe zu erledigen und im Café eine Pause einzulegen. Flocke und die Sonne sind meine Begleiter.

Ich besuche Natalie und François, die sich angesichts meiner langen Abwesenheit bereits Sorgen gemacht hatten. Damit ich möglichst rasch wieder zu Kräften kommen möge, geben sie mir Milch, selbst gebackenes Brot und frische Eier mit. Welch kostbare Schätze! Obwohl ich außer diesen Köstlichkeiten nur etwas Gemüse, Obst und Salate im Rucksack habe, strengt mich der Aufstieg sehr an. Die Grippe steckt mir offenbar noch stärker in den Knochen, als mir lieb ist. Nach mehreren, ausgiebigen Verschnaufpausen kommen wir bei der Hütte an.

Tag für Tag fühle ich mich ein wenig stärker und schaffe es allmählich wieder, den üblichen Aufgaben nachzukommen. Am Wochenende kommen Claire und Louis mit Coco vorbei. Sie bringen selbst gebackenen Kuchen mit. Wir sitzen hinterm Chalet und genießen die für Mitte November noch immer ordentlich wärmenden Sonnenstrahlen.
Claire bedauert, nicht gewusst zu haben, dass es mir gesundheitlich so schlecht gegangen war. Ich versichere ihr, dass ich mich gemeldet hätte, wenn ich ihrer Hilfe bedurft hätte. Begeistert erzählt sie, sie würden in zwei Wochen für einen ganzen Monat gen Süden reisen, um den langen Winter abzukürzen. Erst zu Silvester kämen sie wieder in ihr Ferienhaus im Dorf. Ich solle angesichts ihrer langen Abwesenheit unbesorgt sein.
„Schade", denke ich, als sie ins Tal aufbrechen. „Ich werde die beiden, die ich inzwischen lieb gewonnen habe, vermissen". Coco blickt sich nochmals liebevoll zu Flocke um, als wolle sie sagen „am liebsten möchte ich bei dir bleiben", dreht sich dann um, und folgt pflichtbewusst ihren Menschen talwärts.

Am Nachmittag beobachte ich die Gamsherde, die inzwischen tagtäglich auf der Wiese hinterm Haus grast. Rund um die

Hütte finden sie noch jede Menge frischer Kräuter und Gräser, während die Bergwiesen ihrer üblichen Lebensräume hoch oben nahe der Baumgrenze, dem Frost klein beigegeben haben und kahl geworden sind.

Wintereinbruch

Die erste Novemberhälfte endet mit Windböen, die sich die Nacht über deutlich verstärken. Sturm kommt auf und lässt die Fensterläden in ihren Halterungen klappern.

Den ganzen nächsten Tag über peitschen starke Böen durch die mächtigen Tannen, reißen ihnen alte Äste und Zweige ab. In solchen Momenten frage ich mich, ob es den Bäumen recht ist, alten Ballast abzuwerfen, oder ob sie womöglich darunter leiden.

Der Sturm kündigt unmissverständlich eine Wetteränderung an. Als ich Flocke am Abend zur Abendrunde nach draußen schicke, nehme ich den Duft des Winters wahr. Ich weiß nicht, wie ich diesen Geruch beschreiben kann: Es riecht ganz einfach nach Schnee und Kälte. Schon seit meiner Kindheit bin ich in der Lage, den nahenden Winter am Geruch wahrzunehmen.

Am nächsten Morgen sehe ich beim Erwachen große, nasse Schneeflocken den Weg vom Himmel zur Erde suchen und finden. Immer mehr Schnee wirbelt wild durch die Luft. Es hat den Anschein, die Flocken würden sich im Liebestanz vereinen und sich direkt in der Luft vermehren. Der Schneefall ist so stark, dass außer den fetten weißen Klecksen in der Luft nichts mehr zu sehen ist. Am Nachmittag verkleinern sie sich allmählich und verwandeln sich in Pulverschnee. Die Temperaturen sind im Tagesverlauf deutlich gesunken.

Flocke ist begeistert, so viele seiner Namenskollegen vom Himmel fallen und auf der Wiese liegen bleiben zu sehen. Die Landschaft rund um die Hütte liegt bereits unter einem weißen Teppich, während es unten im Dorf noch regnet.

Ich beschließe, trotz des schlechten Wetters mit Flocke ins Tal zu wandern, um im Dorf Obst, Gemüse und Salate für die nächsten Wochen einzukaufen. Wer weiß, ob der Schneefall nun für längere Zeit weitere Versorgungstouren vereiteln wird. Nach der langen Krankheit habe ich großes Verlangen nach frischer, vitaminreicher Nahrung.

Während der vergangenen Wochen konnte ich noch Wildkräuter pflücken. Jetzt, nach dem Wintereinbruch, wird das wohl nicht mehr möglich sein. Schade. Die herrlichen Bergwiesen-Salate habe ich sehr genossen.

Zwei Tage lang schneit es nahezu ununterbrochen. Eine Schneedecke von über einem halben Meter hat sich gebildet. Am Mittag des dritten Tages setzt der Schneefall aus. Ich ziehe meine kniehohen Gamaschen an und breche mit Flocke zu einer Winterwanderung auf.

Beim leisesten Luftzug wirbelt feinster Schneestaub wie von Zauberhand verstreut, von den Tannen auf uns herab. Der Winter ist voll und ganz angekommen und hat die Natur in Besitz genommen. Den Bergen, ja sogar den Bäumen und Felsen hat er strahlend weiße Mützen aufgesetzt.

Flocke und ich erkunden die Spuren, die die Wildtiere im Schnee hinterlassen haben. Fuchs, Reh, Gams und sogar ein Mäuschen haben zuvor unseren Weg gekreuzt.

Ich meine, sogar die Spur eines Luchses zu erkennen.

Für die Tiere beginnt nun eine harte und entbehrungsreiche Zeit, der die Schwächsten anheimfallen werden. Ob sie sich dessen bewusst sind?

Die Luft kommt mir noch reiner vor als sonst, es riecht nach weiterem Schneefall. Tagsüber liegen die Temperaturen um null Grad, nachts deutlich darunter. Dauerfrost stellt sich ein.

Mein Mann wollte im November zu Besuch kommen, doch angesichts des Wintereinbruchs und der eisigen Temperaturen, zieht er es vor, es bei den täglichen Telefonaten zu belassen. Die kalte Jahreszeit, insbesondere wenn sie schneereich ist, verbringt er lieber zuhause. Das ist auch in Ordnung. Schließlich hatten wir das im Vorfeld des Hüttenjahres so vereinbart.

Warum soll er sich plagen, nur weil ich meinen Wunsch verwirkliche.

Ununterbrochene Wintersonne vom Feinsten bei arktischen Temperaturen, bestimmt die Wetterlage der nächsten Tage. Flocke und ich machen schon vormittags herrliche Spaziergänge durch die märchenhafte Winterlandschaft. In Anbetracht des hohen Schnees kommen wir zwar nur langsam voran, aber das macht nichts. Der Weg ist das Ziel.

Spätestens um zwölf Uhr, wenn die Sonne für zweieinhalb Stunden auf die Hütte trifft, sind wir zurück, um hinterm Haus zu relaxen.

Dann liege ich, in dicke Wolldecken eingepackt, im Liegestuhl und sauge jeden Sonnenstrahl in mich auf. Flocke liegt neben mir im Schnee. Es hat den Anschein, als wäre er mindestens so glücklich und zufrieden wie ich.

Noch immer hat die Sonne eine ganz ordentliche Strahlkraft, auch wenn sie sich der eisigen Luft geschlagen geben muss und es nicht schafft, die Nullgradgrenze zu erklimmen.

Gegen halb drei verschwindet sie dann leider schon hinter meinem Dreitausender und die Kälte schleicht sich langsam aber sicher durch die Wolldecken hindurch in mich hinein.

Zeit, ins Haus zu gehen und sich am Wohnzimmerofen zu wärmen.

Die Sonnenstunden sind unbeschreiblich schön. Es fällt mir schwer, Worte zu finden, um zu beschreiben, wie wohltuend sie sind: Der Himmel ist tiefblau und die Berge schneeweiß. Wiesen und Tannen haben ebenfalls ihre weißen Gewänder angezogen, die Brautkleidern mit langen Schleppen ähneln.

Ein Steinadler zieht seine Kreise, als könne die Eiseskälte ihm nichts anhaben. Wenn ich ihn so beobachte, wie er majestätisch dahingleitet, verstehe ich, warum er „König der Lüfte" genannt wird.

In den Fichten rund ums Chalet hüpfen bunte Fichtenkreuzschnäbel von Zapfen zu Zapfen und tragen dabei ihren schrillen Gesang vor. Der Sonnenschein gefällt ihnen anscheinend so gut wie Flocke und mir.

Die enormen Schneemengen können sich auf dem Blechdach nicht mehr halten, rutschen hinab und türmen vor und hinter der Hütte hohe weiße Mauern aus Schnee auf, die mir bereits bis zur Hüfte reichen. Um ins Freie zu gelangen, muss ich einen Weg durch sie hindurch schaufeln. Jetzt im Winter zeigt sich der überdachte Vorplatz als Segen, denn er ist trocken und schneefrei.

Ich genieße diese Zeit, fühle mich hier auf eigenartige Weise geborgen, auch wenn ich dieses Gefühl nicht rational zu erklären vermag.

Der erheblichen Gefahren, die der Winter in den Bergen in sich birgt, bin ich mir stets bewusst und weiß, dass ich nun mehr als im Sommer vor Naturereignissen auf der Hut sein muss. Jetzt, nach dem ersten Schneefall, ragen die Berge noch einigermaßen still in den blauen Himmel, doch Sonne und eisige Temperaturen lassen die Oberfläche der Schneefelder verharschen. Beim nächsten Neuschnee entstehen dann Schneebretter und aus den Bergen vernimmt man das furchterregende Donnern abgehender Lawinen. Es ist für mich immer wieder aufs Neue ein faszinierendes Spektakel, sie von meinem Dreitausender hinunterstürzen zu sehen.

Ist man zu Fuß unterwegs, ist besondere Vorsicht geboten und man muss wissen, welche Wege gefahrlos begehbar sind. Vor allem muss man wissen, wo die Wege verlaufen, die der Schnee unter sich begraben hat. Nach starkem Schneefall sind sie eins geworden mit der Winterlandschaft und es bedarf guter Ortskenntnisse, ihren Verlauf zu finden.

Manch einer hat sich in verschneiter Winterlandschaft schon verlaufen.

Die Nächte sind, wie meist bei sternenklarem Winterhimmel, eisig kalt. Temperaturen von minus zwanzig Grad bereiten mir Mühe, die Küche frostfrei zu halten, obwohl ich den Herd ununterbrochen befeuere und das Wasser in den großen Töpfen dadurch ständig köchelt. Die Wärme, die sie abgeben, reicht gerade aus, um im Raum drei bis vier Grad zu erreichen. Flockes Wassereimer ist morgens von einer hauchdünnen Eisschicht bedeckt, die sich bei Sonnenaufgang zaghaft auflöst.

Kurz bevor es dunkel wird, schließe ich sämtliche Fensterläden. Das hält wenigstens einen minimalen Teil der Kälte draußen. Vor die Tür zum Balkon habe ich eine dicke Wolldecke gehängt und mit dem Tacker rundum befestigt, denn die eiskalte Luft sucht und findet durch jede Ritze den Weg in die Küche. Wegen der Wolldecke kann die Tür zwar nicht mehr benutzt werden, doch bei dieser Witterung lockt es mich sowieso nicht auf den Ausguck. Vor Mitte März wird dort ohnedies kein Sonnenstrahl landen.

Selbst das Schlüsselloch der Eingangstür habe ich von innen mit einem Klebeband verschlossen, um kalte Zugluft zu vermeiden. Man tut, was man kann.

Den größten Kälteeintritt erfährt die Küche durch die große, in den Kamin mündende Esse. Wir haben sie mit Eisenblechen so gut es geht verschlossen, doch muss eine kleine Öffnung vorhanden bleiben, um den Luftzug nach oben zu gewährleisten und die Kette der Kaminluke bedienen zu können. Gerade dort verschafft sich die kalte Luft Zutritt, aber damit muss man leben.

Gut, dass ich genügend Brennholz eingelagert habe, um Herd und Ofen kontinuierlich zu befeuern. Alle zwei Stunden lege ich Holz nach. Der Handy-Wecker erinnert mich daran.

Bei dieser Kälte ziehe ich es vor, mich nicht im kalten Stall-Bad, sondern im warmen Wohnzimmer an einer Waschschüssel mit heißem Wasser zu waschen.

Im Winter bin ich darauf bedacht, den Wasserhahn im Bad ständig geöffnet zu lassen, um ein Einfrieren des Wassers zu verhindern.

Angesichts der derzeitigen, extremen Temperaturen habe ich den Schlauch, der Toilette und Wasserhahn mit Brunnenwasser versorgt, jetzt aber außer Betrieb gesetzt. Minus zwanzig Grad über einen langen Zeitraum hinweg sind wirklich nicht zu unterschätzen. Ich bin schließlich ungeübt im Umgang mit derartigen Temperaturen und möchte nichts riskieren.

Das Stall-Bad ist mir heilig!

Oberhalb der Schwenktür zum Bad habe ich ein schweres Leinentuch von der Stalldecke abgehängt, damit der gesamte Raum weitgehend abgeschlossen und vor eisiger Zugluft geschützt ist.

Den Fuß des WCs habe ich mit einem alten, ausrangierten Daunenschlafsack umhüllt, damit das Wasser am Ablauf nicht einfrieren kann und auf dem WC-Deckel liegt eine mehrfach zusammengefaltete Wolldecke.

Dreimal täglich stelle ich einen zugedeckten Kochtopf mit kochendem Wasser neben das WC, um die Temperatur dort wenigstens ein bisschen zu erhöhen. Zum Spülen hole ich einen Eimer Wasser vom Brunnen. Dieser Stall-Bad-Winterbetrieb funktioniert bisher sehr gut und bewährt sich trotz der extremen Kälte. Auch wenn das alles ein bisschen umständlicher ist als im Sommer, so ist es doch wesentlich angenehmer, als die Notdurft im Freien verrichten zu müssen.

Der Ofen im Wohnzimmer erwärmt bei ständiger Befeuerung die am weitesten entfernte Ecke des Raumes immerhin auf sechzehn Grad. Das ist beachtlich und reicht völlig aus, denn mittlerweile habe ich mich an niedrigere Temperaturen gewöhnt. Außerdem halte ich mich sowieso in Ofennähe auf. Wenn ich an den langen Winterabenden an seinen wärmenden Kacheln sitze, wird es mir mitunter sogar zu warm.

Einen dieser wunderbaren, sonnigen Wintertage nutze ich, um mit Flocke ins Tal hinab zu wandern, um wieder einmal frische Lebensmittel zu kaufen. Der Vitaminhaushalt muss schließlich stimmen.

Vor dem Rückweg machen wir, wie immer, einen Einkehr-schwung ins Café neben der Kirche. Der Besitzer kennt uns inzwischen bestens und bringt unaufgefordert einen Cappuccino samt Croissant an meinen Tisch. Flocke beglückt er mit einem Leckerli. Mein Hüttenjahr scheint ihn zu interessieren, denn er erkundigt sich bei jedem meiner Besuche nach den aktuellen Erlebnissen auf dem Berg.

Früher, so erzählt er mir, sei er an seinen freien Tagen, wenn die Sonne lachte, zur Hütte gewandert und habe von dort die Aussicht aufs Tal genossen. Seit er Familie und das Café habe, bliebe leider keine Zeit mehr für solche Ausflüge.

Bevor wir uns an den Aufstieg machen, kaufe ich bei ihm noch eine hausgemachte Bündner Nusstorte. Die schmeckt sehr lecker und ist lang haltbar. Man gönnt sich ja sonst nichts.

Zufrieden kehren wir zum Chalet zurück. Dank der Spur, die wir beim Abstieg in den Schnee getreten hatten, war der Aufstieg nicht wesentlich anstrengender als sonst.

Flocke und ich haben gemeinsam sogar jede Menge Dosenfutter bergauf getragen. Gemäß meinen Berechnungen reichen die Futtervorräte zwar über den Winter aus, doch kann ein Überhang nie schaden.

Schlammlawine

Eine ganze Woche hindurch lacht die Sonne Tag für Tag vom blauen Winterhimmel herab. Was gibt es Schöneres!
Doch mir ist klar, dass die Wetterlage nicht so bleiben wird. Um die Gipfel der Dreitausender wehen jetzt Schneefahnen, die transparenten Schleiern ähneln und märchenhaft anmuten. Sie entstehen, wenn Windböen den feinen Pulverschnee von den Bergspitzen fegen und durch die Luft wirbeln.
So schön sie aussehen, sind sie doch ein untrügliches Zeichen für einen bevorstehenden Wetterwechsel.
Am Nachmittag ziehen auch schon Wolken ins Tal und treiben in Richtung Bergmassiv. Dort stauen sie sich auf, bis sie zu einem dunkelgrauen Meer angewachsen sind, das das gesamte Tal füllt und die Hütte komplett verschluckt. Es ist, als wäre sie darin ertrunken, denn ich sehe nichts als grau.
Zwei Stunden später öffnet die dunkle Wolkenmasse ihre Schleusen und presst das angestaute Wasser aus sich heraus. Die ganze Nacht hindurch peitschen Sturmböen die Regenmassen vor sich her. Am nächsten Morgen gießt es noch immer in Strömen, die Landschaft wirkt trist und öde. Schade. Man kann regelrecht zusehen, wie der Regen den herrlichen Schnee auffrisst.
Wieder einmal entpuppt sich der Niederschlag als Dauerregen. Draußen ist es ungemütlich. Das wunderbare Meer aus Schnee hat sich in eine matschige Masse verwandelt, auf der das Gehen schwer fällt.
Flocke rümpft die Nase, als ich ihn am Morgen ins Freie schicke. Widerwillig macht er sich auf den Weg, inspiziert kurz und knapp sein Revier, markiert pflichtbewusst hier und dort, beendet seine Runde mit dem üblichen Toilettengang und kommt, so schnell ihm das im rutschigen Matsch möglich ist, zur Hütte zurück. „Geschafft", würde er wohl sagen, wenn er sprechen könnte. Seinem Gesichtsausdruck entnehme ich

auch ohne Worte, wie froh er ist, wieder im Trockenen zu sein und sich erleichtert zu haben. Nach der Fütterung verkrümelt er sich umgehend in seine Ecke und döst noch eine Weile.

Ich nutze das schlechte Wetter und säge so lange Holz, bis die Ladung beider Akkus aufgebraucht ist.
Am Nachmittag schließe ich den Wasserschlauch am Brunnen an, um das Stall-Bad wieder mit fließendem Wasser zu versorgen. Die Temperaturen sind inzwischen deutlich über die Frostgrenze gestiegen und weder Wasserschlauch noch Spülkasten können jetzt einfrieren. Das Schmuddelwetter hat also auch etwas Gutes. Man muss es nur zu schätzen wissen.
Zwei Tage lang regnet es unentwegt weiter. Ich frage mich nicht nur, wo das ganze Wasser herkommt, sondern vor allem, wo es hingeht.
Der Schnee ist verschwunden, doch hat er sich nicht in Luft aufgelöst, sondern ist in den flüssigen Aggregatzustand übergegangen. Auf der Wiese vor der Hütte haben sich bereits kleine Bäche gebildet, um die immensen Wassermengen vom Berg schaffen zu können.
Vom Tal herauf höre ich den Bach, in den die zahlreichen, prall gefüllten Gebirgsbäche einmünden, laut rauschen. Da die dichten Wolken mir jegliche Sicht verwehren, kann ich ihn zwar nicht sehen, doch so wie er sich anhört, muss er zum reißenden Strom geworden sein. So laut habe ich ihn all die Jahre über noch nie gehört. Sein Rauschen schwillt mehr und mehr zu einem furchterregenden Grollen an. Gerne hätte ich mit dem Fernglas ins Tal geschaut, um zu sehen, was es mit dem extrem lauten Getöse auf sich hat. Es ist ein seltsames und unbehagliches Gefühl, bedrohliche und ungewohnte Geräusche zu hören, dabei aber nichts sehen zu können.
Als ich in den Stall gehe, um Holz zu holen, vernehme ich aus der hinteren Ecke ein leises Plätschern. Mit der Taschenlampe

folge ich dem Geräusch bis zu einem kleinen Bächlein, das unter der bergseitigen Stallmauer zutage tritt, sich durch das hintere Drittel des Stalls schlängelt, um dann über die Seitenwand den Weg ins Freie zu finden. Sprachlos betrachte ich das Phänomen. Das gesamte Erdreich rings um das Chalet, ja der ganze Berg, ist wie ein Schwamm mit Wasser vollgesogen und kann nichts mehr aufnehmen. Nun sucht das Nass ungewöhnliche Wege talwärts und macht dabei einen Abstecher durch die Hütte. Da hilft selbst der Wassergraben oberhalb des Hauses nichts. Der transportiert nur Oberflächenwasser ab, aber nicht das Nass, das sich in der Erde angesammelt hat.

Es folgt ein weiterer Regentag, an dem ich mich von einem dunklen Wolkenbrei umgeben sehe, in dem Berg und Tal ertrunken sind. An solch langen, grauen Regenperioden, an denen sich das Leben vorwiegend im Innern der Hütte abspielt, droht man Raum und Zeit zu vergessen.

Ich überlege, ob es nun schon drei, vier oder fünf Tage lang ununterbrochen regnet. Was solls. Ich kanns sowieso nicht ändern. Da hilft nur Akzeptanz.

Doch das Geräusch reißender Wassermengen, das vom Tal zu mir herauftönt, beunruhigt mich inzwischen, obgleich eventuelles Hochwasser mich hier oben definitiv nicht betreffen kann.

Ich nutze die Regenzeit für allerlei Arbeiten wie Wäsche waschen, Hütte putzen, lesen, schreiben, stricken, zeichnen. Es wird mir nicht langweilig. Flocke hingegen weiß so recht nichts mit sich anzufangen. Tagsüber liegt er draußen im Vorraum und bewacht das Revier. Zu Streifzügen und ausgiebigen Markierungsrunden ist er bei diesem Hundewetter nicht aufgelegt.

Jedes Mal, wenn ich nachts aufstehe, um Holz nachzulegen, höre ich, wie der Regen unerbittlich aufs Hüttendach prasselt. Wo kommt nur das ganze Wasser her? Unfassbar.

Am frühen Morgen des darauffolgenden Tags, es ist noch dunkel draußen, höre ich ein furchterregendes Donnern, Grollen und Getöse von der gegenüberliegenden Bergseite her. Ich gehe zum Fenster, kann aber aufgrund der Dunkelheit nichts erkennen. Wenigstens sehe ich die Straßenbeleuchtung des Dorfes zu mir heraufblinzeln. Die Sicht ist also nicht mehr durch Wolken verdeckt.

Als ich mich gerade wieder in die warme Bettdecke eingemummelt habe, dringt Sirenengeheul vom Tal zu mir herauf. Verzerrt und vom Echo verstärkt, baut sich eine gespenstische Stimmung in der Dunkelheit auf. Im Dorf muss sich etwas Tragisches ereignet haben.

Flocke fängt an, laut zu jaulen, als wolle er mit den Sirenen und Martinshörnern, die die Stille jäh durchschneiden, um die Wette singen.

Erneut begebe ich mich zum Fenster und sehe unten im Tal überall Blaulichter blinken. Sie sind großflächig über die Ortschaft verteilt. „Oh mein Gott! Hoffentlich kein Bergrutsch", geht es mir durch den Kopf. Da die Dunkelheit mir noch immer den Blick ins Tal verwehrt, beschließe ich, bis zum Tagesanbruch noch eine Runde zu schlafen. Schließlich kann ich von hier oben aus ohnehin nichts ändern, egal was passiert sein mag. An Schlaf ist natürlich nicht mehr zu denken. Ich mache mir Sorgen um die Menschen unten im Dorf und Flocke jault noch immer im Kanon mit den Martinshörnern der neu hinzukommenden Einsatzfahrzeuge.

Unruhig wälze ich mich im Bett hin und her und warte, bis es hell wird.

Zwei Stunden später hat sich die Dunkelheit verabschiedet und das erste schwache Tageslicht blinzelt zum Schlafzimmerfenster herein. Im Bett liegend schaue ich in Richtung Fenster: Es regnet noch immer, allerdings nicht mehr so stark wie an den vergangenen Tagen. Endlich sind auch die Berge wieder zu sehen. Die undurchdringbaren, dunkelgrauen

Wolken, die tagelang jegliche Sicht verhindert hatten, scheinen ihre Tränen endlich weitgehend vergossen und sich über die Berggipfel emporgehoben zu haben.

Ich stehe auf und gehe ins warme Wohnzimmer, um das Geschehen im Tal durchs Fernglas zu beobachten.

Um Himmelswillen! Es bedarf keines Fernglases, um bereits mit bloßem Auge zu erkennen, dass sich eine gigantische Geröll- und Schlammlawine vom gegenüberliegenden Bergmassiv gelöst hatte und quer durchs Dorf gedonnert sein muss.

Auf ihrem Weg ins Tal hat sie sich kontinuierlich vergrößert, hat Bäume entwurzelt, Felsbrocken gelöst und Leitplanken mitgerissen.

Ein Bild des Grauens bietet sich mir. Wie mag es erst unten im Dorf aussehen? Mit dem Fernglas verfolge ich den Lauf der Lawine und sehe, dass wie durch ein Wunder, kein einziges Haus eingestürzt oder verschüttet wurde. Da das Lawinenmaterial offenbar sehr nass und schlammhaltig war, schoss es ins Dorf und suchte sich den Weg des geringsten Widerstandes zwischen Häusern hindurch, dem Verlauf der Hauptstraße folgend.

Überall entlang des Wegs, den dieses „Monster" genommen hatte, sind Bagger, Traktoren und Lkws im Einsatz. Beruhigt stelle ich fest, dass keine Krankenwagen zu sehen sind. Später erfahre ich, dass es auf wundersame Weise keine Verletzten gab, da die Lawine nachts abging und bei dem miesen Wetter niemand auf der Straße unterwegs gewesen war.

Ein kleines, im Sommer unscheinbar dahinplätscherndes Gebirgsbächlein, musste sich den immensen Wassermengen, die Regen und Schneeschmelze ihm zuführten, geschlagen geben. Es ist zum reißenden Strom mutiert, der alles wegriss, das ihm im Weg war. Die Ortsdurchfahrt ist komplett verschüttet, einige Häuser und Bauernhöfe in Randlage sind von der Außenwelt abgeschnitten.

Besorgniserregend ist, dass der Regen noch immer anhält. Das erschwert die Tag und Nacht andauernden Aufräum- und Säuberungsarbeiten, die sich über Wochen hinweg erstrecken werden. Erst drei Tage nach diesem furchtbaren Naturereignis hat der Regen endlich beschlossen, seine Aktivitäten einzustellen.

Ich frage mich, ob das große Skigebiet, das sich hinter dem gegenüberliegenden Bergmassiv erstreckt, Ursache des Lawinenabgangs sein mag. Immerhin werden der Natur im Zeichen des Skitourismus erhebliche Wunden zugefügt.

Weiträumig inspiziere ich das Gebiet rund um die Hütte, um eventuelle, das Gebäude und uns betreffende Gefahren ausfindig zu machen. Tatsächlich ist auf „meiner" Gebirgsseite nichts Wesentliches passiert. Ein paar kleine, aber vernachlässigbare Muren sind abgegangen. Nichts Besonderes für diese Jahreszeit.

Auch die Wasserentnahmestelle funktioniert noch, sonst wäre das Wasser im Brunnen versiegt. Bei diesen Wassermassen hätte es durchaus passieren können, dass Schlamm und Geröll den Wasserzulauf umgeleitet hätten. Nichtsdestotrotz werde ich morgen nach dem Wasserfass schauen und nochmals alles säubern, bevor Schnee und Eis eine solche Aktion vereiteln.

Angesichts der Geschehnisse im Tal bin ich froh, hier oben alles in Ordnung vorzufinden. Dennoch hat mich die Katastrophe im Dorf, die die Menschen in Angst und Schrecken versetzt hat, zutiefst bestürzt.

Ich gehe mit Flocke wandern. Ursprünglich stand eine Tour ins Tal auf dem Tagesplan, um Einkäufe zu erledigen und im Café einzukehren. Angesichts des im Dorf ausgerufenen Notstands ist dieses Vorhaben für die kommende Woche erst einmal hinfällig.

Von den täglichen Spaziergängen, die Flocke und mich bergauf führen, bringe ich trotz des gut bestückten Holzlagers abgebrochene Äste mit zur Hütte. Ein Zuviel an Brennholz gibt es nicht und die Sammler-Gene in mir sind so stark, dass ich brauchbares Holz nicht liegen lassen kann.

Das Wetter ist wechselhaft, aber recht mild für die Jahreszeit. Tagsüber nieselt es ab und zu, zwischendurch zeigt die Sonne, dass sie mich nicht vergessen hat, und kurz darauf tun es ihr die Wolken gleich.

Ende November hat sich im Dorf wieder der gewohnte Alltag eingestellt. Ich wandere mit Flocke hinab und fahre zum Einkaufen. Klar, dass ich bei der anschließenden Einkehr in meinem Stamm-Café vom Besitzer alle Details über das Lawinenereignis erfahre: Tatsächlich sei niemand verletzt worden. Der Sachschaden sei jedoch sehr hoch und es werde nun auf Hochtouren an einem Sicherheitskonzept zur Vermeidung derartiger Ereignisse gearbeitet. Im neuen Jahr werde mit den entsprechenden Baumaßnahmen begonnen.

Ich bin gespannt, ob dieses Vorhaben angesichts des Klimawandels, Schmelzen des Permafrosts und intensivem Skitourismus von Erfolg gekrönt sein wird. Die Zeit wird es zeigen. Im Dorf sei man froh, dass die bevorstehende Skisaison noch nicht begonnen habe, und die gröbsten Aufräumarbeiten bis zum Saisonstart Mitte Dezember abgeschlossen sein würden. Schließlich sollen sich die Touristen in Sicherheit wähnen.

Nach dem Aufenthalt im Tal ist es immer wieder ein angenehmes Gefühl, in der Abgeschiedenheit der Hütte anzukommen. Manchmal frage ich mich, ob ich mittlerweile menschenscheu geworden bin.

Egal. Wichtig ist mein Gefühl und das sagt mir unmissverständlich, dass ich mich in der Einsamkeit der Berge so richtig wohlfühle und gut aufgehoben bin.

Wölfe

Am Nachmittag ist Flocke wieder extrem nervös und unruhig.
Er legt dasselbe Verhalten an den Tag, das er zeigte, als sich
der Wolf in Hüttennähe aufhielt. Ich kann ihn fast nicht beruhigen, so aufgeregt ist er. Selbst eine intensive Knuddelein-
heit kann ihn nicht ablenken. Ich möchte ihn jetzt nicht unbe-
aufsichtigt nach draußen lassen, denn den Steckzaun habe
ich, wie vor Wintereinbruch üblich, bereits entfernt.
Wir machen eine ausgiebige Wanderung, bei der er mich ausnahmsweise angeleint begleiten muss. Nach wie vor ist Flocke sehr nervös.
Nach unserer Rückkehr setze ich mich ins warme Wohnzimmer und schaue auf die Wiese hinterm Chalet, hoffend, den
Grund seiner Unruhe ausfindig machen zu können.
Außer der Gamsherde, die wie jeden Nachmittag vor Einbruch
der Dunkelheit über die ganze Wiese verteilt grast, kann ich
nichts Außergewöhnliches erkennen.
Doch urplötzlich heben die Gämsen die Köpfe und rennen pa-
nikartig davon. Wie aus dem Nichts tauchen vier Wölfe auf
und verfolgen eine ausgewachsene Gams, die den Anschluss
an die Herde verloren hat. Sie rennt kreuz und quer um ihr
Leben, schlägt verzweifelt Haken, kommt zu Fall und schreit
herzzerreißend. Die anderen haben sich in Sicherheit gebracht und sie zurücklassen müssen. Es blieb ihnen nichts anders übrig. Entsetzt sehe ich mit an, wie die hungrigen Wölfe
über die Gams herfallen und sie töten. Gierig stillen sie ihren
Hunger an dem erlegten Tier.
Flocke, der neben mir sitzt und mit mir nach draußen schaut,
bellt jetzt wie verrückt. Verunsichert blicken die Wölfe zur
Hütte, schnappen sich die noch verbliebenen Kadaverteile
und verschwinden im Wald.
Ein beklommenes Gefühl befällt mich. Niemals hätte ich gedacht, Zeugin eines solch grausigen Schauspiels zu werden.

Die Natur hat mich ihre Gesetze miterleben lassen. Sie haben einen Sinn, so hart und erbarmungslos sie mir auch erscheinen mögen.

Ich bin froh, Flocke nicht ins Freie gelassen zu haben. Wer weiß, wie die Wölfe auf ihn reagiert hätten. Mutig wie er ist, wäre er ihnen, den eigenen Tod billigend, womöglich entgegengerannt.

Gemeinsam inspizieren wir am nächsten Morgen den „Tatort", doch es ist keine Spur mehr vom Gemetzel des Vorabends zu sehen. Füchse, Krähen, Adler und Bartgeier haben gründliche Arbeit geleistet und nichts mehr übrig gelassen.

Am nächsten Abend kehren die Gämsen auf die Wiese zurück, und grasen, als ob nichts geschehen wäre. Auch Flocke hat sich wieder beruhigt. Das bedeutet, dass die Wölfe weitergezogen sind und lediglich einen Jagdausflug zur Hütte gemacht hatten.

Obwohl ich weiß, dass der Mensch nicht ins Beuteschema des Wolfes passt, beruhigt es mich, zu wissen, dass Flocke extrem wachsam ist und die Anwesenheit von Wölfen sofort wahrnimmt. Er wird sie allein durch sein Gebell verjagen, sollten sie sich in die Nähe des Hauses begeben.

Die Wölfe lassen sich tatsächlich nicht mehr blicken. Ihre Jagdgebiete im Gebirge sind ausladend und offenbar ziehen sie es vor, ohne das Stören eines bellenden Hundes zu jagen. Das war meine letzte, aber umso beeindruckendere Wolfssichtung während des Hüttenjahres.

Winterabende

Mit dem Dezember kommt der Schnee zurück, und wieder einmal verzaubert er alles ringsum in eine Märchenlandschaft. Bei frostigen Temperaturen fällt eine Woche lang Pulverschnee. Ab und zu blitzt ein Sonnenstrahl zwischen den Wolken hervor und lässt die herabfallenden Schneekristalle wie klitzekleine Sterne funkeln. Fasziniert beobachte ich dieses Schauspiel, das mich immer wieder aufs Neue in seinen Bann zieht. Wenn die kleinen Flöckchen unentwegt vom Himmel herabtanzen, wirken sie friedlich und harmlos, und doch haben sie sich inzwischen zu einer hohen Schneedecke vereint, die mir bis zu den Hüften reicht.

Ein stabiles Hoch ist im Anmarsch, vertreibt die letzten Wölkchen und überlässt den Himmel der strahlenden Wintersonne. Der feine Pulverschnee glitzert hell im Sonnenlicht. Die Winterlandschaft rund um die Hütte wirkt im reinen, sonnenüberfluteten Weiß völlig unberührt, doch dem ist nicht so: Bei genauem Hinsehen erkenne ich im hohen Schnee hinterm Haus Spuren von Rehen und Gämsen. Die schnürende Spur eines Fuchses quert sie.

Wie mag es den Tieren da draußen jetzt gehen? Die Frage, ob sie frieren, erübrigt sich spätestens dann, wenn ich sehe, dass Flocke zusammengerollt im Tiefschnee liegt und döst. Was er wohl träumen mag?

Bei diesem Wetter hält ihn nichts im Haus. Er fordert früh am Morgen seinen Freigang und beendet ihn erst am Nachmittag, wenn es zu dämmern beginnt. Die Natur hat die Tiere mit einem wärmenden Winterpelz ausgestattet.

Spaziergänge sind jetzt nur noch mit Schneeschuhen möglich und deshalb wesentlich anstrengender als sonst. Dennoch genieße ich unsere kleinen Ausflüge im tiefen Schnee ganz besonders. Aus Rücksicht auf Flocke, der, um mir zu folgen, tief im Schnee einsinkt, halte ich die Spaziergänge kurz.

Hinzu kommt, dass die Lawinengefahr im Moment nicht zu unterschätzen ist, denn der alte verharschte Schnee hoch oben auf den Gipfeln vermag den frisch gefallenen Pulverschnee nicht festzuhalten. In der Mittagssonne lösen sich regelmäßig Schneebretter und donnern als gefährliche Lawinen bergab. Sie aus sicherer Entfernung zu beobachten ist ein Schauspiel der ganz besonderen Art.

Im gegenüberliegenden Skigebiet kommen die Betreiber der Gefahr zuvor, indem sie Schneebretter gezielt sprengen und damit geregelte Lawinenabgänge auslösen. Mich nervt der Lärm der Sprengungen, die das gesamte Gebirge erschüttern und die friedvolle Ruhe der Bergwelt zerreißen. Bei jeder Explosion frage ich mich, welche Auswirkungen diese Sprengungen für die Tierwelt im Gebirge haben mögen. Aber meine Meinung interessiert niemanden. Im Ski-Zirkus regiert schließlich das Geld.

Was ich ganz besonders genieße, sind die Winterabende in der Hütte. Im Dezember wird es am Nachmittag gegen halb fünf dunkel, und erst kurz nach acht am nächsten Morgen beginnt es hell zu werden. Dass im Winter die Tage am kürzesten und die Nächte am längsten sind, ist nichts Außergewöhnliches. Allerdings verfügen wir in der zivilisierten Welt über Strom und schalten selbstverständlich das Licht an, sobald sich der Nachmittag dem Ende zuneigt und Dunkelheit uns zu umgeben beginnt. Nur selten setzen wir uns bewusst mit dem natürlichen Rhythmus von Tag und Nacht auseinander. Die Natur zieht sich im Winter zurück und sammelt Kräfte für den Frühling. Wir Menschen täten gut daran, es ihr gleichzutun.

Während des Hüttenjahres beschäftigt mich der Wechsel zwischen Licht und Dunkelheit schon deshalb, weil Strom im Winter selbst an Sonnentagen ein knappes Gut darstellt, mit dem es sparsam zu wirtschaften gilt. Im Chalet herrscht im

Dezember fünfzehn Stunden lang, also nahezu zwei Drittel des Tages, Dunkelheit. Wie verbringe ich diese Zeit? Vorweggenommen: Ich liebe und genieße sie!

Es ist die Zeit der Besinnung, der Reflexion des Erlebten und Gelebten, der Einkehr in mich, der Zeit für mich selbst und mit mir selbst.

Im mäusesicheren Vorratsschrank befindet sich eine Kiste mit einer Vielzahl von Kerzen, darunter große und kleine, welche mit Duft und welche ohne. Sie sind vor Mäusen geschützt, denn Kerzenwachs scheint ihnen zu munden und so war schon manch eine Kerze ihren scharfen Zähnen anheimgefallen, bevor ich den Gitterschrank gebaut habe.

Aus Sicherheitsgründen stelle ich Kerzen grundsätzlich in Gläser, denn das alte Holzhaus birgt ein nicht zu unterschätzendes Brandrisiko in sich. Allabendlich entzünde ich welche in der Küche und im Wohnzimmer. Sie geben ausreichend Licht ab, um sich überall zurechtfinden zu können.

Das Flackern der Kerzen scheint die Gegenstände im Raum tanzen zu lassen. Die Farben ringsum sind völlig anders als bei Tageslicht. Alles wirkt wärmer, entspannter und beruhigter als tagsüber. Kerzenlicht und das bewegte Spiel der Schatten, das es herbeizaubert, üben auf mich eine außerordentliche Faszination aus. Ich vergesse dabei Raum und Zeit und fühle mich in eine andere Welt entrückt.

Kann dieser Zustand als Trance bezeichnet werden? Ich weiß es nicht. Er ist jedenfalls sehr wohltuend und so stellen die Winterabende im Kerzenschein eine ganz besondere Kraftquelle für mich dar. Zugleich spenden sie Entspannung pur.

Zu Beginn der Bergzeit habe ich bei Einbruch der Dunkelheit Petroleumlampen als Lichtquelle benutzt, doch der Duft des verbrannten Petroleums hat mich so gestört, dass die Lampen inzwischen nur noch der Dekoration dienen.

Fürs abendliche Kochen spenden die Kerzen nicht genügend Licht, um sich beim Gemüseschneiden nicht zu verletzen und prüfen zu können, ob in der Pfanne etwas anbrennt.

Hier kommen die beiden Akku-Lampen zum Einsatz. Sie verbreiten zwar keine romantische Stimmung, doch mit ihrem hellen Schein sind sie überaus nützlich.

Natürlich sitze ich nicht jeden Abend stundenlang im Kerzenschein. So weit reicht meine innere Ruhe dann doch nicht aus. Ich lese E-Books oder schreibe an diesem Buch.

Für Handy, Laptop und zwei Akku-Lampen ist der Strom des Mini-Kraftwerks an sonnigen Wintertagen ausreichend.

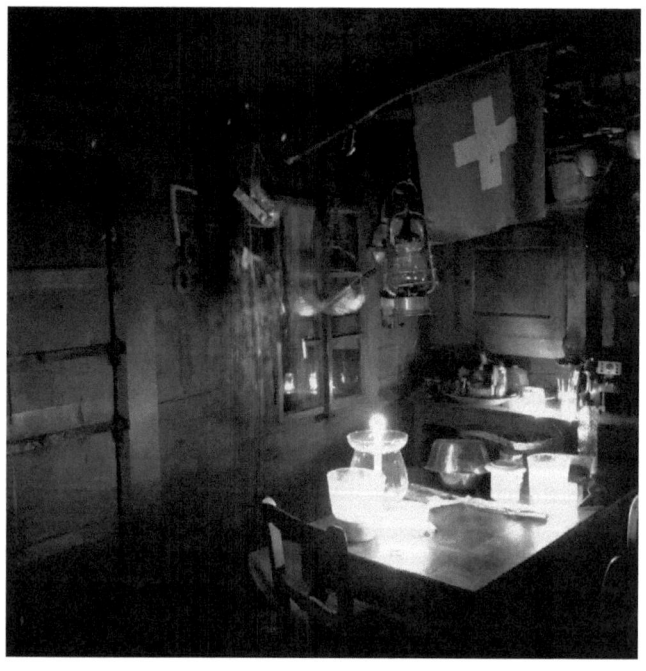

Ich glaube, Flocke liebt die Winterabende hier oben genauso wie ich, denn er fordert deutlich längere Streicheleinheiten ein, als das in den Sommerabenden auf dem Ausguck der Fall war. Sein weißes Fell strahlt im Kerzenlicht orangefarben und sieht noch weicher aus, als es ohnehin schon ist.

An solchen Abenden fehlt es mir an nichts. Die Welt ist in Ordnung und ich bin einfach nur glücklich und zufrieden.

Fast hätte ich vergessen, die herrlichen, sternenklaren Nächte bei Pulverschnee und Vollmond zu erwähnen. Sie sind selten, übersteigen jedoch alles Vorstellbare: An solchen Abenden warm eingepackt nach draußen zu gehen, die reine, nach Schnee und Kälte riechende Luft in den Lungen zu spüren, das Glitzern der Schneekristalle im Mondlicht zu beobachten und der Stille zu lauschen, ist wirklich mystisch.

Ich sehe mich außerstande, das Gefühl, das ich dabei empfinde, in Worte zu fassen. Es lässt mich eine ganze Weile lang sogar die klirrende Kälte vergessen.

Jahreswechsel

Ursprünglich hatte ich vor, Weihnachten und Neujahr kein eigenes Kapitel zu widmen, da sie mir nicht viel bedeuten. Ich empfinde jeden Tag, an dem es mir gut geht, als einen besonderen Tag, einen Feiertag.

Der Vollständigkeit dieses Buches hätte aber etwas gefehlt, blieben sie unerwähnt. Immerhin gelten sie als die wichtigsten Feiertage des Jahres.

Die Woche vor Weihnachten hat Frau Holle wieder ganze Arbeit geleistet und enorme Schneemengen auf die Landschaft geschüttelt. Der Schnee reicht mir inzwischen über die Schultern und jeden Morgen, an dem es munter schneit, gehört es zu meinen Aufgaben, den Brunnen vom Schnee zu befreien und einen Gang durch die Schneemauer unter den beiden Dachtraufen freizuschaufeln, um das Haus verlassen zu können.

Die scharfen Konturen der Bäume, Büsche und Felsblöcke haben sich komplett verändert. Ihre Kanten und Spitzen wurden wie mit einem weißen Weichzeichner nahezu eingeebnet und sind zu geschmeidigen weißen Hügeln geworden. Der Wintereinbruch wird von eisigen Temperaturen begleitet. Nachts rutscht das Thermometer auf minus fünfzehn Grad, tagsüber steigt es gerade mal um acht Grad an.

Die Landschaft wirkt weich und harmlos, obwohl die immensen Schneemassen ganz und gar nicht ungefährlich sind.

Über die Schweizer Naturgefahren-App erfahre ich, dass für die gesamte Region allerhöchste Lawinengefahr besteht.

Wahnsinn, wie viel Schnee hier liegt: Noch nie habe ich so etwas gesehen, geschweige denn erlebt.

Überall um die Hütte herum ist nur reinstes Weiß zu sehen. Mit dem Meterstab messe ich die Schneehöhe und lese 1,8 Meter ab. Das kalte Weiß übertrifft meine Körpergröße um fünf Zentimeter. Das muss man sich mal vorstellen!

Inzwischen haben sich die Schneemassen, die vom Dach abgerutscht sind, am Ausgang vom überdachten Vorplatz so hoch aufgetürmt, dass eine nahezu durchgehende Wand vom Boden bis zur Traufe entstanden ist. Ich habe einen Ausgang hindurch gegraben, denn Flocke und ich möchten schließlich nach draußen.

Täglich machen wir kleine Schneeschuhspaziergänge auf lawinensicherem Terrain. Jeden Tag drehen wir dieselbe Runde und so hat sich inzwischen eine, auch für Flocke gut begehbare, trittsichere Spur gebildet, die sich einer Schneise gleich, in den hohen Schnee gegraben hat. Die nutzt Flocke auch für seine morgendliche und abendliche Gassi-Runde. Er könnte sich außerhalb dieser Schneise im hohen Schnee nicht bewegen.

Ich frage mich, wie die Wildtiere vorwärtskommen. Nur die stärksten von ihnen werden den harten Winter überleben.

Hinterm Haus hat sich unter der Dachtraufe ebenfalls eine mächtige Schneemauer aufgetürmt, doch ist der Abstand vom Dach zum Boden hier deutlich größer, sodass die Sicht nach draußen noch einigermaßen frei ist. Die Treppe und den Relaxplatz für Flocke und mich muss ich regelmäßig freischaufeln, um nach draußen zu gelangen und an sonnigen Tagen das Solarpanel sowie meinen Stuhl in den Schnee stellen zu können.

Heiligabend beschenkt mich mit herrlicher Wintersonne. Die kurze Zeit, in der sie auf die Hütte trifft, liege ich im Liegestuhl hinterm Haus und genieße ihre Strahlkraft. Flocke leistet mir Gesellschaft. Die endlos scheinenden Schneeflächen glitzern und funkeln im hellen Sonnenlicht. Je länger ich sie betrachte, umso mehr verschwimmt mein Blick und jegliche Konturen lösen sich auf. Sieht so Schneeblindheit aus?

Ich kann mir gut vorstellen, wie leicht man vom Weg abkommen kann, wenn man in einer solchen Schneewüste zu Fuß unterwegs ist.

Am Abend verschicke ich Nachrichten an Verwandte und Bekannte, um ihnen frohe Festtage und alles Gute für den Jahreswechsel zu wünschen. Das war's dann für mich auch schon mit den Weihnachtszeremonien.

Der erste Weihnachtsfeiertag beginnt sonnig aber sehr stürmisch. Orkanartige Böen peitschen mit hoher Geschwindigkeit in die Winterlandschaft hinein und verändern sie kontinuierlich. Der Pulverschnee verhält sich im Sturm wie Treibsand in der Wüste. Er entwickelt funkelnde Wanderdünen, die ständig in Bewegung sind, als würden sie von unsichtbarer Hand bewegt. Gebannt von diesem faszinierenden Schauspiel, sitze ich im warmen Wohnzimmer und kann den Blick nicht abwenden. Der Wind gräbt tiefe Furchen in das strahlend weiße Dünenmeer, um sie andernorts wieder aufzutürmen.

Gegen Nachmittag schieben sich mit den Sturmböen immer mehr Wolken ins Tal und es wird merklich milder draußen.

Föhn setzt ein. Der Schnee verliert sein betörendes Glitzern. Nach seinem wilden Tanz mit dem immer wärmer werdenden Wind wirkt er nun müde und matt. Erschöpft sinkt er in sich zusammen.

Der Vorhang aus dunklen Wolken, der inzwischen auch die Hütte umhüllt, wird zusehends dichter und am Abend kommt Regen auf.

Den zweiten Weihnachtsfeiertag verbringe ich in düsterem Grau, als habe es den Zauber des Vortags nie gegeben. Ununterbrochen fällt starker Regen. Weder Berge noch das Tal sind zu sehen.

Die Temperatur ist auf sieben Grad angestiegen und selbst nachts liegt sie im frostfreien Bereich.

„Das miese Wetter hat auch etwas Positives", sage ich mir und nutze die einsetzende „Wärme", um die Kälte aus der Küche zu vertreiben. Sie war nach der arktischen Periode trotz der Wassertopf-Heizung auf drei Grad abgekühlt.

Ich öffne die Küchenfenster und die Tür zum Ausguck. Und siehe da, man spürt deutlich wie die Kühle nach draußen entweicht und wärmere Luft hereinströmt. Im Stall vollziehe ich dasselbe Prozedere, gewähre den warmen Luftmassen Durchzug, denn auch hier war es im Laufe der vergangenen Woche empfindlich kalt geworden.

Währenddessen schließe ich den Wasserschlauch an den Verteiler am Brunnen an, um das Stall-Bad wieder mit fließendem Wasser zu versorgen.

Flocke ist schlecht gelaunt. Er mag keinen Regen und schon gar nicht, wenn er sich am schneebedeckten Boden zu glibberigem Matsch entwickelt. Missmutig dreht er eine kurze Runde, um sein Geschäft zu verrichten und dann rasch zurückzukommen und Futter sowie Streicheleinheiten abzuholen. Lange und intensiv kraule ich die schlechte Laune aus ihm heraus, bis er beschließt, sich auf seinen Platz in der Küche zu verkrümeln und ein Verdauungsschläfchen zu halten.

Der warme Regen frisst den Schnee zusehends auf. Schon nach einem Tag ragen die Spitzen der kleinen Tännchen, Felsen und Büsche bereits wieder aus den weißen Wellen hervor, in denen sie tagelang versunken waren. Die Äste der Tannen entledigen sich mit einem Ruck ihrer zu schwer gewordenen, weißen Gewänder, um dann erleichtert nachzuschwingen.

Nach nur drei Tagen Dauerregen ist der Schnee auf ein Häufchen Elend zusammengeschrumpft. Die erneute Messung der Schneehöhe ergibt gerade mal fünfzig Zentimeter.

Schade. Die Landschaft rings um die Hütte hatte sich in einen Wintertraum verzaubert, aus dem es nun aufzuwachen gilt. Wenigstens haben es die Wildtiere jetzt wieder etwas leichter bei der Nahrungssuche. Sie taten mir wirklich leid.

Der viele Regen in Verbindung mit dem geschmolzenen Schnee beschert mir wieder einmal ein Bächlein, das die hintere Ecke des Stalls durchquert, um draußen seinen Weg talwärts fortzusetzen.

Nach weiteren zwei Tagen ununterbrochenen Regnens hat Petrus sich offenbar beruhigt und füllt die Kübel, die er zuvor die ganze Zeit über vom Himmel geschüttet hatte, nicht mehr nach.

Ich breche mit Flocke auf, um im Wald nach Sturm- und Schneebruchholz für mein Brennstofflager zu suchen. Zufrieden, mit sechs langen, armdicken Ästen im Schlepptau, komme ich zurück.

Flocke verbringt nun wieder die meiste Zeit des Tages im Freien, um sein Revier und mich zu bewachen. Nun, da der Schnee weitgehend in sich zusammengefallen ist, hat er wieder den Überblick über das Gelände.

An Silvester ist der Himmel wolkenverhangen. Nach wie vor ist es sehr mild draußen. Die warme Luft lässt den Schnee weiter schmelzen. Ich wandere mit Flocke hinab ins Dorf, um vitaminreiche Kost, sowie Raclettekäse und Kartoffeln für den heutigen Silvesterabend zu besorgen.

Beim Einkaufen begegne ich Claire und Louis. Sie haben nur kurz Zeit, mir von ihrem vierwöchigen Urlaub im Süden zu berichten, denn sie haben Freunde zur Silvesterparty eingeladen und noch allerlei vorzubereiten.

Etwas verlegen, mich nicht auf die Gästeliste gesetzt zu haben, laden sie mich spontan zur Party ein, doch ich lehne dankend ab. Mitten in der Nacht müsste ich zur Hütte zurückwandern und würde diese dann komplett ausgekühlt vorfinden, weil kein Holz nachgelegt wurde. Ich wünsche den beiden viel Spaß und lade sie zu Espresso und Kuchen bei mir in der Hütte ein, sobald die Witterungsverhältnisse zum Aufstieg locken.

Bevor ich den Rückweg antrete, genehmige ich mir zum Jahresabschluss noch den üblichen Cappuccino samt Croissant im voll besetzten Café neben der Kirche.

Im Dorf herrscht hektisches Treiben. Man merkt, dass der Skitourismus nun voll im Gange ist. Überall hetzen Menschen von einem Geschäft zum anderen, als seien sie auf der Flucht. Es überrascht mich immer wieder, welchem Stress sich so viele meiner Artgenossen an den Feiertagen aussetzen, anstatt diese friedvolle Zeit entspannt zu genießen und Kraft zu tanken.

Froh, wieder meine Ruhe zu haben, komme ich voll bepackt in meinem Bergdomizil an. Auch Flocke wirkt hier oben deutlich fröhlicher und ausgelassener.

Am Abend genieße ich in der Abgeschiedenheit der Bergwelt den herrlichen Raclettekäse und gönne mir ein Glas Weißwein dazu. Da ein elektrisches Raclettegerät sehr viel Strom braucht, benutze ich eines, das lediglich mit vier Teelichtern beheizt wird und hervorragend funktioniert.

Hier in der Gegend wird der Raclettekäse traditionell als halbierter Käselaib am Feuer erhitzt, um dann aus der Rinde heraus auf die Kartoffeln geschabt zu werden. Für mich alleine ist diese Methode nicht tauglich und überdies zu unhandlich.

Während der Käse im Pfännchen über den Teelichtern vor sich hin schmilzt, tauchen die flackernden Kerzen, die ich angezündet habe, alles ringsum in warmes, heimeliges Licht und verbreiten eine festliche Stimmung. Ich bin ausgesprochen glücklich und rundum zufrieden mit dem vergangenen Jahr und mir selbst. Einen solch entspannten Silvesterabend habe ich bisher noch nie erlebt. Für das neue Jahr wünsche ich mir, es möge so gut beginnen, wie das nun Ausklingende endet.

Kurz vor Mitternacht rufe ich meinen Mann an und wir unterhalten uns vom alten ins neue Jahr hinein. Er fehlt mir sehr. Einen geliebten Menschen zu vermissen kann aber auch ein gutes Gefühl sein, denn man ist sich der Liebe, Zuneigung und Vertrautheit bewusst, die einen verbindet und die nun, in der Entfernung, fehlt.

Um Mitternacht bricht unten im Dorf das Neujahrsgetöse von Böllern und Raketen los. Dass mir dichte Wolken den Blick verwehren, bedaure ich nicht im Geringsten, denn ich war noch nie ein Freund dieser Art des Feierns. Wenn's nach mir ginge, könnte das in Feuerwerkskörper investierte Geld für wohltätige Zwecke eingesetzt werden und damit lang anhaltendere Freude bereiten als für diesen kurzen Augenblick. Flocke gehört zum Glück nicht zu den Hunden, die sich vor dem Geräusch von Böllern fürchten. Zufrieden liegt er zu meinen Füßen und teilt die feierliche Hüttenstimmung mit mir.

Der Neujahrsmorgen bringt nichts Neues. Das Wetter begrüßt das neue Jahr so mild, wie es sich vom alten verabschiedet hat. Der Himmel ist wolkenverhangen, rings um mich herum ist alles in einen grauen, blickdichten Schleier gehüllt, der Berg und Tal hinter sich verbirgt.

Murenabgang

Der Abend des Neujahrstages bringt Regen. Der Himmel öffnet wieder einmal alle Schleusen und der nicht enden wollende Niederschlag reißt drei Tage lang nicht ab.

Die Schneemassen sind derweil vollständig verschwunden. Niemals hätte ich geglaubt, dass Schnee, der fast zwei Meter hoch liegt, sich innerhalb so kurzer Zeit in Wasser auflösen kann. Lediglich von den hoch aufgetürmten weißen Mauern unter den Dachtraufen ist noch ein kleines Mäuerchen übrig, das dem warmen Regen zu trotzen versucht.

Am nächsten Morgen reißt urplötzlich die Wolkenwand auf. Der Himmel scheint seine letzten Tränen vorerst vergossen zu haben.

Als ich Flocke ins Freie lasse und mich am Brunnen wasche, vernehme ich vom Dorf her erneut dieses furchterregende Grollen, das beim Abgang der Schlammlawine zu mir heraufgedrungen war.

Blitzartig drehe ich mich um und werde Augenzeuge, wie sich eine Geröll- und Schlammlawine von ganz oben am gegenüberliegenden Bergkamm aus, ihren Weg ins Tal sucht.

Dieses Mal ist es ein anderes Gebirgsbächlein, das sich in eine reißende Mure verwandelt hat, die auf ihrem Weg immer größer und mächtiger wird. Gebannt und fassungslos folgt mein Blick ihrem Lauf, der dieses Mal zum Glück nicht durchs Dorf, sondern linker Hand vorbei bis hin zu einer flachen Talsohle führt. Mit voller Wucht rauschen die Schlamm- und Geröllmassen in sie hinein, bis ihnen eine Felswand Einhalt gebietet. Mir stockt der Atem!

Schon nach kurzer Zeit ertönen wieder unzählige Sirenen. Flocke ist fasziniert und stimmt einen Kanon mit ihnen an. Er ahnt nichts vom Unheil im Tal. Von überall her nähern sich Fahrzeuge und Menschen den Schlammmassen, denen die Talsohle zum Opfer gefallen ist.

„Berge und Klima schlagen zurück", zuckt es durch meine Gedanken. Das Jahr fängt nicht gut an. Betroffen schaue ich ins Tal. Zum Glück stehen dort, wo das Monster aufgetroffen ist, keine Häuser.

Flocke, der inzwischen von seiner Morgenrunde zurück ist, entreißt mich der negativen Gedanken und erinnert mich daran, endlich die Futterdose zu öffnen und seinen Napf zu füllen. Die Situation im Tal interessiert ihn nicht. Er hat Hunger.

Die nächsten Tage bleiben trocken und mild. Nun, da sie schnee- und eisfrei ist, mache ich einen Kontrollgang zur Wasserentnahmestelle. Angesichts des nassgesogenen Bodens nehme ich den deutlich weiteren Weg in Kauf. Die Gefahr, mitsamt der übersättigten Erde bergab zu rutschen, ist beim Begehen des üblichen Pfads zu groß.

Es war die richtige Entscheidung, nach dem Wasser zu schauen, denn nach dem vielen Regen und der Schneeschmelze ist es wieder höchste Zeit, Wasserzulauf, Sieb und Behälter gründlich zu reinigen.

Die erste Januarhälfte bleibt unverändert mild und verhangen. Nur selten gewähren Nebel und Wolken mir den Blick auf die Berge ringsum. In den wenigen Momenten, in denen sie kurz aufreißen und ich ins Tal blicken kann, sehe ich, wie man auf Hochtouren bemüht ist, die Schäden des Murenabgangs zu beseitigen.

Ach, wie gut es mir hier oben geht. Selbst die trübe Zeit kann ich in vollen Zügen genießen, denn sie gibt mir ein Gefühl des Eingehüllt-Seins und verstärkt dadurch das der Abgeschiedenheit, das ich so sehr liebe.

Ich wandere ins Tal und wünsche Natalie und François nachträglich alles Gute für das neue Jahr. Sie berichten mir von der neuerlichen Schlammlawine und ihrem Entsetzen über die Naturgewalten, die so kurz hintereinander das Dorf heimgesucht haben. Der Hof der beiden ist zwar verschont geblieben, denn er liegt am Fuße des Bergmassivs, auf dem sich auch die Hütte befindet. Dennoch sind sie besorgt um ihr Anwesen und die dazugehörenden Ländereien.

„Die ganze Landschaft ist viel zu nass und wie ein Schwamm vollgesogen vom vielen Regen und geschmolzenen Schnee", erklären sie mir. „Muren und Lawinen gehören hier in den Bergen zur Normalität", sagt François, „nicht aber in dieser Intensität und Häufigkeit."

Als ich aufbreche, packt mir Natalie, wie meist, frische Eier und selbst gebackenes Brot obenauf in meinen Rucksack, den ich heute ausschließlich mit frischem Obst und Gemüse beladen habe. Wer weiß, wann wieder Schnee fällt und das Hinauftragen schwierig wird. Auch Flocke nimmt wieder ein paar Dosen Futter im Rucksäckchen mit.

Wie immer ist es auch diesmal wieder eine Freude, in der gemütlichen Atmosphäre der Hütte anzukommen und Ruhe zu finden.

Mitte Januar kehrt der Winter zurück und hat neben Schnee auch eisige Temperaturen dabei. Ich stelle das Badezimmer wieder auf Winterbetrieb um, indem ich den Wasserschlauch außer Betrieb setze und das WC mit Decken einwickle. Das geht inzwischen ruckzuck und stellt keinen großen Aufwand dar.

Die Rückkehr des Winters zeigt sich, vergleichsweise zu den immensen Schneefällen des Dezembers, als sehr angenehm.

Einen Tag lang rieselt feinster Pulverschnee vom Himmel und verleiht der Landschaft ringsum ein wunderschönes, nur fünfzehn Zentimeter dickes Wintergewand.

Dann schiebt sich die Sonne in einen außerordentlich blauen Himmel hinein und zaubert kristallines Glitzern in den Schnee. Wie sehr ich diese Momente liebe!

In den Nächten schneit es ab und zu ein wenig und am Morgen haben sich die Schneewolken bereits wieder verzogen, um der Wintersonne Platz am Firmament zu machen.

Ringsum bin ich vom Glitzern, Funkeln und dem Blau des

Himmels umgeben. „So müssen Wintermärchen entstanden sein!", sage ich zu Flocke, der die Spuren der Wildtiere im Schnee untersucht.

Wir unternehmen großartige Wanderungen und setzen uns danach hinters Haus, lassen unsere Bergseelen baumeln und genießen das Leben.

Erhaben, ohne mit den Flügeln zu schlagen, zieht der Steinadler seine Kreise am stahlblauen Winterhimmel. Was gibt es Schöneres!

Hiobsbotschaft

Vor Beginn des Hüttenjahres hatte ich mit all meinen Bekannten und Verwandten vereinbart, nur im Notfall zu telefonie-
ren. Das Gefühl ständiger Erreichbarkeit und der Notwendigkeit, Telefonate zu führen, würde mir das Gefühl der Abgeschiedenheit rauben. Die Zeit auf dem Berg ist in erster Linie
für mich und Flocke bestimmt.

Mein Mann ist hiervon ausgenommen. Er ist der Einzige, mit
dem ich täglich zur selben Uhrzeit telefoniere und ich freue
mich jedes Mal auf die Telefonate mit ihm.

Umso erstaunter bin ich, als Ende Januar kurz vor Tagesanbruch mein Handy klingelt. Ich gehe ran und höre Claire völlig aufgelöst schluchzen. „Etwas Furchtbares ist passiert",
sagt sie und weint.

Als sie wieder in der Lage ist, zu sprechen, erzählt sie mir,
dass Louis vor drei Tagen einen Schlaganfall erlitten habe
und nun halbseitig gelähmt im Krankenhaus liege. Sie sei völlig am Boden zerstört und wisse nicht, wie alles weitergehen
solle. Wieder schluchzt und weint sie.

Nahezu den gesamten Tag verbringe sie damit, an Louis' Bett
im Krankenhaus zu sitzen. Um Coco, die angesichts der Ver-
änderung völlig verunsichert sei, könne sie sich nicht mehr
kümmern. Sie gehe morgens und abends nur ganz kurz mit
ihr raus, und lasse sie dann den ganzen Tag zu Hause, um
möglichst viel Zeit an der Seite ihres kranken Mannes verbringen zu können.

Claire fleht mich an, Coco abzuholen und zu mir zu nehmen.
„Ich habe sonst niemanden, der sich um die Hündin küm-
mert", erklärt sie mir. Als sie mir mitteilt, sie müsse sich sonst
von ihr trennen und sie ins Tierheim bringen, wird ihre
Stimme erneut von heftigem Schluchzen unterbrochen.

Sie versichert mir, dass sie Coco wieder bei mir abhole, sobald es Louis besser gehe und er nach Hause komme.

Ich bin erschüttert von diesen Nachrichten, ringe nach Worten und sage Claire zu, mich umgehend auf den Weg zu machen, um Coco bei ihr abzuholen und mit zur Hütte zu nehmen. Jetzt weint sie ununterbrochen, diesmal vor Erleichterung, eine Lösung für ihre Hündin gefunden zu haben. Ich kann sie gut verstehen. Per WhatsApp sendet sie mir ihre Adresse, die mir bisher unbekannt war, hatten wir uns doch stets im Dorf oder bei mir in der Hütte getroffen.

Schnellen Schrittes marschieren Flocke und ich ins Tal, holen das Auto und fahren los. Die Fahrt dauert eine Stunde. Unterwegs rufe ich meinen Mann an und erzähle ihm von den Vorkommnissen und der Eventualität, dass Coco eine Weile bei uns leben wird. Er meint, ich solle sie auf jeden Fall zu mir nehmen. „Wir können weder Claire und Louis, noch Coco im Stich lassen. Dann hat Flocke ab sofort eine Partnerin. Tut ihm sicher ganz gut", sagt er.

Als ich bei Claire ankomme, treffe ich sie völlig aufgelöst und am ganzen Leib zitternd an. Coco ist nervös und verwirrt. So habe ich sie noch nie erlebt. Sie freut sich nicht einmal über den Besuch ihres geliebten Kumpels Flocke. Stattdessen hält sie Wache neben Frauchen und drückt die Schnauze in ihre Hand. Claire hat Cocos Hundesachen bereits zusammengepackt: Decke, Fressnapf, Spielzeug, Leckerli und Futter für mehrere Wochen. Als sie auch noch den Impfpass dazulegt, wird mir klar, dass Flockes Freundin vermutlich für längere Zeit bei uns bleiben wird.

Claire drängt. Sie möchte ins Krankenhaus zu Louis. Schnell verstaue ich alles im Auto. Sie zieht Coco das Halsband an, befestigt die Leine daran und übergibt mir die Hündin an der Haustür. Wortlos geht sie zurück ins Haus. Sie schafft es nicht, sich zu verabschieden, nicht einmal, sich umzudrehen. Zu groß ist ihr Schmerz. Das sind Situationen, in denen es schwierig ist, das Richtige zu tun oder zu sagen.

Ich rufe ihr nach, dass ich ihr viel Kraft wünsche und Coco si-cher bald zu ihr und Herrchen zurückkehren kann. Ob sie meine Worte wahrgenommen hat, weiß ich nicht.

Mein Bauchgefühl sagt mir indes, dass die Hündin nicht mehr zu ihr zurückkehren wird.

Coco winselt die ganze Fahrt über. Obwohl sie ein sehr folg-samer Hund ist, lasse ich sie während des Aufstiegs zur Hütte nicht von der Leine, denn ich fürchte, sie rennt vor Verwir-rung und Heimweh hinab ins Tal.

Die Sonne lacht uns zu, als wolle sie uns trösten, doch das gelingt ihr ausnahmsweise nicht. Noch immer sind die Ge-schehnisse zu belastend.

Es dauert zehn Tage lang, bis Coco sich bei uns eingewöhnt und das Warten an der Eingangstür beendet hat. Ihre Freude und Lebhaftigkeit, die einer tiefen Trauer gewichen waren, kehren allmählich zurück und Flocke schafft es immer öfter, sie zum Spielen aufzufordern. Jetzt frisst sie auch wieder ganz normal, nachdem sie vier Tage lang so gut wie nichts zu sich genommen hatte und immer dünner wurde. Flocke und ich haben mit ihr gelitten.

Inzwischen ist noch mehr Schnee gefallen. Die Schneehöhe lässt es aber gerade noch zu, ohne Schneeschuhe wandern zu können. Sonne und Pulverschnee scheinen Coco zuse-hends aufzumuntern. Mich auch - und Flocke sowieso.

Von Claire habe ich nichts mehr gehört oder gelesen. Sie hat sich völlig zurückgezogen und lässt meine Nachrichten per WhatsApp unbeantwortet. Kein gutes Zeichen. Hin und wie-der schicke ich ihr ein Foto von Flocke und Coco, damit sie sieht, dass sie sich um ihre Hündin keine Sorgen zu machen braucht.

Mein Hüttenjahr geht weiter. So traurig die Sache mit Louis ist, darf ich die wertvolle Zeit auf dem Berg nicht mit Trauer und Niedergeschlagenheit verbringen. Das hilft niemandem weiter.

Der Februar zeigt sich als sehr kalter, aber traumhafter Wintermonat. Wetter und Landschaft sind weitaus schöner, als ich es je in Urlaubsprospekten oder Fernsehdokus gesehen habe. Ich hätte mir nicht träumen lassen, eine derart herrliche Winterzeit zu erleben.

Ringsumher glitzert und funkelt der Schnee. Die Sonne wärmt mittlerweile ganz ordentlich und die Tage sind schon spürbar länger geworden. Die Hütte liegt derzeit über vier Stunden lang im sonnenverzauberten Weiß. Erste Vögel beginnen in Vorfreude auf den nahenden Frühling bereits zu balzen.

Gäbe es nur dieses traurige Ereignis mit Louis nicht. Wenn ich daran denke, trübt sich mein Wintermärchen-Hochgefühl.

In solchen Momenten gehe ich ins Zwiegespräch mit mir, sage mir, dass ich die negativen Gedanken vorbeiziehen lassen muss. Letztendlich bin ich nicht in der Lage, Claires Situation zu ändern und es hilft niemandem, wenn ich mich davon zu stark herunterziehen lasse.

Ich beobachte Coco und beschließe, sie mir als Vorbild zu nehmen: Fröhlich und zufrieden tobt sie mit Flocke durch den Schnee, als hätte es ihr bisheriges Leben bei Claire und Louis nicht gegeben. Keine Spur mehr von Trauer oder Niedergeschlagenheit. Hunde scheinen schneller zu vergessen. Man sagt ihnen nach, sie lebten im Hier und Jetzt. Es sieht ganz danach aus, dass dem so ist. Aber vielleicht akzeptieren sie ganz einfach die Dinge, die sie nicht ändern können, und arrangieren sich mit ihnen. Wer weiß. Wahrscheinlich machen sie sich einfach nicht so viele Gedanken wie wir Menschen.

Mit meinem kleinen Rudel mache ich herrliche Schneewanderungen auf lawinensicherem Terrain und breche hin und wieder zu einer Versorgungstour auf.

Das Hundefutter für Coco ist schnell bergauf getragen. Die zierliche Hundedame frisst nur ein Drittel dessen, was Flocke verdrückt.

Der Besitzer des Cafés neben der Kirche ist erstaunt, mich bei meiner Einkehr mit Coco im Schlepptau zu sehen, freut sich aber, dass sie bei mir Unterschlupf gefunden hat. Als Gastronom ist er über alle Geschehnisse im Dorf bestens informiert und daher war ihm selbstverständlich schon bekannt, dass Louis einen Schlaganfall erlitten hatte. Er erzählt, dass Claire ihr Ferienhaus einer Maklerin zum Verkauf übergeben habe und es schon zahlreiche Interessenten gebe.

Ich bin völlig baff. Warum hat Claire mir das nicht mitgeteilt? Das bedeutet immerhin, dass sie zukünftig nicht mehr ins Dorf kommen wird. Auf meine Nachrichten hat sie nie geantwortet. An Coco scheint sie auch nicht mehr interessiert zu sein. Zugegebenermaßen bin ich ziemlich enttäuscht darüber, vom Cafébesitzer anstatt von ihr über den Hausverkauf informiert worden zu sein. Es sieht ganz danach aus, dass Coco dauerhaft zu uns gehören wird. Gut so.

Trotz der traumhaften Wintersonne, die uns bergauf begleitet, kann ich den Aufstieg nicht genießen, weil die Enttäuschung über Claires Verhalten sich in meine Gedanken frisst. Zurück in der Hütte, erhalten Flocke und seine Freundin eine Extraportion Streicheleinheiten und getrocknete Schweineohren, die ich im Dorf für sie gekauft hatte.

Mit jedem neuen, sagenhaft schönen Wintertag schwindet die Enttäuschung über Claires Verhalten. Sie wird ihre Gründe haben und das muss ich nun einfach akzeptieren. Warum sollte ich mir die wunderbare Zeit hier oben vermiesen lassen. Also beschließe ich, es den Hunden gleichzutun und im Hier und Jetzt zu leben.

Wir genießen tagtäglich das traumhafte Winterwetter und freuen uns auf den nahenden Frühling.

Warten

Das Warten auf den Frühling zieht sich in die Länge, denn der März hat allerlei Wetterkapriolen im Gepäck. Von starkem Schneefall über nicht enden wollende Regengüsse, Orkanböen und Sonnenschein ist während der ersten drei Märzwochen alles dabei. Das macht mir nichts aus, denn nach so einem phänomenalen Februar, der mir fast durchgehend Sonnenschein vom Feinsten geschenkt hat, musste ja irgendwann ein Wetterwechsel kommen.

In wenigen Wochen geht mein Hüttenjahr zu Ende. Es fällt mir schwer, zu glauben, schon so lange hier zu sein. Die Zeit ist regelrecht verflogen. Manchmal schneller, manchmal langsamer, aber definitiv immer zu schnell.

Der Kontrollblick in mein Vorrats- und Holzlager zeigt, dass ich bestens geplant hatte und ein ansehnlicher Überhang vorhanden ist. Versorgungstouren sind also nur noch erforderlich, wenn mir nach frischen Lebensmitteln oder besonderen Leckereien gelüstet.

Holz müsste ich auch keines mehr sammeln, aber ich kann es einfach nicht lassen, herumliegende Äste zur Hütte zu bringen und einzulagern. Wäre ja schade drum.

Trotz des wechselhaften Wetters geht es meinen Vierbeinern und mir blendend.

Von Claire habe ich all die Zeit über nichts mehr gehört. Schade, dass sie mich im Ungewissen lässt, aber ich nehme das so hin. Es bleibt mir nichts anderes übrig. Flocke und ich möchten Coco nicht mehr missen. Sie ist eine echte Bereicherung unseres Hüttenlebens. Wir würden sie nicht mehr hergeben wollen.

Mittlerweile sind die Tage länger geworden. Mit dem Plus an Tageslicht hat die Kreativität Einzug gehalten. Nach der täglichen Wanderung zeichne und schreinere ich immer öfter. Für das Stall-Bad habe ich ein Regal gebaut, auf dem allerlei

Dinge Platz finden. An der Unterseite habe ich Haken einge-
schraubt, die sich für Waschhandschuhe und sonstiges, das
es aufzuhängen gilt, eignen. Die Wände aus Stoff habe ich
zwischenzeitlich nach und nach mit Holzlatten verstärkt, sodass das Ganze nun wie ein richtiges Zimmer aussieht.
Auf das Stall-Bad bin ich mächtig stolz. Es ist wirklich etwas
Besonderes und hat mir das Hüttenjahr enorm erleichtert.

In der letzten Märzwoche setzt starker Regen ein und das
gleich vier Tage lang. Am zweiten Regentag sitze ich wieder
einmal auf dem Trockenen. Das überrascht mich nicht. Damit
hatte ich gerechnet. Vielmehr bin ich froh, bisher ohne
schwerwiegende Wasserausfälle oder nicht zu lösende Lei-
tungsprobleme über den Winter gekommen zu sein.
Wieder bringt mich das Wasserproblem, das sich dieses Mal
über zwei ganze Tage erstreckt, an meine physischen und
psychischen Grenzen.
Die Beschreibung der Problembehebung erspare ich Ihnen an
dieser Stelle. Sie mussten bereits zu oft die Schilderungen
dieses leidigen Themas lesen. Jetzt plätschert das kühle Nass
wieder munter in den Brunnen und meine Hüttenwelt ist in
Ordnung.
Der März endet sonnig und mild. Die Natur drängt dem Frühling entgegen. Dort, wo der Schnee weggeschmolzen ist,
sprießen zarte Grashalme ans Licht. Die ersten wilden Krokusse strecken mutig ihre noch geschlossenen Blüten zur
Sonne hin. Das ist ein riskantes Unterfangen, denn der Winter kommt hier bisweilen im Mai noch einmal in aller Heftig-
keit zu Besuch. Doch im Bestreben, den Frühling und die Be-
stäuber als erste zu begrüßen, lassen sie sich nicht beirren
und öffnen in der Mittagssonne tapfer ihre Blütenkelche.
Überall regt sich die Natur. Die Vögel fliegen geschäftig mit
Moos, Hundehaaren und sonstigem Nistmaterial durch den
warmen Frühlingshimmel und bauen an ihren kunstvollen

Nestern. Bald werden sie Eier legen und diese ausbrüten. Dann wird das Ende meines Hüttenjahres gekommen sein.

Abends kommt mittlerweile wieder Reh- und Hirschwild auf die Wiese hinterm Haus und tut sich an den jungen Kräutern gütlich. Ich bereite nun auch wieder die ersten köstlichen Wildkräutersalate zu. Jetzt beginnt die schönste Jahreszeit auf dem Berg. Fast bedaure ich, demnächst meine Bergzeit beenden und abreisen zu müssen.
Immer öfter ertappe ich mich beim Gedanken, eine Verlängerung in Betracht zu ziehen. Ich muss mich also entscheiden, wie es weitergehen soll. Mal sehen, was mein Mann dazu sagt. Beim abendlichen Telefonat sprechen wir darüber. Verständnisvoll wie er ist, findet er es in Ordnung, wenn ich noch etwas verlängere und er mich dann zum Abschluss meiner Hüttenzeit besuchen kommt. Toll - es geht weiter!

Verlängerung

Normalerweise würde ich den April bereits zu Hause verbringen, denn das geplante Jahr auf dem Berg hätte im ausklin-
genden März geendet. Mit meinem Mann habe ich vereinbart,
dass ich noch bis Ende Mai bleibe. Gut so, denn ich bin noch
nicht auf Abreise eingestellt.

„Der April macht, was er will." Diese Redewendung, die mir
seit der Kindheit immer wieder zu Ohren kommt, erweist sich
nun als wahr.

Die ersten Apriltage verwöhnen mich mit angenehm milden
Sonnentagen. Flocke, Coco und ich erkunden die Gegend und
saugen dabei den Duft des Frühlings intensiv in uns auf.

Nun, da der Schnee rund um die Hütte komplett verschwunden ist, mache ich mich daran, den Wassergraben hinterm
Haus mit dem Spaten nachzustechen. Diese schweißtreibende
Arbeit muss alle zwei Jahre erledigt werden, denn der Graben
transportiert Oberflächenwasser vom Gebäude weg und lenkt
es in Richtung Tal.

Das Wasser, das sich bei starkem Dauerregen im Erdreich an-
sammelt und einen Abstecher durch den Stall macht, kann er
jedoch nicht ableiten. Beim nächsten Besuch im Baumarkt
werde ich Drainagerohre kaufen und sie dort verlegen, wo
das Wasser durch den hinteren Teil des Hauses fließt.

Dadurch kann ich den Durchfluss kontrolliert unterirdisch ableiten.

Während ich am Wassergraben arbeite, jagen sich Flocke und
Coco gegenseitig über die Wiese. Es ist eine Freude, ihnen
dabei zuzusehen.

Mittlerweile steigen vereinzelt wieder Bergwanderer über den
Weg auf, der in der Nähe der Hütte vorbeiführt.

Mein vierbeiniges Wachpersonal verbellt sie mutig und signa-
lisiert ihnen, sich besser nicht dem Chalet zu nähern.

Wir lassen den Nachmittag auf dem Ausguck ausklingen, der inzwischen wieder von der Mittagssonne verwöhnt wird.

In den späten Abendstunden kommt böiger Wind auf, der in der Nacht deutlich an Fahrt zulegt und Kälte mitbringt. Die Sturmböen sind so heftig, dass die Hütte unter ihrer Wucht erzittert. Ich liebe diese Momente!

Am nächsten Morgen erwache ich bei starkem Schneetreiben. Der tot geglaubte Winter bäumt sich wieder auf und zeigt dem Frühling seine Reißzähne. Die Temperaturen sinken tagsüber in den Minusbereich. Unter der bereits entstandenen Schneedecke harren die Krokusse und Wiesenkräuter der Sonne, um ihre Kelche wieder öffnen zu können und Insekten anzulocken.

Es erstaunt mich immer wieder, wie gelassen die Natur mit derartigen Wintereinbrüchen im Frühling klarkommt. Man könnte meinen, sie lege sich unter der weißen Winter-Bettdecke, die der Himmel plötzlich über sie gelegt hat, nur kurz schlafen.

Wir Menschen sollten viel mehr von der Natur lernen, anstatt sie kontinuierlich zu zerstören.

Der April demonstriert drei Wochen lang seine Launenhaftigkeit: Mal schneit es, mal sticht die Sonne wie ein Schwert zwischen den Wolken hindurch, mal bleibt es trocken und dann regnet es wieder. An manchen Tagen spielt sich diese breite Wetterpalette kurz hintereinander ab.

Mein Rudel und ich nutzen die Zeit für Ausflüge ins Tal und das gegenüberliegende Bergmassiv. Die Spuren der beiden Schlamm- und Gerölllawinen sind nahezu behoben und feines Gras beginnt, die Reste der Verwüstung unter neuem Leben zu verstecken.

Von den Wiesen im Tal hört man bereits die ersten Kuhglocken. Das Vieh darf nun ins Freie. Nach der langen Zeit im Stall springen die Tiere freudig und übermütig über das saftige Grün. In zwei Monaten wird man sie auf die Almen im Gebirge treiben, wo sie die aromatischen Bergkräuter und die Kühle genießen dürfen.

An einem regenfreien Apriltag gehen wir wieder einmal ins Dorf. Bei der Einkehr im Café neben der Kirche erfahre ich, wie immer, sämtliche Neuigkeiten des Dorfgeschehens.

Der Besitzer will wissen, wie es mir da oben mit all dem Schnee und Regen ergangen ist. „Du wirst froh sein, endlich nach Hause fahren zu dürfen", sagt er.

Umso erstaunter ist er, dass ich das Hüttenjahr nach dem heftigen Winter um zwei Monate verlängern werde. Er schüttelt den Kopf. Vermutlich hält er mich für verrückt, aber das ist mir egal.

Von ihm erfahre ich, dass Louis kürzlich verstorben ist. Das Ferienhaus sei inzwischen verkauft worden.

Ich bin betroffen und zugleich verärgert. Zu groß ist meine Enttäuschung darüber, nichts mehr von Claire gehört zu haben, obwohl ich ihr immer wieder geschrieben hatte. Sie kann sich schließlich denken, dass ich im Café von den Vorkommnissen im Dorf erfahre. Ich hätte mir gewünscht, die Nachricht von Louis' Tod von ihr bekommen zu haben. Warum sie sich bei mir auch noch nie nach ihrer Hündin erkundigt hat, kann ich beim besten Willen nicht verstehen. Hat sie sie etwa schon vergessen?

Ich suche nach Fehlern, die ich ihr gegenüber gemacht haben könnte, aber ich finde keine. Wir hatten all die Monate seit unserem Kennenlernen ein sehr gutes Verhältnis zueinander und es gab keinerlei Zwistigkeiten zwischen uns. Die gemeinsamen Begegnungen waren jedes Mal eine Freude für Mensch und Hund. Schade. Sehr schade. Aber ich kanns nicht ändern.

Nach der Einkehr setzen wir unsere Tour fort und fahren zum Baumarkt, um die Drainagerohre und noch ein paar andere nützliche Werkzeuge und Materialien zu kaufen.

Schließlich gibt es in der Hütte immer etwas zu reparieren und zu basteln.

Die Wetterlaunen des Aprils halten jeden Morgen neue Überraschungen bereit. Das macht diesen Monat besonders interessant und irgendwie auch liebenswert. Man spürt regelrecht, wie er den Kampf mit dem Winter aufnimmt. Nachdem er sich drei Wochen lang ausgetobt hat, beruhigt sich der April im letzten Viertel und gibt sich dem Frühling hin, der nun immer mehr Raum einnimmt.

Meine Vierbeiner und ich verbringen jetzt täglich mehr Zeit im Freien. Die Sonne bringt ständig neue Pflänzchen zum Vorschein und an den Bäumen und Büschen wagen sich bereits erste zarte Blätter ans Tageslicht. Rings um die Hütte herrscht reges Treiben, zeigt sich Wachstum, erwacht die Natur zu neuem Leben. Man riecht, hört und sieht den Frühling kommen.

Unsere Wanderungen werden ausgedehnter, denn die Pfade bergaufwärts sind nun weitergehend eisfrei und begehbar. Dort wo große, verharschte Schneefelder die Wege kreuzen, drehen wir um und ändern unsere Richtung. Es ist mir zu gefährlich, sie zu überqueren und womöglich eine Lawine auszulösen. Bedauerlicherweise missachten unerfahrene Wanderer regelmäßig dieses Risiko und gefährden sowohl ihr eigenes, als auch das Leben anderer. Erst vor einigen Tagen konnte ich mit meinem „Fernseher" vom Ausguck aus beobachten, wie der Rettungshubschrauber einen verunglückten Bergwanderer aus einem Abhang bergen musste. Er war mitsamt einem gewaltigen Schneefeld abgerutscht.

Fast traue ich meinen Augen nicht, als Anfang Mai tatsächlich François und Natalie zu Besuch kommen. Ich hatte nicht mehr daran geglaubt, dass sie mich irgendwann besuchen würden. Umso größer ist nun meine Freude, sie bei mir willkommen zu heißen. Gespannt inspizieren sie das Innere der Hütte, die sie bisher nur von außen kannten.

François ist besonders an meinen Maßnahmen zur Mäuseabwehr interessiert, denn er zweifelt noch immer an deren Wirksamkeit. Das Ergebnis überrascht ihn ganz offensichtlich. Erfolglos sucht er alle Winkel der Wohnbereiche nach Mäusespuren ab.

Als er die Gitterschränke sieht, schlägt er augenzwinkernd vor, ich solle weitere Modelle anfertigen und anderen Hüttenbesitzern verkaufen. Vom Stall-Bad sind beide begeistert und sie gestehen mir, sich im Vorfeld meines Hüttenjahres des Öfteren gefragt zu haben, wie ich das mit dem Toiletten-Freigang den Winter über bewerkstelligen würde.

Bei Espresso und Kuchen verbringen wir einen herrlichen Nachmittag hinterm Haus. Ich begleite die beiden ein Stück Richtung Tal. Dass mein Auto noch eine Weile bei ihnen auf dem Gelände stehen bleibt, ist in Ordnung. François braucht den Stellplatz erst wieder im Juni, wenn er die landwirtschaftlichen Maschinen aus der Scheune holt und ins Freie stellt.

Bevor Mitte Mai mein Mann anreist, verlege ich das Drainagerohr im Stall, um alle anstehenden Arbeiten abgeschlossen zu haben.

Inzwischen ertappe ich mich immer häufiger dabei, wie ich über meine Zeit hier oben nachdenke. Klar, denn das Hüttenjahr wird trotz Verlängerung demnächst definitiv enden und ich kann nicht so recht einschätzen, wie es mir damit gehen wird. Was macht die Rückkehr nach Hause mit mir? Werde ich mit dem „normalen" Leben wieder klarkommen? All das treibt mich zusehends um.

Wären da nicht Flocke und Coco, die mich regelmäßig aus dem Grübeln reißen und mir ein Schmunzeln entlocken, würde ich die letzten Wochen auf dem Berg sicher weniger genießen.

Abschied

Mitte Mai kommt mein Mann für zwei Wochen zu Besuch. Er reist mit dem Zug an, damit wir gemeinsam im Auto nach Hause fahren können. Ich hole ihn am Bahnhof der nächstgelegenen größeren Stadt ab, damit er nicht zu viele Umstiege in Kauf nehmen muss.

Es tut gut, ihn nach so langer Zeit endlich in die Arme schließen zu können. Wie bei jedem Besuch dauert es anfangs eine Weile, bis wir uns wieder aneinander gewöhnen.

Da von vornherein klar war, dass er mich im Winter nicht besuchen wird, liegt sein letzter Hüttenbesuch immerhin schon über acht Monate zurück. Wie sehr ich ihn vermisst hatte, wird mir nun, da er bei mir ist, bewusster als während der Zeit ohne ihn.

Seit seinem letzten Hüttenaufenthalt im September ist so viel passiert, dass ich von den Geschehnissen zu stark beansprucht war, ihn zu vermissen: Das Kranksein, der unverhofft frühe Wintereinbruch, Dauerregen, Schlammlawinen. Und dann war er plötzlich da, der Winter mit seinen frostigen Temperaturen, dem Schnee und den erschwerten Lebensbedingungen. Dann ereignete sich Louis Schlaganfall, Coco zog bei uns ein und die Wasserversorgung brachte mich zwischendurch auch wieder einmal an meine Grenzen.

Jetzt ist mein Mann da und das ist sehr wohltuend. Auch Flocke ist glücklich, Herrchen wieder bei sich zu haben. Stolz präsentiert er ihm seine neue Lebensgefährtin Coco.

Sie fremdelt bei ihm noch etwas, denn sie hatte das neue Herrchen nur einmal gesehen, bei unserem Treffen mit Claire und Louis. Als sie merkt, wie sehr sich die allgemeine Stimmung durch seine Anwesenheit hebt, taut sie auf und gibt sich alle Mühe, sich bei ihm einzuschmeicheln.

Das klappt schnell und gut, sodass wir schon am ersten Abend ein harmonisches Viererrudel sind.

Petrus scheint sich ebenfalls mit uns zu freuen und beschert uns acht Tage Traumwetter: Sonne pur und außergewöhnliche, frühsommerliche Temperaturen.

Wir machen herrliche Wanderungen und Ausflüge. Manchmal faulenzen wir auch einfach nur hinterm Haus. Schließlich haben wir uns viel zu erzählen. Die Abende verbringen wir, wie üblich, auf dem Ausguck und beobachten das Geschehen im Dorf.

Am neunten Tag zeigt uns das Gebirge, dass es immer wieder mit neuen Überraschungen aufzuwarten hat. Bei heftigem Schneetreiben wachen wir auf. Frau Holle scheint ihre gesamte Federbett-Sammlung vor dem Sommer noch durchzulüften und über uns auszuschütteln. Die vielen bunten Bergwiesenblumen, die Farbtupfern gleich die Wiesen rund um die Hütte schmücken, haben die Blüten geschlossen und warten ab. Offenbar wissen sie mit solch extremen Wetterwechseln umzugehen.

Der Wintereinbruch ist von kurzer Dauer. Da der Boden durch die vorausgegangene Wärmeperiode bereits aufgewärmt wurde, schmilzt der Schnee umgehend, als würde das Erdreich ihn verschlucken. Lediglich die umliegenden Dreitausender überzieht er mit reinem Weiß.

Am Abend ist das Winterspektakel vorüber und der Schnee geht in Regen über. Und wie könnte es anders sein: Er entpuppt sich wieder einmal als Dauergast. So verbringen wir die letzten Tage meines verlängerten Hüttenjahres eingebettet in graue Wolken, aus denen der Regen hervorbricht. Es ist, als hätte jemand einen dunkelgrauen Vorhang rund um das Haus gezogen, um uns jeglichen Blick auf die Umgegend zu verwehren. Zu allem Überdruss versiegt am vorletzten Tag meiner Bergzeit auch noch das Wasser.

Bei strömendem Regen steigen wir auf und schaffen es, das Problem rasch zu lösen. Zu zweit geht alles einfacher und zudem bin ich inzwischen geübt in Sachen Wasserversorgung. Völlig durchnässt kommen wir zurück. Immerhin plätschert der Brunnen wieder.

Den letzten Hüttentag vor der Abreise nutzen wir, um Vorrats- und Wäscheschränke durchzusehen und zu ordnen.
Die vorhandenen Vorräte notieren wir auf einer Liste. Auf diese Weise wissen wir, was wir für den nächsten Urlaub benötigen und was schon vorhanden ist.
Am Abend vor unserer Abreise packen wir unsere Rucksäcke, um am nächsten Tag nicht mehr so viel erledigen zu müssen.

Nach mehrtägigem Regen fällt mir der Abschied vom Berg und von der Hütte nicht so schwer, wie ich es befürchtet hatte. Außerdem steht bereits fest, dass wir in fünf Wochen wieder hier sein werden, um einen ganzen Monat lang den Bergsommer zu genießen.
Am frühen Sonntagmorgen packen wir die noch verbliebenen, mitzunehmenden Sachen zusammen, räumen alles auf und putzen die Wohnräume durch. Da die bewohnten Zimmer nun mäusesicher sind, ersparen wir uns die mühsame Arbeit, alle Matratzen mit Ketten an die Decke zu hängen. Das war immer eine anstrengende, zugegebenermaßen lästige Prozedur. Auch das gesamte Bettzeug kann nun auf den Matratzen liegen bleiben und wird lediglich mit einem großen Leintuch abgedeckt, um nicht einzustauben.
Den Wasserschlauch zum Badezimmer entfernen wir, damit während unserer Abwesenheit niemand auf dumme Gedanken kommt und ihn womöglich beschädigt. Man kann ja nie wissen und Vorsicht ist bekanntermaßen besser als Nachsicht. Zum Schluss werden Kaminluke und Fensterläden geschlossen. Fertig.

Nach vierzehn Monaten endet meine Hüttenzeit jetzt definitiv. Als ich die Eingangstür verschließe, befällt mich dann doch mehr Wehmut als erwartet. Ich hatte eine spannende, herausfordernde, aber alles in allem eine wunderbare Zeit in der Abgeschiedenheit der Berge. Die schließt man nicht einfach so geschwind ab, wie die Eingangstür.

Begleitet vom ununterbrochenen Regen gehts bergab zum Auto. Von François und Natalie verabschieden wir uns nur kurz, denn sie haben im Moment viel zu tun und keine Zeit für lange Gespräche. Ich bedanke mich bei ihnen für ihre Herzlichkeit und all die Leckereien, mit denen sie mir das Hüttenjahr bereichert haben.

Coco springt ganz selbstverständlich in den Laderaum des Kombi und kuschelt sich eng an Flocke, als ob sie schon immer mit uns gereist wäre. Sie passt perfekt zu uns!

Die Heimreise verläuft reibungslos. Nach sechs Stunden Fahrt sind wir zu Hause.

Coco inspiziert gemeinsam mit Flocke ihr neues Zuhause. Ihre Schlafplätze, einen drinnen und einen im Freien unterm Vordach, richte ich direkt neben Flockes Plätzen ein.

Zum Ausklang gibt es noch ein Glas Rotwein im Garten. Unsere Bewacher bekommen Hundekekse als Entschädigung für die lange Fahrt.

Ein anstrengender Tag neigt sich dem Ende zu. Zum Nachdenken bleibt keine Zeit. Hundemüde schlafen nicht nur wir, sondern auch unsere Vierbeiner ein.

Daheim

Seit einer Woche bin ich wieder daheim. Im Vergleich zu Flocke und Coco, die den ganzen Tag im Garten umherstreifen, habe ich mich noch nicht eingelebt.

Zahlreiche Aufgaben und Abläufe, die vierzehn Monate lang meinen Tagesrhythmus bestimmt hatten, sind daheim weggefallen. Es gibt kein Holz zu beschaffen, keine Öfen zu füttern, kein Solarpanel ins Freie zu stellen. Versorgungstouren finden selten statt, und wenn doch, handelt es sich um Einkaufsfahrten.

Das Leben gestaltet sich wesentlich einfacher und unkomplizierter als auf dem Berg. Licht bekomme ich durch Kippen des Lichtschalters, warmes Wasser fließt aus dem Wasserhahn, die Toilette funktioniert, ohne sie im Winter in Wolldecken zu packen, fürs Putzen gibt es einen Staubsauger. Irgendwie funktioniert alles zu einfach. Das bin ich nicht mehr gewohnt und so fühle ich mich fast fremd im eigenen Zuhause.

Ich weiß noch nicht so recht, ob dieses unkompliziertere Leben das bessere ist.

Da ich ziemlich durcheinander bin, kann ich meine Gedanken und Empfindungen noch nicht ordnen. Ich beschließe, mir Zeit zu geben, um das Hüttenjahr erst dann zu reflektieren, wenn ich wieder voll und ganz daheim angekommen bin und sich der nötige Abstand eingestellt hat. Eine sachliche Betrachtung meiner Zeit im Gebirge ist erst möglich, wenn das Leben zu Hause wieder normal geworden ist und ich neutral auf beide Lebensweisen blicken kann. Ich werde mich gedanklich und emotional vorerst treiben lassen und mich bemühen, die beiden Lebensweisen so wenig wie möglich zu vergleichen.

Die täglichen Spaziergänge mit meinem Mann und den Hunden genieße ich sehr.

Besonders ungewohnt ist es, nach all der Zeit, in der mich die Wege stets bergauf und bergab führten, nun auf der Ebene oder bestenfalls sanften Hügeln zu wandern.

Flocke ist glücklich und zufrieden, sein altes Revier wieder erkunden und durch arbeitsames Markieren für sich beanspruchen zu können. Es sieht so aus, als mache es ihm großen Spaß, seiner Coco zu zeigen, wo sich ihr neues Leben an seiner Seite abspielen wird.

Ich bin froh, am Waldrand auf dem Lande zu wohnen. In einer Stadt zu leben, könnte ich nicht ertragen. Selbst nach den Besuchen im kleinen, beschaulichen Schweizer Dorf war ich jedes Mal erleichtert, in die Abgeschiedenheit der Hütte zurückkehren zu können und meine Ruhe zu haben.

Mitte Juni erhalte ich zu meinem großen Erstaunen eine knappe und emotionslose WhatsApp von Claire: „Lebe in Frankreich bei meiner Tochter. Louis ist tot. Wenn Du willst, kann ich Coco zu mir holen." Das war's. Nicht mehr und nicht weniger. Keine Grüße, kein Hallo, nur trockene, emotionslose Fakten. Die Nachricht bringt mich ganz schön durcheinander. Aus Enttäuschung, dass sie sich nie mehr bei mir gemeldet hatte, um nach ihrer Coco zu fragen, ließe ich die Nachricht am liebsten unbeantwortet, so wie sie all meine Zeilen ignoriert hatte.

Lange denke ich über Claire, Louis, Coco und unsere gemeinsame Zeit nach, versuche, mich in ihre schwierige Lage zu versetzen, diskutiere das Ganze mit meinem Mann und antworte ihr schließlich am darauffolgenden Tag: „Liebe Claire, es tut mir wirklich sehr leid, dass Louis tot ist. Unser aufrichtiges Beileid. Ich hoffe, Dir geht es gut bei Deiner Tochter. Coco ist glücklich bei Flocke und uns. Wir möchten sie behalten. Wäre das für Dich in Ordnung? Wir wünschen Dir alles Gute und grüßen Dich herzlich."

Schon nach wenigen Minuten bekomme ich eine Antwort, die kürzer nicht hätte sein können: „Ok", mehr nicht.

Wie es scheint, ist das Thema damit wohl für alle Beteiligten abgeschlossen. Schade. Wir hatten uns so gut verstanden. Aber ich bin froh, dass Coco bei uns ist und bleiben darf. Flocke auch.

Reflexionen

So. Nun bin ich lange genug, genauer gesagt, seit fünf Monaten zurück in Deutschland, um mit der erforderlichen Distanz
auf mein Bergjahr zurückzublicken und zu überlegen, was
diese Zeit mit mir gemacht hat. Zwischenzeitlich haben wir
drei herrliche Urlaube in der Hütte verbracht. Die kurzen Ur-
laubssequenzen dort sind natürlich nicht zu vergleichen mit
meinem langen Aufenthalt.
Wenn ich an die vierzehn Monate auf dem Berg zurückdenke,
durchströmt mich ein sehr gutes, wohliges Gefühl. Das bestätigt mir, dass es richtig war, den lang gehegten Wunsch ver-
wirklicht zu haben.

Rückblickend stelle ich mir zwei grundlegende Fragen:
Was habe ich auf dem Berg vermisst?
Was habe ich nicht vermisst?
Vermisst habe ich:
Meinen Mann – Badewanne - Sauna.
Hoppla! War's das etwa schon?
Tagelang habe ich mir über diese Frage den Kopf zerbrochen,
da es mir schwerfällt, zu glauben, nur meinen Mann, die Ba-
dewanne und die Sauna vermisst zu haben. „Da muss doch
noch mehr gewesen sein, das dir in der Abgeschiedenheit der
Berge gefehlt hat", sage ich mir.
Und so reflektiere ich wiederholt die Zeit auf dem Berg, doch
es fällt mir nichts Weiteres ein.
„Dann ist das einfache Leben auf dem Berg, in der Hütte, sich
auf die eigenen Fähigkeiten besinnend, dabei den Rhythmus
der Natur spürend, annehmend und lebend, also nahezu vollkommen?", frage ich mich.
Das wäre im Prinzip der Umkehrschluss aus der Erkenntnis,
dass mir weniger gefehlt hat als gedacht.

Immer tiefer versinke ich in diese Frage und merke, dass irgendwas nicht schlüssig ist. Es scheint mir zu banal, sie einfach zu bejahen.

Nach und nach werde ich mir ihrer Vielschichtigkeit bewusst.

Ich kann sie nicht bejahen, denn das Leben auf dem Berg in einfachsten Verhältnissen ist nicht nahezu vollkommen, nur weil mir lediglich mein Mann, die Badewanne und die Sauna fehlten.

Meinen Mann, also einen geliebten Menschen zu vermissen, lastet langfristig ganz gewaltig auf dem Gemüt. Für mich war die vorübergehende Trennung in Ordnung, weil wir es so vereinbart hatten und ich über einen fest umrissenen Zeitraum hinweg im Gebirge lebte.

Die Hüttenzeit war eine freiwillige, ganz bewusste Auszeit von der Normalität. Ich hätte jederzeit abreisen und in mein sicheres, bequemes Zuhause fahren können.

Die Monate im Gebirge konnte ich deshalb so genießen, weil es ein einzigartiges, freiwilliges, zeitlich begrenztes Projekt war, das sogar die Hintertür des Abbruchs beinhaltete.

Obwohl die Zeit auf dem Berg in jeder Hinsicht wichtig für mich war und ich keinen Tag dort oben missen möchte, komme ich zur Erkenntnis, dass diese Lebensweise, auf Dauer gesehen, nichts für mich wäre. Sähe ich mich aus der Not heraus zu einem langfristigen Leben in der Berghütte auf 1500 Metern gezwungen, würde ich es definitiv nicht als positiv empfinden.

Liegt es also daran, sich ganz bewusst eine Auszeit zu nehmen?

Eine Auszeit kann aber nie dauerhaft sein, denn sonst wäre es keine solche. Wäre meine Hüttenzeit dauerhafte Normalität, hätte ich möglicherweise eine Auszeit vom Bergleben angestrebt.

Das Geheimnis, eine gute Zeit zu haben, müsste also darin liegen, für eine klar umrissene Dauer, ganz bewusst die Alltagsroutine zu verlassen.

Deshalb fahren Menschen in den Urlaub. Sie verlassen ihren Alltag für kurze Zeit. Allerdings bringt das nicht immer den erhofften Erfolg, denn meist wird der tägliche Luxus im Urlaub weitergeführt oder gar übertroffen, wie es beispielsweise bei Kreuzfahrten der Fall ist.

Liegt das Geheimnis gar im Verzicht auf Luxus?

Ich frage mich, ob ich die Dinge, die ich nicht vermisst habe in Zukunft nicht mehr brauche. Was benötige ich, um glücklich und zufrieden zu leben? Wieder und wieder beschäftigt mich diese Frage. Ich beobachte meine Wünsche, mein Nutzerverhalten über Monate hinweg und reflektiere es.

Nach meiner Einschätzung trifft es nicht zu, dass man Dinge, die man eine gewisse Zeit lang nicht vermisst hat, nicht mehr braucht. Ich denke, es hängt sehr davon ab, auf welche Situationen und Lebensumstände man sich einstellt und einlässt. Hätte ich in der Hütte einen Fernseher gehabt, hätte ich ihn sicher hin und wieder benutzt. Eine Zentralheizung, die durch Bedienen des Thermostats wohlige Wärme in den Raum zaubert, hätte ich an manchen Tagen garantiert nicht verschmäht.

Nun, nach all den Monaten, die seit meiner Hüttenzeit verstrichen sind, kann ich nicht eindeutig sagen, was ich brauche und was nicht, was ich vermisst habe und was nicht.

Im Bestreben, mich dem Thema „Verzicht und Bedürfnis" weiter anzunähern, überlege ich, was essenziell für mich ist, auf was ich auf keinen Fall verzichten möchte. Jetzt wird das Ganze konkreter. Bei dieser Überlegung kommt mir die Maslow'sche Bedürfnispyramide in den Sinn, nach der die lebensnotwendigen Bedürfnisse wie Essen und Trinken in erster Linie gestillt werden wollen.

Ich schmunzle und stelle mir vor, Maslow habe diese Pyramide womöglich im Rahmen eines Hüttenjahres entwickelt.

Denke ich an die Bergzeit zurück, fällt mir tatsächlich auf, welche Anstrengungen ich für Wasser und Nahrung aufgebracht habe, was für Kräfte ich entwickeln konnte, um Essen und Trinken gesichert zu wissen. Maslows Einschätzungen sind also absolut zutreffend.

Zur zweiten Frage: „Was habe ich nicht vermisst", fallen mir deutlich mehr Antworten ein:

Fernseher - Telefonate - Zentralheizung - Essen gehen - Fitnessstudio - Schmuck - Klamotten kaufen - Städtetrips - Besuche machen - Besuche bekommen - Menschenansammlungen - Zeitschriften … Stopp.

Eine Aufzählung dessen, was ich nicht vermisst habe ist hinfällig, denn das wäre im Prinzip alles, mit Ausnahme der Dinge, die mir gefehlt haben.

Also müsste ich überhaupt nichts vermisst haben außer meinen Mann, die Badewanne und die Sauna. Ist dem so?

Jetzt gehts in meinen Gedanken turbulent zu, denn diese Einschätzung stimmt irgendwie auch nicht.

Mehrere Wochen lang gehe ich mit all diesen Fragen, Gedanken und Reflexionen schwanger.

Vor der Hüttenzeit hatte ich mich mit derartigen Überlegungen noch nie auseinandergesetzt. Warum eigentlich nicht?

Das Empfinden von Vermissen variiert je nach momentaner Situation in seiner Intensität. Es handelt sich im Prinzip um emotionale Momentaufnahmen.

Habe ich manches deshalb nicht vermisst, weil ich von vorneherein wusste, dass es nicht verfügbar sein würde?

Interessant finde ich, dass Entbehrung qualitativ, quantitativ und zeitlich unterschiedlich ausgeprägt ist.

Es gibt Dinge, die vermisst man an manchen Tagen mehr als an anderen.

Abschließend wird mir klar, dass es nicht wichtig ist, zu definieren, was mir fehlt und was nicht, denn das hängt von der momentanen Verfassung und den jeweiligen Rahmenbedingungen ab.
Auf jeden Fall bin ich mir während der Zeit im Gebirge bewusst geworden, dass das, was ich habe, nicht selbstverständlich ist. Anschaulichstes Beispiel hierfür ist das fortwährende Wasserproblem.

Hüttenerfahrungen

Ein ganzes Jahr ist nun seit Ende meiner Hüttenzeit verstrichen. Ich genieße das Leben zu Hause und die, seit meiner Rückkehr auf dem Berg verbrachten Urlaube, waren jedes Mal sehr wohltuend.

Ich spüre, dass nun der richtige Moment gekommen ist, um mich zu fragen: „Hat sich für mich etwas verändert durch die Hüttenzeit? Wenn ja, was?".

Vorweg: Ja, es hat sich etwas verändert. Mein Bewusstsein hat sich im positiven Sinne erweitert.

Mein treuer vierbeiniger Gefährte Flocke hat die Hüttenzeit außerordentlich bereichert. Ohne ihn hätte ich mich einsam gefühlt. In all den schwierigen Momenten, in denen er mich mit seiner feinfühligen Zuwendung aus Frust und Verzweiflung geführt hat, hätte ich ohne ihn bestimmt hin und wieder mit einem Abbruch der Bergzeit geliebäugelt.

Wir haben uns wortlos verstanden, waren ein eingespieltes Team. Das sind wir natürlich auch heute noch.

Obgleich ich seit der Kindheit Hunde an meiner Seite habe, bin ich mir der Liebe und Zuneigung, die sie uns Menschen tagein tagaus entgegenbringen, in der Einsiedelei deutlich bewusster geworden als zuvor.

Es gibt Leute, die sagen, Hunde seien die besseren Menschen. Inzwischen kann ich das nachvollziehen.

Gerne würde ich Flocke an dieser Stelle selbst erzählen lassen. Schade, dass das nicht möglich ist.

Aber ich spüre, dass die gemeinsame Zeit in den Bergen auch für ihn etwas Besonderes war. Unsere Bindung ist inniger geworden als bisher. Ich empfinde sie inzwischen als Seelenverwandtschaft. Möglicherweise war es bereits eine solche und ich war mir dessen nicht bewusst.

Dass Coco ihren Weg zu uns und in unsere Herzen gefunden hat, finden Flocke und selbstverständlich auch wir, richtig klasse. Leider waren die Ursachen des Besitzerwechsels sehr traurig, doch das Leben muss weitergehen. Die freundliche kleine Hündin ist aus unserem Mensch-Hund-Rudel nicht mehr wegzudenken und Flocke blüht so richtig auf, seit sie bei uns ist.

Die Hüttenzeit hat mich ein deutliches Plus an Gelassenheit und zugleich an Demut gelehrt. Dieser Begriff wirkt altmodisch und verstaubt. Unserem Sprachgebrauch ist er schon fast abhandengekommen. Schade, denn es wäre so wichtig, übte sich die Menschheit etwas mehr in dieser Disziplin. Für mich bedeutet sie, die Gesetze der Natur anzunehmen und wertzuschätzen, anstatt sich ihnen zu widersetzen. Das heißt aber auch, schwierige Zeiten und Situationen zu akzeptieren, weil sie Bestandteil des Lebens sind und unweigerlich dazugehören. Es geht nicht ohne sie. Und so tangieren mich heute Dinge, die ich nicht ändern kann, nicht mehr in dem Maße, wie das zuvor der Fall war. Ich füge mich leichter und selbstverständlicher in die Geschehnisse des Lebens ein, akzeptiere sie bestmöglich und nehme mich selbst nicht mehr so wichtig wie früher.

Der Blick von oben auf das Leben und Treiben der Menschen im Tal hat nicht nur die anderen, sondern auch mich selbst zum klitzekleinen Pünktchen werden lassen, das durchs Leben schwirrt und verschwindend klein ist im Vergleich zum großen Ganzen. Sollte das in irgendeiner Weise destruktiv klingen, so ist dem nicht so, denn ich bin gerne ein kleines, vergängliches Pünktchen. Ich ordne mich inzwischen einfach anders ins Gesamtsystem des Universums ein als zuvor.

Die unermesslichen, wertvollen Geschenke der Natur, die mein Leben bereichern, sind besonders erwähnenswert.

Auf dem Berg habe ich sie noch mehr zu schätzen gelernt, als das früher der Fall war. Leider übersehen wir sie viel zu oft, erachten sie auf der Suche nach Wertvollerem als wertlos. Damit meine ich nicht nur die leckeren Gaben in Form von Kräutern, Früchten, Pilzen und Holz, sondern die Natur in ihrer Gesamtheit. Sie beschenkt uns jeden Tag aufs Neue, zeigt uns, wie ihr Rhythmus funktioniert, wie Licht und Dunkel, Kälte und Wärme, Trockenheit und Nässe sich selbstverständlich abwechseln.

Ihre Düfte sind von einer berauschenden Sinnlichkeit, die ohnegleichen ist. Keinem Parfümeur ist es jemals gelungen, sie nachzuahmen. Daran wird sich auch in Zukunft nichts ändern.

Ich durfte von Mutter Natur lernen, ihren Rhythmus anzunehmen, mit ihm eins zu werden, ihn als selbstverständlich zu betrachten. Mein eigener Takt fand zusehends den Einklang mit dem der Natur und ich spürte eine tiefe Verbundenheit mit ihr, die bis heute anhält. Das ist ein wunderbares Gefühl. Ich muss jedoch zugeben, dass sich dieser Einklang zu Hause wieder ein klein wenig verloren hat.

Das mag daran liegen, dass wir Menschen der Natur und uns selbst, einen zivilisatorischen, kommerziellen und hocheffizienten Rhythmus aufzuoktroyieren versuchen. Ich bin mir sicher, dass das sowohl uns als auch der Natur nicht zuträglich ist. Dennoch ist es schwierig, sich ihm zu entziehen.

Während der Zeit im Gebirge bin ich achtsamer geworden und konnte große Freude an Dingen verspüren, die im vermeintlich normalen Leben keine oder wenig Beachtung finden. Freude über das Wasser im Brunnen, Mutter Natur, das Schauspiel der Wolken, den Adler am Himmel, den Duft der Herbstwälder.

Die Achtsamkeit für die einfachen Dinge ist mir auch nach der Bergzeit erhalten geblieben.

Beim Aufdrehen des Wasserhahns bin ich mir stets bewusst, dass Wasser keine Selbstverständlichkeit darstellt. An Pflanzen- und Tierwelt erfreue ich mich zu Hause gleichermaßen wie im Gebirge. Ein kleines, unscheinbar wirkendes Blümchen und ein trällernder Vogel ziehen mich genauso in ihren Bann, wie ein schillernder, bunter Schmetterling. Immer wieder ertappe ich mich, wie ich gebannt, fast wie in Trance, vor einer Blume verweile und mich ins Zwiegespräch mit ihr begebe.

Zum Thema „Zeit" habe ich dank des Hüttenjahres eine deutlich gelassenere Einstellung gefunden. Zeit ist relativ. Gefühlt vergeht sie mal schneller, mal langsamer. Das hängt ganz vom persönlichen Empfinden ab. Momente des Glücks und der Freude scheinen schneller zu verrinnen als jene, die problematisch verlaufen. Die vierzehn Monate auf dem Berg sind gefühlt wesentlich schneller verflogen, als ich es erwartet hatte.

Ich denke, das lag an den vielen Überraschungen und den gänzlich anderen Rahmenbedingungen, mit denen so ein Hüttenleben aufwartet.

Seit meiner Rückkehr genieße ich die schönen Momente intensiver, wohingegen ich die negativen akzeptiere und vorbeiziehen lasse. Dadurch setze ich automatisch andere Schwerpunkte in meinem Leben. Zeit beurteile ich inzwischen weniger quantitativ als vielmehr qualitativ.

Wie viel Sicherheit es einem doch gibt, bei widrigen Witterungsbedingungen ein dichtes Dach über dem Kopf und eine geschlossene Behausung zu haben, ist mir auf dem Berg klar vor Augen geführt worden.

Während der langen Abende auf dem Ausguck hatte ich mir viele Gedanken zum Thema Sicherheit gemacht:

Sie beschränkt sich nicht nur auf ein Dach über dem Kopf. Vielmehr bin ich dankbar, sowohl in der Schweiz als auch in Deutschland in sicheren und vor allem demokratischen Ländern zu leben, die mir nicht nur ein sehr hohes Maß an Sicherheit und Toleranz, sondern auch an Freiheit bieten. Ich kann meine Meinung frei äußern, frei reisen, frei denken und handeln. Das gibt mir das gute Gefühl persönlicher Freiheit. Beide Länder haben solidarisch funktionierende Sozialsysteme, die ihre Bewohner in Notlagen auffangen. Aufgewachsen in dieser Sicherheit, vergisst man allzu leicht, dass sie leider keine Selbstverständlichkeit darstellt. Noch immer sind Diktaturen und Kriege an der Tagesordnung, die jeglicher Sicherheit sowie der Freiheit im Handeln und Sprechen entbehren.

Sicherheit habe ich in der Hütte auch dergestalt empfunden, dass mein treuer Gefährte Flocke mich bewacht hat, mein finanzielles Polster es mir erlaubte, einkaufen zu können, im Café einzukehren, ein Handy zu haben, das im Notfall lebensrettend sein kann und mich zugleich mit der ganzen Welt verbindet.

Die Zeit auf dem Berg hat mein Selbstvertrauen gestärkt. Ich weiß, dass ich für mich sorgen kann und welche Kräfte und Energien ich dazu aufzubringen vermag.
Bisweilen an die Grenzen meiner physischen und psychischen Belastbarkeit gestoßen zu sein, ermöglicht es mir nun, diese einzuordnen und achtsamer mit mir umzugehen.
Dank der Hüttenzeit ist auch das Vertrauen in meine individuellen Fähigkeiten gewachsen. Ich weiß jetzt, dass mit Durchhaltevermögen, Kreativität und dem Mut, Neues auszuprobieren, mehr möglich ist als gedacht.

Ohne feste Regeln selbstbestimmt zu leben und zu handeln, ist für mich inzwischen zur Selbstverständlichkeit geworden.

Seit der Zeit im Gebirge fühle ich mich in jeder Hinsicht freier denn je: Freier im Denken, Handeln und Sein.

Zu meinem großen Erstaunen werde ich häufig gefragt, wie ich die lange Zeit der Einsamkeit ertragen konnte. Ich war nicht einsam und habe mich auch nie so gefühlt. Zum einen war Flocke bei mir, der das Hüttenjahr bereichert hat.
Und da war außer mir noch jemand, dem ich bisher viel zu wenig Beachtung geschenkt hatte: Ich selbst.
Ich war mit mir zusammen auf dem Berg, habe Zwiesprache mit mir gehalten, bin in mich gegangen und habe mit mir philosophiert. Die Zeit gemeinsam mit meinem „ich", es besser kennen und verstehen zu lernen, war sehr wohltuend und erholsam. Zeit zu haben für die Gemeinsamkeit mit sich selbst, für die Reflexion des Erlebten, für das In-Sich-Hineinspüren, war eine sehr wertvolle Erfahrung für mich.

Kurz und bündig schließe ich dieses Buch mit dem Versuch, die Essenz meiner Zeit auf dem Berg in einem Satz auszudrücken:
Die Hüttenzeit war für mich unermesslich wichtig und richtig, sodass ich keine Sekunde davon missen möchte.

Folgende Bücher der Autorin sind im Handel erhältlich:

 Inge
im Bergfelden der 1930er und 40er Jahre

Wie war das damals in deiner Kindheit in den
1930er und 40er Jahren auf dem Lande?
Welche Spiele habt ihr damals gespielt?
Wie hast du den Zweiten Weltkrieg erlebt?
Diese und zahlreiche andere Fragen habe ich meiner Mutter
gestellt.
Ihre Antworten waren so spannend, dass daraus dieser bio-
grafische Roman entstanden ist.

ISBN Buch: 9783819224034   ISBN E-Book:9783695173631

 Hannes hat Angst
Mein Leben als Angsthund

Hannes ist ein Angsthund aus Rumänien.
Seine "neuen Menschen" haben ihn an einer
Autobahnraststätte aus dem Hundetransporter in Empfang
genommen.
Dass er ein Angsthund ist, war ihnen nicht bekannt, denn er
wurde als "selbstbewusster Rüde, der zutraulich und verspielt
ist" beschrieben. Entsprechend groß war der Frust bei Hannes
und seinen Menschen.
Das Buch möchte denen, die ungewollt einen Angsthund aufgenommen haben, Mut machen, diesen spannenden, lehrrei-
chen und anstrengenden Weg gemeinsam zu gehen und dabei den Hund nicht aufzugeben

ISBN Buch: 9783754357590   ISBN E-Book: 9783757833350